權力巔峰

SUPREME POWER

卷12 鐵證如山

夢入洪荒 著

目錄

Contents

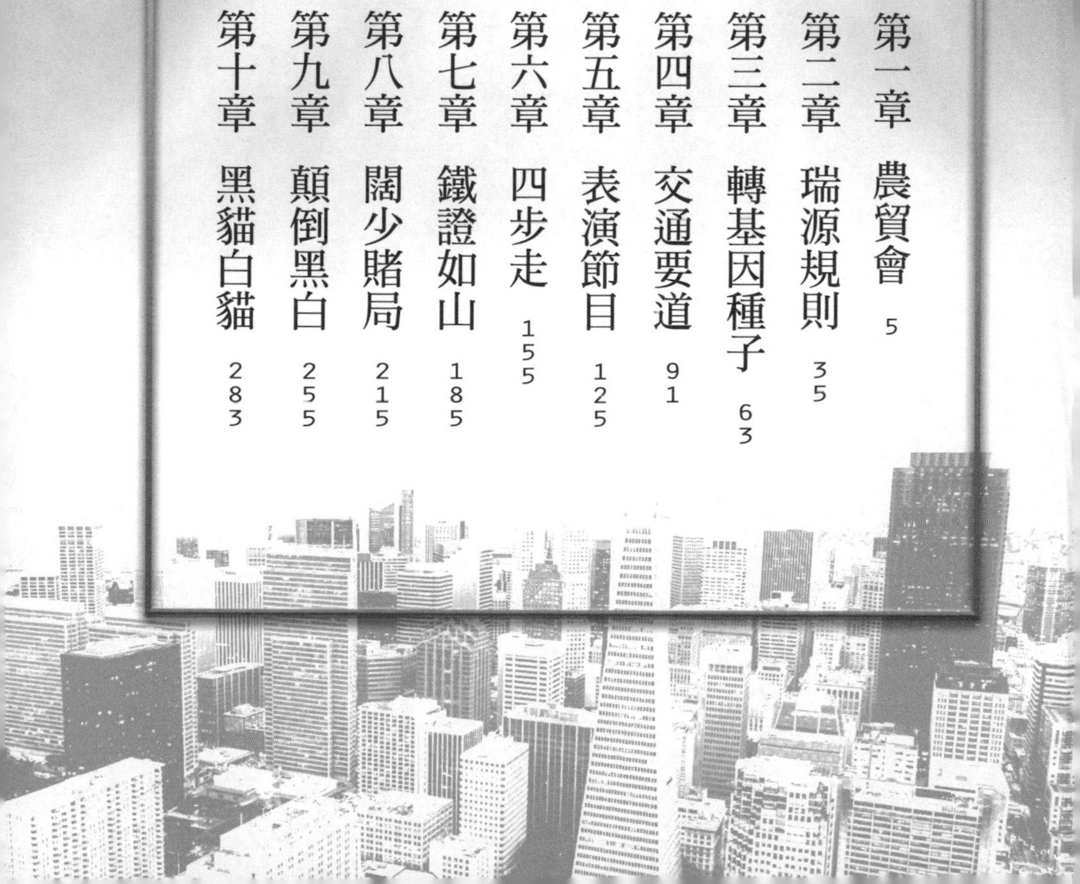

第一章

農貿會

隨著時間的流逝，距離農貿展會開幕的日子一天天臨近了。為了渲染本次農貿會的氣氛，瑞源縣農貿展會就設在縣委大院前面的民心廣場上。一排排的展臺、帳篷整齊的排列著，一百多個展位將整個廣場大半位置都給佔據了。

柳擎宇說完，出人意料的是，孫旭陽第一個表示贊同。

「我同意柳書記的意見，舉辦農貿會對瑞源縣的農民朋友來說絕對是好事一件，此舉肯定能夠大大降低種子和其他農資的價格，能夠讓老百姓得到實惠，還能帶動招商引資工作，這種利國利民的事肯定要大力支持。」孫旭陽擲地有聲的說道。

孫旭陽表態完，魏宏林眉頭便緊緊皺了起來，看向孫旭陽的目光中充滿了不善：「媽的，你孫旭陽到底是怎麼回事？這時候咱們應該站在同一陣線的，你怎麼和柳擎宇站在一邊去了，這麼一搞的話……」

魏宏林心中雖然不爽，卻沒有辦法直接說出來。

這時，其他人也紛紛大表贊同。

在座的常委們對柳擎宇所提的這個情況也都有所耳聞，也知道農民所遭遇的困境，只是有些人想不出什麼好的辦法來解決此事；也有些人有其他顧忌，即便是有辦法也不敢付諸實施，現在柳擎宇和孫旭陽既然都表示同意，很多常委們也毫不猶豫的表示了附議，其中也包括站在魏宏林那邊的一些常委們。

事情發展到這種程度，魏宏林發現自己想要阻止是不可能的了。

不過，魏宏林是隻老狐狸，心想，自己仍然要保有對整件事情的絕對掌控權，所以等眾人表完態，還沒有等柳擎宇總結時便說道：

「嗯，從大家的態度來看，對這件事都很支持，我也很支持，我看就這次農貿會，很有必要成立一個籌辦小組，我提議由常務副縣長許建國同志來擔任籌備組組長，主抓全面工作，宣傳部部長唐瑞明同志擔任副組長，負責宣傳工作。」

魏宏林一說話，柳擎宇便明白這老狐狸的意思了，心中暗道：老子剛剛把架子給搭起來，你小子就想上臺唱戲了，這不是摘桃子嘛，老子要是讓你如願，豈不是太窩囊了。

柳擎宇立刻搖頭道：「魏縣長，我看你的提議有些不太妥當，許建國同志身為常務副縣長，平時的工作實在太忙，哪裡有空來顧及農貿會這麼小的事，而且農業口也不是他分管的啊，我看這樣吧，這件事就由我親自來擔任整個籌備小組的組長，主抓籌備小組的全面工作，由主管農業的副縣長周服山同志和縣委辦主任宋曉軍同志來擔任常務副組長，程正茂同志、魯元華同志擔任副組長，至於組員，就由縣委和農業局抽調一批人來組成。這個小組從現在起正式成立，大家對此有沒有不同意見？」

柳擎宇說完，孫旭陽再次第一個表示同意：

「我贊成，這個籌備小組包括了縣委縣政府的諸多工作人員，人員構成很平均，有利於協同配合，再加上柳書記親自主抓，相信一定會籌備好本次農貿會的。」

孫旭陽說完，他的陣營的人立刻表態贊同，柳擎宇這邊，宋曉軍自然不會表示反對。

宋曉軍對柳擎宇安排兩個常務副組長的意圖，馬上有所領悟，常務副組長周服山屬於孫旭陽的人，但是自己是縣委常委，雖然同是籌備小組的常務副組長，但是自己的主動權卻比周服山大得多。如果周服山表現良好，那麼自己就可以放權，讓周服山放手去做；如果他辦事不力，自己就可以直接插手此事，架空周服山。

柳擎宇的這一招不可謂不高明啊！然而，讓宋曉軍真正大感佩服的卻是柳擎宇對程正茂和魯元華的啟用。

對程正茂和魯元華兩人現在的處境，宋曉軍非常清楚。程正茂在所有副縣長中排名倒數第二，實際上他是一個掛職的副縣長，雖然平時見到任何人都是一副笑瞇瞇的樣子，但實際上，縣政府裡任何處室的人都不怕他，因為他在縣裡根本就不怎麼管事，他的主要分工也是輔助縣長展開工作，聯繫縣政協。

至於魯元華就更別提了，魯元華再有半年就退休了，基本上已經處於半退休狀態，屬於無作為的人。上一次魏宏林為了對付柳擎宇，帶著其他副縣長們前往市裡開會的時候，故意把這兩人留了下來，結果那次瑞源縣出了很多事，讓兩人十分頭疼和被動。

宋曉軍相信，經過那一次的事件，兩人對魏宏林肯定沒有多少好感。

尤其是魯元華平時本來就和魏宏林不太對盤，柳擎宇這次讓這兩個副縣長進入籌備小組，明顯是希望他們能夠真正的幹一些事情，因為這事幹好了，對他們只有好處沒有壞處，尤其是程正茂，他是掛職副縣長，如果這件事情做得好，將來離開的時候，柳擎宇給他一個好評，這對他是相當有利的。

從對這個籌備小組的人事安排上，宋曉軍可以感受到**柳擎宇的每一個舉動都是含有深意啊！**

由於有孫旭陽的表態，最終常委會上，柳擎宇和孫旭陽聯起手來的票數大於魏宏林，魏宏林只能鬱悶地接受這個結果。

散會之後，魏宏林回到自己的辦公室後，把杯子狠狠的摔到地上，怒聲道：

「媽的，柳擎宇，你簡直是欺人太甚，竟然在籌備小組中一個都不安排我的人進去，你也太欺負人了。」

一旁的常務副縣長許建國加油添醋說：

「魏縣長，我看柳擎宇這次做得有些過分了，不過那個孫旭陽也太小人了，柳擎宇不過是給了他的人一個常務副組長的位置，他就樂得屁顛屁顛的，這傢伙簡直是有奶便是娘啊，他也不想想，人家柳擎宇可是安排了宋曉軍這位縣委常委當另外一個常務副組長呢，宋曉軍隨時都可以把周服山給架空了。」

這時，跟進來的宣傳部部長唐睿明大吐苦水道：

「這一點也正是柳擎宇的厲害之處啊，雖然宋曉軍隨時可以架空周服山，但是周服山只要按照柳擎宇的意思實實在在的去辦事，我想宋曉軍絕對不會插手的，身為縣委常委，他的工作也不少，他未必願意在這種小事上花太多的心思，他肯定樂意見到周服山把事情做好。我想孫旭陽也是看到了這一點，所以才配合柳擎宇的，不過這也說明這個孫旭陽十分陰險。」

政法委書記朱明強問道：「何以見得？」

許建國說：「孫旭陽這傢伙配合柳擎宇籌備本次農貿會，對他只有好處沒有壞處，如果農貿會成功，物價降了下來，對他可是一份政績；假使失敗了，也沒有太大的關係，他又不是籌備小組的人，所以我說這傢伙太奸詐了。」

魏宏林聽完幾個人的對話，鐵青著臉說：「柳擎宇和孫旭陽都不是什麼好鳥，一個強勢陰險，一個奸猾自私，如果這次的農貿交易會讓他們成功的話，我估計怡海集團那邊肯定會有所損失的。」

魏宏林這話聽在幾人的耳中，全都眉頭緊鎖起來。

他們都很清楚，怡海集團的損失就是他們的損失，雖然他們並沒有直接插手怡海集團的業務，但是他們的子女親人在怡海集團都是有乾股的，每年多多少少有幾百萬的收入，這筆錢可不是個小數字。

朱明強道：「魏縣長，你說這件事我們接下來該怎麼辦？如果真的讓柳擎宇和孫旭陽這樣胡搞下去，怡海集團的業務恐怕要全面萎縮啊。」

魏宏林沉聲道：「這件事情上，我們不能直接出手，畢竟我們是政府官員，做事的時候必須要站在官方這一邊，站在人民這一邊，但是，我們可以把這個消息透露給怡海集團的范金華，至於范金華那邊採取什麼措施，就和我們沒有什麼關係了。」

魏宏林說完，幾人都豎起了大拇指。

許建國狗腿地道：「嗯，還是魏縣長這個主意好，這一招可以算作是借刀殺人了。」

魏宏林只是淡淡一笑。

他之所以拿主意出來，目的非常簡單，那就是這件事他不會親自去操作，事情自然有其他人去操辦。**不管什麼時候，魏宏林都會給自己留一條後路。**

柳擎宇這邊籌備小組的具體人員還沒有挑選完畢呢，在南華市的一家五星級酒店內，范金華便已經得到了瑞源縣要組建農貿會籌備小組的消息。

范金華氣得火冒三丈，大罵道：「他媽的，柳擎宇，你這個王八蛋怎麼總是要和我較勁啊，不和我較勁你小子就不舒服是吧？好，既然你非得和老子過不去，這次老子就好好的收拾收拾你！想要在瑞源縣召開農貿展會是嗎，好啊，那老子就讓你品嘗一下處處碰壁的滋味！跟老子鬥，看老子不玩死你！」

說完，范金華拿出手機，接連撥打了十幾通電話開始部署起來。

在范金華積極部署的同時，柳擎宇這邊也雷厲風行的籌備起來。

這次籌備小組的組員由柳擎宇親自挑選，他先從縣委裡面抽調了三個年輕又有活力，充滿幹勁的基層人員，又從縣農業局抽了三名年輕人過來幫忙。

當宋曉軍看到柳擎宇竟然調了六個人的時候，有些不解的說道：「柳書記，一個小小的農貿會就調這麼多人過來，是不是有些浪費人力啊？」

柳擎宇笑道：「當然不是，這次農貿會對我們瑞源縣來說是一個十分不錯的宣傳機會，我希望能夠多請些公司過來，向外界展示一下瑞源縣的發展前景，我還怕現在這些人手到時候未必忙得過來呢。」

宋曉軍又問：「柳書記，現在人員齊備了，那他們如何展開工作呢？」

柳擎宇沉吟了一下說：「這樣吧，曉軍主任，你給他們安排一間大一點的辦公室，讓他們暫時搬到這間辦公室來辦公，集中精力聯繫各地的客商，讓各地客商五天後到瑞源縣來參加本次農貿會；同時，你負責協調縣電視台和各路媒體展開宣傳，積極鼓勵咱們縣的農民前來參加本次展會，購買種子和各種農具。」

宋曉軍點點頭，立刻行動起來。

隨後，柳擎宇又分別和程正茂、魯元華兩人進行了單獨談話，對兩人的工作進行了部署，鼓勵兩人積極參與本次農貿會的籌備和組織工作中來，希望他們發揮主動，為瑞源縣做出一番貢獻。

對兩位處於權力邊緣的人而言，他們對柳擎宇的鼓勵有些受寵若驚，而且現在有了他們可以充分發揮的空間，兩人自然願意傾盡全力去做事。

至於周服山，他倒是個看事情很透澈的人物，他早就看出來，這次的農貿展會，柳擎宇希望他做的就是掛個名，不給籌備小組添亂，所以，他十分明智的做出了最正確的選擇，有各種事情都會積極向柳擎宇進行彙報，帶著魯元華和程正茂投入到籌備小組的準備工作中，積極協調場地、宣傳等各方面瑣碎的事去。

整個小組在成立不到三個小時後，便高速運轉起來。

兩天後，籌備小組在一番幹勁十足的溝通協調後，突然間氣氛變得詭異起來。周服山、程正茂、魯元華三人臉色嚴峻的走進了柳擎宇的辦公室。

周服山滿臉苦澀的看向柳擎宇道：「柳書記，我們今天來是向您請罪的。」

柳擎宇看到周服山三人的表情，有些不解地道：「怎麼回事？請什麼罪啊？」

周服山慘笑道：「柳書記，同志們的幹勁是相當足的，在過去的兩天時間內，幾乎每天工作十二個小時以上，幾乎把所有的時間都投入到聯繫各地的客商中，然而，經過兩天的溝通，結果卻十分慘澹，我們總計聯繫了一百八十七家省內的大小種子和農資公司，結果他們聽說是瑞源縣要舉行農貿會，全都一口拒絕了，只有三家小得不能再小的個人企業願意過來參展，前提還是我們得給他們報銷路費和食宿費。」

柳擎宇聽了，不由得眉頭一皺：「全省就沒有一家企業願意過來？」

周服山道：「第一天還有幾家規模不小的企業有意願來，不過第二天他們就反悔說不過來了。」

柳擎宇不是傻瓜，從周服山彙報的情況來看，**這裡面絕對有問題，肯定是有人做了手腳**，柳擎宇臉色便陰沉下來。

因為在白雲省，沒有幾家企業不知道瑞源縣這個種子大縣的市場規模到底有多大，影響力有多大，只要佔領了瑞源縣這個第一道種子市場，就相當於佔據了整個白雲省市場，因為白雲省其他種子市場的種子大多是在瑞源縣種子的基礎上種出來的。

以前柳擎宇經常聽宋曉軍說某某種子公司想進軍瑞源縣種子市場，結果大敗而歸的消息。如今自己邀請他們進來，他們卻不進。

詭異啊！事出反常必為妖！怎麼辦？

柳擎宇的腦瓜轉得非常快，立刻第一時間給劉小胖打了個電話：「胖子，幫我查一查我們白雲省那些種子公司到底是怎麼回事？為什麼全都拒絕前往我們瑞源縣來參加農貿會。」

柳擎宇曉得這事情如果從官方的角度去調查，恐怕很難調查出問題來，但是如果從劉小胖他們商人的角度來調查，很有可能會摸出事情真相。

柳擎宇的猜測是正確的。經過多方詢問後，劉小胖立即回電說：

「老大，我已經調查清楚了，那些公司之所以不願意來參加你們的農貿會，是因為他們受到了多重壓力。第一個壓力是來自怡海集團和另外兩家外資種子公司和一些大型農資公司，這些公司給他們發出警告，要求他們不要參加農貿會，不然會聯合起來對這些公司給予致命性的打擊與報復。

「第二個壓力則是來自官方。一些品質監測部門和農業管理部門的官員給這些公司的老闆們打過招呼，建議他們儘量不要參與你們縣的這趟渾水，否則後果很麻煩。

「老大，你想想，哪家公司敢保證品質絕對沒有問題？就算是品質沒有問題，但是也架不住國家有關管理部門三天兩頭的去你那裡調查搗亂啊。在這官商兩個層面的雙重壓力之下，那些大型企業自然不敢貿然參與了，就算是這塊肥肉那麼吸引人，也不敢輕易觸碰啊。」

柳擎宇聽完劉小胖的回報後，心中怒火攻心，看來這次怡海集團是動員了他們強大的人脈了，甚至另外兩家外資也採取了聯動措施，否則，白雲省農業廳和品質監督局的人又怎麼會插手此事呢？

最讓柳擎宇不爽的，還是國內那些企業的短視行為。要知道現在可是絕好的進軍瑞源縣種子和農資產業的機會啊，自己給他們提供了這麼好的一個平臺，他們竟然迫於壓力屈服，這樣下去，如何能發展壯大？又如何能夠對抗野心勃勃、實力強大、陰險狡詐的外資企業呢？

柳擎宇現在是哀其不幸，怒其不爭，對怡海集團等外資企業的無恥行徑更是深惡痛絕。但是同時他又非常頭疼，**如今這種局面到底該如何破解呢？自己辛辛苦苦做好的局失去了那些企業的配合，又怎麼玩得轉呢？**

就在柳擎宇這邊頭疼欲裂、挖空心思思考對策的時候，在南華市，魏宏林秘密約見了怡海集團總裁范金華。

魏宏林臉色嚴峻的說道：「我說范總啊，柳擎宇馬上就要在瑞源縣舉行農貿會了，到時候會有全省各地的種子商人到我們瑞源縣來，我能夠做的都已經做了，其他的只能靠你們自己了。」

范金華滿臉得意的說道：「魏縣長，這一點您儘管放心，這次多虧了您及時派人給我們報信，讓我們提前得知此事，我們已經做好了萬全的準備，我向您保證，農貿會開始的那天，瑞源縣農貿展會的現場絕對門可羅雀。」

聽范金華誇下海口，魏宏林狐疑道：「范總，你該不會是在吹牛吧？我可警告你啊，柳擎宇這個人絕不是一般人，他的人脈和頭腦都十分厲害，你千萬不要輕敵，萬一你把事情搞砸了，可跟我沒有任何關係。」

范金華得意地笑道：「魏縣長，這一點您儘管放心，這次柳擎宇絕對死定了，你想想，柳擎宇這次從展開策劃到農貿會開始僅僅只有五天的時間，也就是說，他這次展會的目標要在春種前把事情辦好，五天的時間實在是太短了些，這從另外一個角度說明，柳擎宇把參展商的目標全都鎖定在白雲省範圍內。由於白雲省的地理位置很特殊，種子具有局限性，外省的種子商要想參展，恐怕十分困難。

「所以，我們和所有本地大型種子商人全都溝通好了，這次的展會基本上只有我們三大外資公司的人參與，到時候瑞源縣的老百姓們要想買種子，只能買我們三大公司的種子，柳擎宇不是嫌我們的種子貴嗎？這次我要讓種子的價格再提高兩成，馬上就要進入春種了，農民們到時候買也得買，不買也得買，我要讓柳擎宇搬石頭砸自己的腳！」

范金華眼中充滿了對柳擎宇的怨念，他恨不得立馬衝到柳擎宇的面前狠狠的打臉，看柳擎宇丟人。

聽到范金華這樣說，魏宏林的臉上這才露出些許的笑容。

魏宏林這次是秘密來到南華市來的，本來對於瑞源縣種子的價格高低他並不關心，但是他對柳擎宇策劃的這次活動卻十分上心。他非常清楚，隨著柳擎宇拍攝的那個電視廣告在電視台的反覆播放，以及柳擎宇這幾個月來兢兢業業的工作，柳擎宇已經在瑞源縣積累起強大的民意。

如果這次的農貿會要是策劃成功，柳擎宇的民調支持率將會達到新的高度，這對他的政治地位而言，是一種極其強大的威脅，他必須要把這種威脅扼殺在搖籃之中。在這種情況下，與范金華和三大外資種業公司合作，讓這次展會失敗就成為了他的首選之事。

范金華對魏宏林的心思自然摸得十分清楚，所以說起話來信心十足，讓魏宏林大大放寬心。當然，他也是在為自己鼓勁。

他以前看輕了柳擎宇，所以才導致自己接連在柳擎宇面前吃癟，在瑞源縣官場上，自己鬥不過柳擎宇，可是這回柳擎宇既然把手伸到商業領域，那可是自己的地盤了，這次自己一定能狠狠痛擊柳擎宇的。

隨著時間的流逝，距離農貿展會開幕的日子一天天臨近了。

為了渲染本次農貿會的氣氛，瑞源縣農貿展會就設在縣委大院前面的民心廣場上。一排排的展臺、帳篷整齊的排列著，一百多個展位將整個廣場大半位置都給佔據了。縣委大院外面馬路上更是掛上了慶祝本次展會成功等各種條幅。

展會開幕前一天，農貿會現場依然冷冷清清的，除了三三兩兩在廣場散步的百姓和正在展會現場最為顯眼位置上布設展臺、卸載各種貨物的三大外資公司外，沒有一家本地的參展企業。

此刻，柳擎宇正在辦公室內批閱著文件呢，辦公室的房門被敲響了，隨即魏宏林邁步從外面走了進來。

魏宏林笑著看向柳擎宇道：「柳書記，明天上午農貿會就要開始了，你看咱們是不是去農貿會現場去視察視察呢？看看那邊的進度如何了？」

柳擎宇見魏宏林滿臉得意的笑容，知道他來是來看自己的笑話了，不過柳擎宇從來不是一個怕挑釁的主，立刻回道：「好啊，反正路也不遠，咱們這就走過去吧。」

魏宏林雀躍地說：「好啊，沒問題，柳書記，你看是不是把籌備小組的兩個常務副組長也喊上啊，讓他們也看一看自己的籌辦成果。」

魏宏林這話一出口，就是明顯的挑釁和打臉了。要知道，站在柳擎宇辦公室窗口就可以看到外面廣場上那門可羅雀的慘況了。

魏宏林感覺自己這話說出來，心裡有一種說不出來的舒爽。自從柳擎宇到了瑞源縣後，自己在瑞源縣常委中雖然占著明顯優勢，但是在和柳擎宇的日常交鋒中，卻處處受制於柳擎宇，這讓他心中相當不爽。

這一次，在自己與范金華和三大外資種子公司的聯手之下，終於可以好好的打柳擎宇一次臉了，他心中那叫一個高興啊。

他得意洋洋的等著柳擎宇的回答，相信柳擎宇肯定不願意讓周服山和宋曉軍這兩個常務副組長一起出來丟人的。然而，出乎魏宏林意料的是，柳擎宇聽了，點點頭道：「好啊，是得叫上他們，讓他們看看展會的籌備情況到底如何，畢竟，明天就要舉行展會了嘛！」

說完，柳擎宇便立即給宋曉軍和周服山打了電話，通知他們到樓下等自己和魏宏林。

「魏縣長，咱們下去吧。」

魏宏林驚訝的看了柳擎宇一眼，這個縣委書記還真是不怕丟人的主，既然你不怕丟人，我更樂意看到你們吃癟了，便笑著說道：「好啊，走吧！」

魏宏林和柳擎宇下了樓，會合等在樓下的宋曉軍和周服山，一起向縣委對面的民心廣場走去。

魏宏林邊走邊看向宋曉軍道：「宋主任，你們籌備組的工作進展如何啦？一共邀請了多少企業來參與本次展會啊？」

魏宏林這明顯是在往宋曉軍等人的傷口上撒鹽啊，魏宏林最喜歡看對手愁眉苦臉一籌莫展的樣子，他想宋曉軍絕對會無言以對。

果然宋曉軍聽了，臉上露出苦笑道：「魏縣長，你這個問題還真是把我給難倒了，說實在的，不到展會開始的那一刻，我也不能確定到底有多少客商會參與本次展會，因為很多客商並沒有給出明確的答案，這次展會時間有三天，不排除一些客商會在展會開始後才進場。」

魏宏林聽到宋曉軍這番話，心中頓時竊笑起來，這宋曉軍根本不敢正面回答自己的問題啊，話還說得這麼好聽。

不過魏宏林認為自己已經打夠臉了，也就沒有繼續逼問下去，不過還是點了宋曉軍一句，說道：「宋主任啊，希望這次你們籌備小組的工作能夠真正的落到實處啊，千萬不要等整個展會結束後，參展商卻少得可憐，如果那樣的話，我們瑞源縣可是要丟人現眼的啊！」

魏宏林又轉頭看向柳擎宇道：「柳書記，為了咱們瑞源縣的農貿展會，咱們縣委宣傳部的唐睿明部長可是下了大工夫了，到時候你可得好好表揚表揚他。

柳擎宇頓時一愣，唐睿明下了大工夫？這是什麼意思？

魏宏林笑道：「柳書記，是這樣的，雖然唐同志被排除在籌備小組之外，但是他考慮到他畢竟是瑞源縣的縣委宣傳部部長，有責任有義務為了本次農貿會保駕護航，所以，他已經聯繫了南華市和白雲省等多家省內外的媒體記者，前來咱們瑞源縣報導本次農貿會的情況。

「目前為止，在縣委宣傳部那邊登記確定前來的市級媒體有八家，省級媒體有七家，外省媒體三家，網路媒體五家，現在有十二家媒體已經在我們縣委招待所那邊住下了，其他媒體也將會在今天晚上或者明天上午趕過來。各路媒體將會隆重報導本次農貿會，希望我們能夠成功舉辦本次農貿會，以後更可以每年舉辦。」

這次遍請各路媒體記者前來，是魏宏林和唐睿明一起商量後做出的決定，目的非常簡單，既然本次展會註定要失敗，而且他們的人又全都被排除在外，那麼不妨請媒體來報導一番，到時候被市裡、省裡領導知道了，肯定會對籌備小組的人有所批評不滿，一旦追究起責任來，柳擎宇和孫旭陽等人肯定會被問責的。

要是柳擎宇因此被上面的領導調走，這縣委書記的位置非自己莫屬！

柳擎宇聽了魏宏林的話，頓時不知道現在到底是該笑還是該哭了。

魏宏林還真是夠陰險的，明顯是要宣傳他失敗的節奏啊，請那麼多的媒體記者來，這不是擺明了要看自己的笑話嘛！到時候農貿會真的門可羅雀的話，瑞源縣可就丟人丟大發了！

而且唐睿明沒有向自己報告過此事，根本是先斬後奏啊。人家記者來都來了，你總不能把人家給趕走吧。他們這是想要讓自己啞巴吃黃連，有口難言啊！

魏宏林一直在觀察著柳擎宇的表情，當他看到柳擎宇臉上先是露出錯愕，隨即又是帶著憤怒，最後又恢復平靜的表情後，更加暗爽不已了。

他看出來柳擎宇對唐睿明的突然出手感到十分驚訝，同時也非常憤怒，然而木已成舟，不可能把這些記者趕走，柳擎宇只能咬著牙把惡果吞了。至於柳擎宇最後變得平靜，這八成是柳擎宇最後無可奈何了，只能以假裝鎮定來掩飾自己內心深處的憤怒與失望。他越想越是得意。

四人一路走著，來到了民心廣場，看到廣場上稀稀落落的人流。魏宏林故意皺著眉頭，用手一指廣場上那些空落落的展臺說道：

「柳書記，你看看，到現在為止竟然只有這三家公司前來參展，我真的有些擔心啊，萬一明天展會只有這兩三家企業參展的話，老百姓和各路媒體記者們肯定會笑掉大牙的。柳書記，你們籌備小組可真得努力努力了，千萬不要把這件事給搞成一個天大的笑話啊！」

魏宏林毫不掩飾地展開批評。

柳擎宇聽了卻是淡淡說道：「魏同志，凡事不要著急嘛，這距離展會開始還有半天的時間呢！也許有些客商由於距離遠，加上貨物需要運輸，所以來得比較晚；再說，不排除有參展商在第二天甚至是第三天才趕來，所以啊，做事不能心急，心急吃不了熱豆腐。」

柳擎宇說話間也是軟硬都有。魏宏林聽了卻是不屑一笑，在他看來，柳擎宇這明顯是色厲內荏了。

眾人巡視一圈之後，魏宏林當場指出了展臺佈置上的一個缺點，柳擎宇便讓宋曉軍照魏宏林的指示進行修改。

視察完往回走的時候，魏宏林又道：「柳書記，這次展會可是你到咱們瑞源縣以後主持的第一次大型活動，希望能夠成功舉辦，給我們瑞源縣縣委縣政府的全體同仁帶來一個新鮮的創意之舉，也通過這次行動能夠把種子價格給平抑下來。全縣甚至全市全省的人可都在看著你們籌備小組呢，我都感覺到壓力很大啊！」

柳擎宇老神在在地說：「魏同志，這一點你儘管放心，我保證不會讓大家失望的。」

下午，魏宏林一直密切注視著廣場的情況，發現一直到下班時間，除了原來的那幾家公司外，沒有任何新的種子和農資公司入場，魏宏林樂得明天等著看柳擎宇的笑話。

下班後，他打電話約了范金華到瑞源海皇大酒店去吃飯，出席的還有唐睿明、許建國兩人。

四人坐在雅間內，一邊喝著茅臺，一邊談論著農貿會的事。

范金華滿臉得意的看向魏宏林說道：「魏縣長，怎麼樣，我的工作做得還算得力吧？到現在為止，有沒有我們意料之外的種子或者農資公司出現？」

魏宏林滿臉含笑著說：「不錯不錯，非常不錯，范總，真是沒有想到，你們怡海集團的實力這麼堅強，竟然掌控了整個種子和農資市場！」

范金華嘿嘿笑道：「那當然，要不怎麼說我們是國際性大公司呢！這回，柳擎宇肯定丟人丟定了！」

天色黑了下來。民心廣場上只有幾盞昏黃的路燈在風中搖曳。

廣場前的街道上，人流從下班時的擁堵，漸漸變成了稀稀落落的，偶爾有三兩個行人經過，留下一道長長的身影。廣場上，只有在五六個展臺裡，值班人員在昏暗的環境中玩著他們的手機和電腦。

就在這時候，會場上幾盞很少打開的高亮度鹵素燈突然亮了，將整個廣場照得猶如白晝一般。

這一下可驚動了三大外資種子公司和四大外資控股、合資的農資公司展臺裡的值班人員，眾人紛紛站起身來，探查著到底發生了什麼事情，怎麼大燈突然打開了呢？

就在這時，五輛大巴和三輛大卡車突然緩緩駛到廣場旁。接著車門打開，每輛大巴上走下來三十多個人，與此同時，農貿會籌備小組的副組長程正茂也從車上走了下來，他的身後跟著三名從縣委辦抽調過來的工作人員。在他們後面，則是劉小胖滿臉笑容的跟在後面。

這些人下車後，程正茂便對劉小胖道：

「劉總，各位老闆，這邊就是農貿會的展臺，位置我們已經給大家預留出來了，一共是三十八個展位，如果大家感覺有什麼不妥的地方，可以直接跟我說，我會一直駐紮在現場，親自為大家服務。

「另外，大家住宿的地方也都已經安排好了，就在廣場那邊的瑞源飯店，距離這裡不到三百米的距離，大家可以自由安排休息和值班人員。如果信得過我們的話，也可以好好休息，我們已經在現場配備了數十名警力，負責看護各位放在展臺裡的所有物品。當然，貴重物品大家請隨身攜帶，以免出現意外。」

劉小胖滿意地點點頭，說道：「好，程縣長辛苦了，我們先把物資放在展臺上，每三家公司為一組，每組每天留下一名值班人員，在以後的三天裡輪流值班，等安排妥當後，其餘的人員全都回去休息。大家說怎麼樣？」

「好，沒問題，我們聽劉總和程縣長的安排！」幾十個公司的老總們紛紛同意道。

此刻，負責值班的怡海集團市場部副總經理崔雲山看到突然多出了這麼多人，一時間呆愣住，不過他很快反應過來，立刻一路小跑的來到程正茂面前，打聽道：

「程副縣長，這些人都是做什麼的啊？怎麼一下子來了這麼多？」

程正茂說道：「這些都是前來參加本次農貿會的參展商。」

「參展商？這麼多？」崔雲山瞪大了眼睛，露出震驚和質疑之色。

程正茂笑道：「這有什麼好奇怪的嗎？我們籌備小組可沒有光吃飯不幹活啊！」

說完，程正茂便不再搭理崔雲山，開始協調這些公司的老總們去安置自己的展臺，並把卡車上的物資搬卸下來。有不少公司還現場架設了大螢幕電視、宣傳看板等東西，將展臺佈置得有模有樣。在不到一個小時的時間內，整個展區便變成了另外一個樣子。

相比於突然跑出來的這批參展商，崔雲山突然發現自己展臺的佈置實在是太寒酸樸素了，除了展臺上擺滿各式各樣的種子外，其他的宣傳資料基本上少得可憐。

本來他以為除了三大外資種子公司外，根本不會有其他公司參與展覽，卻沒想到冒出來的這撥人中，僅僅是種子公司就多達十八家，而且家家都配備了大螢幕電視、宣傳彩頁、宣傳海報等資料，一看出手就屬於大手筆，絕不是普通的小公司能夠搞得起來的。

讓崔雲山更感到震驚的還是這些公司所帶來的各種種子，看他們卸載的貨物似乎不如自己這邊多，但是這些人加在一起的數量，絕對比他們三大外資種子公司所帶的種子要多得多，如此看來，他們是打算把這次農貿會期間所有的銷售額全部給霸占啊！這些人也太異想天開了吧！

雖然崔雲山對這些公司充滿了不屑，不過還是拿出手機撥通了老總范金華的電話。此刻，范金華正在和魏宏林等人在一起推杯換盞、紙醉金迷呢。

接到電話，范金華有些不太高興地說：「小崔啊，這麼晚了打電話，有事嗎？」

崔雲山焦慮的說：「范總，好像出事了，民心廣場突然出現了一大堆的參展商，也不知道這些人是從哪裡來的，整整坐了五輛大巴，還帶了三大卡車的貨物，現在展區有一半左右都滿了。」

范金華不禁一愣，隨即不相信地說道：「不會吧？這麼晚了怎麼還有參展商過來呢？」

崔雲山連忙道：「范總，我怎麼敢騙您呢？您還是趕快過來看看吧，這些人正在布置展臺呢！看來這些人的胃口很大啊，咱們的展臺快被這些參展商給包圍起來了。」

聽到崔雲山的話，范金華再也坐不住了，直接放下筷子看向魏宏林：「魏縣長，你們瑞源縣到底在搞什麼啊，怎麼突然間來了很多的參展商？這到底是怎麼回事？」

魏宏林也愣住了：「很多的參展商？這怎麼可能呢？范總，你不是說不可能會有其他的參展商到我們瑞源縣來參展的嗎？這事情不是你負責的嗎？」

范金華一拍腦門，連忙拿出手機給白雲省幾個大型種子公司的老闆們打電話，詢問他們具體情況，結果從他們的回答來看，他們並沒有派人來參加。

范金華一連打了十幾個電話核實，從電話結果來看，這些人全都不是白雲省的人，這下范金華頭一下子就大了，**這些參展商竟然不是從白雲省來的？那他們是從哪裡來的呢？**

帶著種種疑問，范金華趕到了民心廣場。魏宏林也跟了過來，他也很想知道這些參展商到底是從哪裡來的。

范金華在各個新架設的展區流覽起來，各個展臺的工作人員由於都很忙，所以也沒有人搭理他。

范金華走了一圈後，臉色當場沉了下來。

他看出來這批參展商是以華安集團為首的北京市市內的種子和農資企業，這些公司由於多年來紮根於北京，輻射全國，大部分都成為規模不小的種子和農業公司，尤其是這些公司背靠北京市各大農業科研院所和大學，科技實力都很強，所以業務相當不錯。最關鍵的是，這些公司都有一套十分成熟的市場操作手段，這一點，僅僅從展臺的佈設就可以看得出來。

范金華鐵青著臉找到魏宏林道：「魏縣長，你不是說這次展會只針對咱們白雲省嗎？怎麼把北京的人也給請來了。」

魏宏林也鬱悶不已，因為他之前的確聽到柳擎宇說這次展會主要是請白雲省的各大種子公司而已，卻沒有想到來了這麼多北京的農業公司。

他立刻拿出手機撥通柳擎宇的電話，質問道：「柳書記，我在民心廣場上看到很多來自北京的參展企業，這是怎麼回事？你之前不是說這次展會只邀請白雲省的種子和農資企業嗎？你這麼做好像違背了這次展會的初衷吧？」

柳擎宇聽到魏宏林的話後，淡淡說道：

「魏同志，我的確說過要邀請我們白雲省的種子和農資企業的，但是，我想魏縣長你應該不會忘記，我可沒有說不邀請其他省分的企業吧？而且這次由於某些人為因素的關係，我們白雲省很多種子公司都不敢來參加展會，既然他們不來，我幹嘛不請一些外地的企業過來呢？

「魏縣長，你應該在現場吧？我想現在那些企業應該正在佈設展臺呢，麻煩你和程縣長一起協調一下現場的情況，我這邊馬上也帶著另外一批參展企業趕過去。」

聽到柳擎宇的話，魏宏林氣得差點吐血，柳擎宇竟然要自己去協調現場，開什麼玩笑！再聽到柳擎宇說還要帶一批人過來，魏宏林瞪大了眼問道：「柳書記，你那邊還有多少人？」

柳擎宇笑道：「也沒有多少人，也就七輛大巴三輛大卡吧，這次，咱們廣場的展臺總算不會空置了！」

說完，柳擎宇便掛斷了電話。

等魏宏林把柳擎宇的話告訴范金華後，范金華徹底呆住了。

就在這時候，副縣長魯元華又帶著十多名工人趕來，一到現場立刻忙碌起來，架設起展臺來。

看到這種情況，范金華整個傻眼！電話突然響了起來。

范金華看到電話是秘書姚玉蓉打來的，立刻上了自己的車，關上車窗，這樣外面的人就聽不到他和姚玉蓉之間的對話了。

姚玉蓉急急地說道：「范總，我剛剛得到一個消息，河西省衛視頻道從昨天晚上開始，突然出現了瑞源縣要召開農貿會的廣告，這條廣告每隔一小時便播放一次，上面還寫明瑞源縣籌備小組的電話和聯繫方式，據我從河西省經銷商得到的消息，河西省很多種子公司和農資公司都和籌備小組取得了聯繫，正在積極申請參與展會。目前為止，已經有七十多家大小公司申請了，而且有些公司在上午便出發前往瑞源縣了。」

范金華聽到這個消息，眉頭不由得一皺：「河西省？河西省為什麼會出現這樣一條廣告呢？你有沒有查清楚這條廣告是誰放的？」

美女秘書回道：「我調查清楚了，是河西省一個叫『蕭氏集團』的副總經理劉小飛親自拍板的，而且我得到準確的內幕消息，蕭氏集團最近新籌組了一個有關農業領域的分公司，主營與農業有關的業務，包括種子生產和研發、糧食收購、銷售、加工，由劉小飛擔任這家新組公司的總經理，他們還打算創立自己的食用油品牌，目標是打造中國自己的食用油、糧食品牌，口號是將轉基因產品徹底淘汰出中國市場，主打食安問題！」

「劉小飛？這是個什麼樣的人物？他為什麼要做這種事？**難道他不知道糧油市場早已處於我們外資企業的掌控之下嗎？難道他不知道這裡面有多麼深的利益糾葛嗎？難道他真的不怕會受到我們一連串的陰狠打擊和栽贓陷害嗎？難道他不記得當年三鹿毒奶粉事件，三鹿是怎麼被我們外資企業給陰死的嗎？**」

范金華忍不住發出一連串的疑問。

美女秘書苦笑說：「老闆，這個劉小飛是個十分愛國的人，他早就說了，既然決定把精力放在這個領域，就做好了馬革裹屍的準備，他說要為中國人的糧食安全、食品安全奮鬥一生！這次的瑞源縣農貿會，劉小飛也會親自帶著蕭氏集團的強項產品去。」

范金華質疑道：「劉小飛不是剛剛介入農產品行業嗎？他們公司怎麼會有什麼強項產品？」

姚玉蓉道：「劉小飛不久前剛剛完成三起併購行為，將三家河西省的大型種子公司給收購了，並重組成新的公司——騰飛糧油有限公司，而且劉小飛還找到了北京市旅遊產業的龍頭企業先鋒集團，與先鋒集團的老闆田先鋒達成了合作協議，雙方今後將會大力在旅遊領域推廣騰飛糧油公司的綠色食品、非轉基因食用油等等。范總，這個劉小飛將會是我們怡海集團的心腹大患啊！」

范金華讚許道：「嗯，很好，這次你做得不錯，你儘快把那些資料整理一下，發到我的郵箱裡，我要拿著這份資料向總部彙報，我們一定要儘快把劉小飛這個公司給弄死，否則，一旦他們坐大的話，對我們怡海集團來說將會是心腹大患。

「另外，你要想辦法多與那些農業領域的專家教授們多多溝通，該給他們送禮的就送禮，該送美女的送美女，不要怕花錢，只要我們牢牢掌控了種子市場和糧油市場，就可以主宰整個華人地區的糧食和身體健康。我們要用溫水煮青蛙的方式讓人們不斷食用由我們提供的轉基因食品和深加工的地溝油、添加各種食品添加劑的速食產品，讓他們在不知不覺中患上高血壓、糖尿病、癌症，等到合適的時機，只要我們把病毒一投放，整個中國瞬間會成為地獄！」

姚玉蓉聽了范金華的話，心中那叫一個激動啊！她的父親是個超級大貪官，後來因為東窗事發，被判處死刑，從那以後，姚玉蓉便恨上了自己的國家，後來被范金華引誘，加入了怡海集團，並暗中成為神秘組織的一顆棋子，配合范金華在華人地區發展業務。

雖然姚玉蓉的級別不高，但是由於范金華對她十分寵愛，所以也將怡海集團發展的最終目的告訴了姚玉蓉，那就是怡海集團表面上是跨國糧油企業，實際上，是個打著以實現「盎格魯撒克遜計畫」的神秘組織，目的是進行人口清洗，將人類削減至五億，並且完成世界格局的重新洗牌，他們針對的對象就是有色人種，首先從華人下手。

姚玉蓉還聽范金華說過，美國早已為掏空中國的外匯儲備做好了準備，而且已經展開行動了。

姚玉蓉看起來花癡一般的俏臉上露出陰毒、狠辣和瘋狂之色。

她要報復！她要瘋狂的報復！自己的老爸只是貪污了三四億而已，只能算是小貪，根本不應該判處死刑！

范金華和姚玉蓉通完電話後，立刻又換上一個外資企業老總的形象，走下車，來到魏宏林的身邊低聲道：「魏縣長，過一會柳書記會帶著更多人過來，估計現在的展位可能會不夠用。」

魏宏林臉色頓時難看起來。

他本來想要狠狠的讓柳擎宇丟一次人呢，卻沒想到柳擎宇突然逆轉，而且時間緊湊，他完全無法翻牌，柳擎宇實在太狠了，根本不給他任何反擊的機會。

魏宏林問：「范總，接下來你有什麼打算？難道你要認輸嗎？」

范金華眼中射出兩道寒光，陰惻惻地說道：「魏縣長，事已至此，我們要逃避是不可能的，只能兵來將擋水來土掩，我有一個辦法，或許能夠改變局勢！不過這需要你的大力配合。」

魏宏林一愣，范金華竟然還有辦法逆轉？便毫不猶豫的說道：「范總，有什麼要求你儘管說，只要能夠讓柳擎宇丟人現眼，我會盡力幫你的！」

范金華笑道：「其實嘛，辦法也非常簡單……」說著，范金華湊在魏宏林的耳邊低聲說了起來。

魏宏林使勁的點頭：「嗯，不錯不錯，這樣一來，柳擎宇就算是有脾氣也沒處發啊，整個展會也就完蛋了。好，這一招的確很陰險。」

……

第二章

瑞源規則

柳擎宇正色說道：「現在，任何經銷商、公司想在我們瑞源縣銷售種子產品，必須要通過我們的技術檢測，否則絕對不能在瑞源縣銷售，只有如此，才能確保我們瑞源縣老百姓的食品安全！這——就是我們瑞源規則！」

魏宏林和范金華離開半個小時後，柳擎宇和劉小飛帶著人趕到了民心廣場。兩人有說有笑聊得十分投機，畢竟他們已經不是第一次合作了。

兩人站在一起，卻讓瑞源縣的領導們都看傻了。因為柳擎宇和劉小飛就像是雙胞胎一般，不管是個頭、長相，甚至是氣質都十分神似，很難分辨到底哪個是柳擎宇，哪個是劉小飛。好在從口音上還能分辨出來。

柳擎宇是典型的北京口音，說話京味十足。劉小飛說話卻綜合了各地口音，聽起來十分特別。

這些人不知道的是，劉小飛其實也說得一口標準的北京話，只不過為了讓人能夠區別出來，這才特意用了別的口音。平時他和柳擎宇私下說話時，都是北京腔。

劉小飛看著現場忙忙碌碌的眾人，笑道：「柳擎宇，這次你終於不用發愁了吧？」

柳擎宇感動地說：「是啊，這次真得謝謝你了，你不僅親自召集了這麼多人過來捧場，還幫我們瑞源縣在河西省做電視廣告。」

劉小飛搖搖頭：「你這樣說可就見外了，當初我在蒼山市投資的時候，你可是對我多有關照啊，我們是互相合作，互惠互利。」

柳擎宇知道劉小飛的性格，也就不再和他客氣。

這時，副縣長程正茂突然走了過來，湊到柳擎宇耳邊低聲道：

「柳書記，我剛才看到魏縣長和怡海集團的范金華范總在一起聊了好久，還不時對著咱們展會現場指指點點的，看他們的樣子十分鬼祟，咱們是不是得小心一些呢？」

聽了程正茂的話，柳擎宇臉上露出了凝重之色。

從程正茂的話中，他突然想到一個問題，那就是魏宏林和范金華兩人之間有著共同的利益，他們都不希望本次展會能夠成功舉辦，尤其是范金華還專門給白雲省的各大種子商人和公司的老總打過電話，威逼利誘他們不允許他們到瑞源縣來參加本次會議。幸好自己在最後時刻找了劉小胖和劉小飛幫忙，才搞定展會參展商的問題。

所以，**魏宏林和范金華會願意看到明天展會成功舉辦嗎**？答案顯然是否定的。

那麼**他們會坐以待斃嗎**？更不可能！

他們將會採取什麼措施呢？柳擎宇陷入了沉思。

這時，劉小飛拍了拍柳擎宇的肩膀，用手指了指大巴說道：「走，咱們上去坐坐。」

柳擎宇點點頭，和劉小飛一起走上大巴。

關好車窗後，劉小飛關心地道：「愁啥呢？」

柳擎宇把程正茂的話跟劉小飛說了。

其實，程正茂說話的時候，劉小飛就隱隱聽到了一些，等柳擎宇說完，劉小飛便道：

「不要著急。咱們可以**換位思考**一下。你久在官場，可能對我們商場上的操作手法不太熟悉，這樣說吧，如果把我換到范金華的那個位置上，如果我非得採取最有效的辦法來讓本次展會徹底失敗的話，那麼最好就是趁著夜色，派一批人到民心廣場來，來個火燒連營，到時候展臺全部燒毀，就算你再怎麼調動人手，也無法在幾個小時內把展臺給搭好。

「尤其是各個展臺都存放著種子和農資，如果一把大火下去，這些東西肯定要被燒個七零八散，明天的展會也不可能正常進行下去了。

「這時候，魏宏林他們再把記者給埋伏在四周，各大媒體同時報導展臺被燒的事，你和瑞源縣絕對丟人丟到底了，你的能力也會受到上級領導的質疑。」

柳擎宇使勁的點點頭，劉小飛的分析果然鞭辟入裡，而且以柳擎宇對范金華的瞭解，他真的有可能會做出火燒連營的事情出來。

想到此處，柳擎宇眼中閃出兩道寒光，嘴角卻笑了起來，看向劉小飛說道：「劉小飛，有沒有興趣晚上一起玩一局**捉迷藏**的遊戲？」

劉小飛笑說道：「好啊，沒問題，已經好久沒有活動活動手腳了。」

兩人相視一笑，英雄惺惺相惜。

劉小飛帶來的人一直佈置到凌晨一點左右才把展臺佈置好，佈置完後，按照原定的方式，三個展臺留下一個人值班，其他人全都去不遠處的酒店休息去了。

等他們離開後，廣場上的幾盞大功率鹵素燈也全都熄滅，廣場上再次只剩下幾盞昏黃的路燈。

到了凌晨三點左右，那幾盞昏黃的路燈也熄滅了，整個廣場上漆黑一片。

此時在現場值班的人都因為勞累，伏在展臺上呼呼大睡起來，少數有精神一點的還玩著手機。

漆黑的夜幕中，四面八方突然悄然多出了二十幾個人，這些人穿著黑色運動衣，軟底球鞋，走路時故意把腳步放得很慢很輕，走在廣場上幾乎聽不到一點聲音。

這些人手中都拎著一把未點燃的火把，手中還拎著一小桶汽油，呈包圍之勢將整個展區給包圍起來。

在三百米外的一輛汽車內，范金華手中拿著紅外線望遠鏡，滿臉得意的看著現場的情況，在他旁邊，則坐著瑞源縣青龍幫的幫主周青龍。

周青龍手中也拿著紅外線望遠鏡觀察著手下的情形，一邊注視著周邊的動靜，同時透過耳麥指揮著手下們的行動。

看到手下已經進入到預定位置後，周青龍立刻下令道：「好，都暫時不要動，全都趴下，進入待命狀態。」

說完，周青龍看了看時間，離預定動手時間還有五分鐘。

這時，旁邊的范金華耳機裡也響起了手下的聲音：「范總，記者們已經從酒店出發了，估計十分鐘後抵達民心廣場。」

范金華點點頭：「嗯，知道了，你注意控制一下節奏，先不要著急，我們這邊五分鐘之後動手，你們看到大火起來之後，再開車趕過來。」

掛斷電話，范金華看向周青龍道：「老周啊，今天的事就靠你們了，辦好這件事情，你們青龍幫今年的活動經費我給你增加三成！」

周青龍聽了，大感興奮，他們青龍幫一共有五十幾個人，范金華每年資助他們青龍幫數十萬元作為活動經費，同時還幫他們開了一家娛樂場，作為他們的收入來源，讓他們可以不需為生存而奔波勞累。

他們存在的目的非常簡單，那就是充當范金華的秘密打手，專門用來對付那些不聽話的各種商人。

所以，聽到范金華給他們活動經費增加三成後，周青龍十分高興，連忙道：「范總，請您放心，今天晚上我一定要讓您看一齣火燒連營的好戲。而且今天晚上風還不小，火一旦燒起來，很難熄滅啊。」

范金華嘿嘿地笑了起來。他打開車窗，一陣冷風掃來，帶來一絲寒意。

月黑風高殺人夜！

看看時間差不多了，周青龍拿起耳麥下令道：「好了，開始展開行動，衝向展臺，把汽油都灑到展臺上，點燃火把，丟到展臺上，快快快！」

隨著周青龍一聲令下，他的手下們立刻從匍匐隱蔽狀態站起身來，邁開大步向著展臺快速衝去。

然而，就在這個時候，廣場上的那些大功率鹵素燈突然全都打開，白花花一片。

與此同時，那些手拿汽油桶的人全都呆呆的看著十分突兀地出現在他們面前的兩個黑紗蒙面的彪悍男人。

沒有人注意到，也不知道這兩個蒙面男到底是從哪裡跑出來的。

只見所有的打手都呆住了。因為這兩個男人的形象在燈光的映襯下，顯得是那樣高大和輝煌，彷彿是兩尊救世大神般。

這兩個蒙面男大聲吼道：「孫子們，想要火燒連營？得先過老子這一關！」一邊說著，兩人同時從左右兩方衝到了人群之中。

這些人可是一手拎著汽油桶，一手拎著火把的，等他們意識到情況不對，丟掉汽油桶，掄起火把想要和這兩個進行對抗的時候，卻悲劇的發現，這兩個人實在是太彪悍了。他們衝進了打手群，就猶如虎入狼群一般，肆無忌憚，縱橫馳騁，沒有遇到一點障礙。

一邊動手，兩個人還一邊談笑著：「我搞定了三個。」

「嘿嘿，我搞定五個了。」

「算你狠！又搞定三個！哈哈！」

哥倆一邊動手一邊比著誰擺平的人多，直接把現場這些混混當成了沙包。

這些打手那叫一個鬱悶啊，好歹他們也是道上數一數二的勢力，但是他們這群平時在瑞源縣呼風喚雨的打手們，此刻就像是泥塑的一般，在這兩人面前完全不堪一擊。他們想要反擊，卻發現還沒有打到對方呢，自己便騰空倒飛了出去。

而且這哥倆似乎有著共同的愛好，那就是打人耳光！

幾乎每個被他們擺平的打手們在剛剛接觸的時候，就會被這兩個人至少打上一個耳光，響亮的耳光配合著兩人的打扮，猶如一部武打片在廣場上上演。

此刻，那些本來已經迷迷糊糊進入夢鄉的值班人員也被現場的動靜給驚醒了，紛紛睜開迷糊的雙眼望去，這一看全都瞪大了眼。

哇，這該不是李連杰還是成龍在拍片吧？怎麼現場這麼熱鬧！這兩個蒙面人到底是誰啊？這麼彪悍?!

其實，以這兩人的實力，搞定這二十幾個人根本不需要多長時間，但是兩人似乎是有意放慢速度，足足用了十來分鐘才擺平對方，等眾人都被打倒在地時，突然響起了一陣汽車引擎聲，十幾輛新聞採訪車疾馳而來。

到得早的記者正好看到這兩人打倒那些打手時的情形，都被兩人的彪悍給震驚了。好一會兒才反應過來，拿起照相機對著兩人拍起照來。

這時，其中一個蒙面人大聲道：

「各位朋友們，大家都看到了吧，這些人是受到某些人的指使，帶著汽油、火把、打火機等東西前來展會現場想要火燒展臺的，現在他們已經全部被搞定了，到時候警方會給出大家更加準確的答案。」

說完，兩個蒙面人一溜煙的消失在記者們的視野中。

與此同時，急促的警笛聲從四面八方響了起來，警車上，三十多名員警蜂擁而上，帶起地上的那些打手以及散落滿地的汽油、火把等物品，消失在記者們面前。

為首的正是瑞源縣新上任的公安局副局長阮洪波。

有些記者想要採訪阮洪波，阮洪波卻拒絕了，他說道：「各位記者，現在事情沒有調查清楚前，我不方便說些什麼，不過請大家放心，我們會在今天舉行新聞發佈會，向大家報告案件的最新進展情況。」

周青龍和范金華目睹了這一幕，整個驚呆住，不攻置信眼前發生的這一幕。

他們怎麼也想不明白，這兩個蒙面人為什麼會出現在這裡，警方又為什麼會那麼準時的出現，這一切實在是太匪夷所思了。

范金華的反應超快，當他看到警方出現，便讓司機立刻駛離現場，迅速向周青龍停放汽車的停車場駛去，邊走邊說道：

「老周啊，看來今天這次行動我們算是失敗了，不過你放心，我答應你的活動費依然不變，明天上午就會匯到你的帳戶上去，不過為了咱們的安全，我看今天你別回家了，先找個地方躲一躲，我已經給你在鄰省安排好落腳地點，你去了之後會有人聯繫你的，等風聲過了之後你再回來。」

周青龍也是個明白人，知道小弟們被抓以後，不排除有骨頭軟的會把自己給交代出來，所以點點頭，改上了自己的車，駛入茫茫黑夜之中。

然而，周青龍的車剛駛離瑞源縣縣城不久，在一個轉彎路段的時候，他的汽車剎車突然失靈，整個車子直接翻滾撞上了路邊的大樹，整部車幾乎在瞬間宣告解體，同時，一陣劇烈的爆炸聲響起，車子瞬間冒出一團耀眼的火焰。

范金華嘴角露出一絲冷笑。他的旁邊坐著的是他的副手、來自美國的東北地區域副總裁卡洛斯。

卡洛斯並不知道周青龍已經出事的消息，皺著眉頭道：「范總，你就這樣放周青龍走了，你能保證周青龍的嘴嚴實可靠，不會把我們給透露出去嗎？我認為你這樣做有些不太妥當啊。」

范金華知道卡洛斯是總部派到自己身邊監督他的，冷冷地看了卡洛斯一眼，說道：「卡洛斯，我得提醒你，我才是怡海集團東北區域的總裁，該怎麼做我心中有數，不需要你來指手畫腳的。」

儘管他把身心都投入到總部的計畫中，成為總部最為忠誠的走狗，但是美國總部對自己依然不放心，原因很簡單，因為自己是華人。對此，范金華十分不滿，卻又很是無奈，誰讓自己當初為了榮華富貴背叛了國家，選擇加入到對方的陣營中去呢。

卡洛斯陰著臉道：「范總，我知道你是總裁，但是你也不要忘了，我有權對你的錯誤行動提出質疑，如果你不能給我一個合理的解釋，而我認定你的決策有可能會影響到怡海集團在中國的總體布局和我們的安全的話，我有權向上面直接進行彙報。」

范金華哼了聲：「好，既然你一定要弄明白，那我就向你解釋一下，不過你記住了，這是我最後一次向你解釋，以後再有類似的情況，我不介意向總部提出把你調走。我也有這個權力。有什麼問題你儘管問吧？」

「你為什麼要放周青龍離開？為什麼不想辦法幹掉他？」

「我雖然放周青龍走，但這並不代表我已經放過他了，你之所以認為我放過他，那是因為你的無知。你知道周青龍開的是什麼車？」

卡洛斯回道：「當然，那不是最新的日本車嗎？那車要七八十萬呢！」

「你認為這車的安全性怎麼樣？」

卡洛斯道：「那還用說！絕對屬於高級房車啊，安全性不用說了。」

范金華冷笑道：「這仍代表你的無知。我可以明確的告訴你，那車雖然高級，表面上看安全係數非常高，但是你忽略了一個關鍵的因素，那就是既然車商可以將這車設計成智慧型車款，能用遙控器開車門、找車和定位，難道就不可以用遙控器做別的事了嗎？包括錄音錄影？包括控制汽車的其他零件？」

卡洛斯聽了一愣。

范金華又道：「我已經和這輛車的廠商控制部門負責人聯繫過了，他們會在周青龍的汽車車速達到最高的時候，利用遠端技術直接讓他剎車失靈，而且無法減速，這樣一來，只要遇到前面有障礙物或者轉彎路段，周青龍的車必然會出事。

「而且這輛車本身還裝載了自動引爆系統，只要系統探測到汽車發生了交通事故或者碰撞，利用遠端設定一下，就可以當場引爆汽車，置周青龍於死地，這種操作神不知鬼不覺，誰都不會想到這起交通事故是有人故意操作的。」

這時，范金華的手機響了起來，是一條無名的簡訊：

「A計畫已經播放完畢，非常好看。」

看到簡訊後，范金華得意的笑了起來，說道：「好了，周青龍已經死翹翹了。」

卡洛斯聽了大吃一驚：「真的死了？」

范金華道：「沒錯，死了。」

「那我們接下來怎麼辦？」

「等待明天展會召開以後再想辦法吧，看來柳擎宇這次是早有準備啊。」

就在范金華與卡洛斯對話的同時。

距離他們直線距離不到六百米遠的地方，柳擎宇和劉小飛各自穿著一身黑衣，蒙著黑紗緩緩走入一條偏僻小巷內。

兩人扯下臉上的黑紗，相互看了一眼，同時哈哈大笑起來。

劉小飛說：「柳擎宇，你可真有意思，堂堂的瑞源縣縣委書記竟然玩黑紗蒙面、行俠仗義這一套，你這一點都不像縣委書記啊！」

柳擎宇笑道：「誰說縣委書記就不能這樣做了，縣委書記也是人啊。你別說我，你現在是蕭氏集團的投資總監兼騰飛糧油的董事長吧，你不是也這樣做了？」

劉小飛苦笑著說：「是啊，在沙場上征戰慣了，突然生活歸於平靜，當了商人，我還真是有些不太習慣呢。當年當雇傭兵的時候雖然累了些，十分危險，但是想一想，那時候刀口舔血的生涯很刺激。而且那時候敵人和目標都是明確的，可是現在卻不一樣，你不知道你的敵人在哪裡，甚至有時候被人給陰了，還滿臉含笑著幫人數錢呢！你們官場也不好混吧？」

柳擎宇回道：「當然不好混了。我才進入官場幾年啊，就就感覺自己一下子老了十幾歲一般，幾乎每天都在和別人鬥心眼，稍微一不留意，就有可能掉入別人的陷阱中，怎麼死的都不知道。」

兩人都是滿臉苦澀和回憶。

一邊走著，兩人回憶起自己當年征戰沙場時的趣事。雖然征戰的地區不同，但是他們的經歷卻極其相似，甚至所接受的訓練都一樣，所以聊起天來很有共同語言。

一個小時後，他們饒了一大圈，回到柳擎宇租住的社區內。

坐在沙發上，一邊喝著茶水，劉小飛突然問道：「對今天晚上的事你怎麼看？」

柳擎宇說道：「很簡單，從操作手法來看，肯定是范金華做的，只不過我相信，他絕對不會讓我們抓到他的證據罷了。」

「那你打算怎麼對付他？」劉小飛問道。

柳擎宇嘿嘿一笑：「我為什麼要對付他呢？他可是我們瑞源縣的商人啊，只要他合法經營，我就沒有對付他的理由。」

聽柳擎宇這樣說，劉小飛也笑了起來。

這個柳擎宇還真是夠狡猾的，都這個時候了，還不肯向自己透露一絲一毫的訊息，不過柳擎宇這番話說得也很有意思，他說得很清楚，只要范金華守法經營就不會對付他。

但問題是，范金華和他的怡海集團會守法經營嗎？

第二天上午六點半左右，民心廣場上便開始熱鬧起來。

休息了一夜的參展商人紛紛醒來，收拾展位，調試宣傳設備的工作開始緊鑼密鼓的展開。

當晨練的市民們來到民心廣場遛彎的時候，震驚的發現，在一夜之間，整個廣場變成了另外一個樣子。

早晨七點半，柳擎宇、宋曉軍、周服山、程正茂、魯元華五個人帶著工作人員早早的便趕到了民心廣場，在各個展區轉悠起來。

柳擎宇發現，各個展臺上擺滿了各式各樣的種子和農資產品，種類十分豐富，價格也是高中低檔都有。柳擎宇頗為滿意。怡海集團想要讓這次農貿會失敗，卻想不到自己會玩這麼一手**明修棧道，暗渡陳倉**，最終擺平了此事。

柳擎宇溜達了差不多十分鐘左右，看看時間，距離排程上的七點五十分已經差不多了，便走到展區正中央，手中拿著麥克風大聲說道：

「各位來自全國各地的商人朋友們，我是瑞源縣縣委書記柳擎宇，在這裡，我首先代表縣委縣政府對大家的到來表示熱烈的歡迎，現在是早晨七點四十五分，各公司的負責人都到現場了嗎？如果還沒到的話，各個公司趕快通知一下，我們七點五十分準時召開現場辦公會，屆時，我有重要事情宣布。」

此時，范金華和卡洛斯都到了現場，他們就坐在怡海集團展臺裡面的休息區裡，輕蔑的看著柳擎宇。

卡洛斯道：「范總，你說這柳擎宇在玩什麼把戲？怎麼大清早的要我們集合，你說他要宣布什麼重要的事啊？」

范金華聳聳肩道：「我怎麼知道啊，柳擎宇在大學的時候就從不按理出牌，總是喜歡玩一些花樣，沒想到現在當了縣委書記，竟然還是這副德行，咱們看著就行了，就算是他找了那麼多的參展公司，老百姓恐怕未必會買他的帳，畢竟我們怡海集團在瑞源縣已經經營了十多年，不管是品質還是口碑都佔有優勢，再加上另外兩家公司的配合，柳擎宇要想打破我們的壟斷地位幾乎是不可能的。」

七點五十分，柳擎宇掃視了一下全場，看看各個公司的負責人基本上都到齊了，便再度拿起麥克風說道：

「各位，我們的正式展會是九點三十分開始，距離現在還有一百分鐘的時間，為了確保各家公司的種子可以在我們瑞源縣暢通銷售，接下來，我們會對各家公司種子品質進行集中檢測和評審認證，對通過檢測的種子，我們會頒發認證證書，只有獲得認證證書的產品才允許在我們瑞源縣進行公開銷售；凡是沒有通過評審認定的產品，今後都將會視為不合格產品，我們將會拒絕其在我們縣裡銷售，同時也會加強對不合格產品的檢查力度，對不合格的產品一律查封、沒收、銷毀。」

柳擎宇說完，全場鴉雀無聲，每個人都呆住了，誰也沒想到，柳擎宁竟然會玩這麼一手。

卡洛斯大聲質疑道：「柳擎宇，你是啥意思？我從來沒有聽說過什麼現場認證評審的事，哪裡有這樣的規則？你這不是瞎胡鬧嗎？」

柳擎宇看了卡洛斯一眼，正色說道：「以前沒有，以後我也不知道，但是現在，任何經銷商、公司想在我們瑞源縣銷售種子產品，必須要通過我們的技術檢測，否則絕對不能在瑞源縣銷售，只有如此，才能確保我們瑞源縣老百姓的食品安全！這——就是我們**瑞源規則！**」

說話間，柳擎宇渾身上下散發出一股強烈的霸氣！

瑞源規則！好霸氣的瑞源規則！整個瑞源縣也只有柳擎宇敢於在處於市場壟斷地位的外企面前談規則！

卡洛斯聽到柳擎宇那不容置疑的聲音，冷聲道：「我保留向上申訴的權利。」

柳擎宇笑道：「那是你的權利，隨便你。」

柳擎宇再次拿起麥克風道：「各位公司的負責人，大家都聽清楚了，凡是你們公司希望在我們瑞源縣銷售的種子產品，請你們每種樣品各取四份，放進工作人員發給你們的包裝袋內，並在包裝袋上寫上公司名字以及種子的名稱、負責人簽字，整理完後，請把樣品交到程正茂副縣長那裡，他會帶著工作人員對大家的樣品進行整理，並安排後續的流程。」

隨著柳擎宇的廣播，現場工作人員忙碌起來，一組負責給各個展商發放可以裝種子的小包裝袋，另外一組則在現場把早組裝好的工作臺抬了過來，這是一個多層櫥櫃式工作臺，四周都是透明的，大家都可以看到裡面的情況。

副縣長程正茂親自坐在工作臺前，身邊是三名負責往工作臺內擺放樣品的工作人員。

隨著時間一分一秒的過去，一層層的樣品在工作臺上堆積起來。

怡海集團展區內。

卡洛斯皺著眉頭看向范金華說道：「范總，柳擎宇這是在玩什麼把戲？他們瑞源縣有那個技術和能力對種子的品質進行檢測嗎？」

范金華不屑地道：「檢測？開什麼玩笑？就他們瑞源縣農業局和品質技術監督局的很多檢測設備還是我們怡海集團贊助的呢，都是按照對我們最為有利的標準進行設計的，柳擎宇他們要用這些設備來檢測我們的產品，那不是開玩笑嘛?!他們怎麼檢測，我們都是合格的啊，這可是軟體早就設定好的，讓他們隨便檢測好了。」

卡洛斯卻不放心地說道：「范總，我怎麼感覺這事情沒有那麼簡單呢，柳擎宇為什麼要四份樣品呢？正常情況下，要一份不就得了嗎？我懷疑柳擎宇是不是要把這些樣品送到北京的檢測機構啊？如果真是那樣的話，恐怕對我們相當不利。」

范金華笑道：「卡洛斯啊，你太杞人憂天了，你想想看，再有一百分鐘農貿會就要開幕了，你看看現場，現在才八點左右，就已經有好幾名老百姓到現場來參觀詢價了，柳擎宇也說了，只有經過檢測後認為合格的產品才能在現場銷售，也就是說，柳擎宇的檢測肯定要在一百分鐘內完成，否則這個農貿會豈不是相當於只展覽無法銷售，這些農民不是白來了嗎？那樣的話，豈不是相當於農貿會失敗了。柳擎宇可能會讓這種情況發生嗎？」

卡洛斯搖搖頭道：「肯定不會，不過現場可是一百多家公司，幾百甚至上千份樣品啊，柳擎宇怎麼可能在一百多分鐘內把這麼多的樣品全都檢測完畢呢？」

范金華冷笑道：「如果我猜得不錯的話，柳擎宇很有可能是在玩虛張聲勢那一套，根本不用理他，你想想看，我們的產品在美國和中國的高級農業部門都能通過檢測，在瑞源縣怎麼可能通不過呢？」

卡洛斯感覺范金華說得很有道理，也就點點頭道：「嗯，這倒是啊，只是他要四份樣品做什麼呢？」

雖然范金華和卡洛斯對於柳擎宇要四份樣品感到不解，不過他們還是按照柳擎宇的要求，把所有的種子產品交了上來。

當坐鎮工作臺的程正茂看到怡海集團和另外兩家外資種子公司把樣品都交上來後，立刻指揮工作人員把工作臺裡面的樣品進行重新整理，每家公司的樣品只留下一份進行現場檢測，另外三份則分別彙聚到一起，組成一個快遞包裹，用箱子和封條包好，上面寫好了地址，讓工作人員直接快遞出去。

看到這裡，范金華和卡洛斯隱隱感覺到不太對勁，雖然他們看不到快遞包裹上寫的地址是哪裡，但是他們可以猜到，柳擎宇將那些樣品快遞走，肯定是要送到某些部門進行檢測。如果真是這樣的話，事情怕是真的有些不太妙了。

要知道，怡海集團雖然在瑞源縣這邊搞得轟轟烈烈、十分紅火，但是，並不是他們所有的產品都經過權威部門的檢測，他們只有一部分產品經過了檢測，而那些轉基因種子，他們都是以一種瞞天過海的方式進行銷售。如果這些產品送檢的話，很有可能會引起很多不必要的麻煩。

想到此處，范金華低聲對卡洛斯道：「你去找人盯著那些快遞，看看這些快遞最終都流向哪裡，如果能攔截下來就儘量攔截下來，如果不能攔截，就想辦法毀掉；實在不行，就買通檢測機構的負責人，務必要給我們合格的檢測報告證明。」

卡洛斯點點頭，開始部署起來。

就在這個時候，讓范金華和在場所有人更沒有料到的一幕出現了。

只見一輛北京車牌的大貨車突然停在廣場邊上，隨後，十幾名壯漢從後面的兩輛麵包車走了下來，大卡車車廂被打開，壯漢們從貨車上卸下了許多箱貨物，來到程正茂的工作臺旁一字排開，拆開包裝後，另一輛大巴也停在廣場旁邊，車上走下多名穿著制服的工作人員，這些制服上寫著統一的字樣——中華質檢。

柳擎宇再次拿起了麥克風大聲說道：

「各位老闆，朋友們，現在到來的這些人員，是我特地從最權威的協力廠商品質檢測機構——中華質檢請來的檢測人員，他們都有專業的資格認證，所以他們所作出的檢測是具有權威性的，是可以信任的。他們的證書就在魯元華副縣長那裡，誰有任何疑問都可以去魯元華那裡進行查詢和驗證。

「同時，我再隆重介紹一下擺放在現場的檢測儀器，這些都是由我國自行研發的最新轉基因檢測儀器，在一個月前剛剛通過國家有關部門的驗收，其轉基因檢測精準度高達百分之九十九點九，我再次嚴肅的申明一點，我們瑞源縣是種子大縣，也是第一季種子的發源地，所以我們瑞源縣堅決拒絕轉基因種子在瑞源縣銷售。

「只要發現或者檢測出轉基因種子都會就地沒收、就地銷毀，對任何銷售、販賣轉基因種子的商人，我們將會採取最為嚴厲的懲罰。同時，我們也將會採取最為嚴厲的責任追溯制度，只要我們發現這家公司在瑞源縣銷售轉基因種子，哪怕是在十年後發現，我們也會追究其在十年前所犯下的罪行，並給予最為嚴厲的懲罰。

「好了，廢話我就不多說了，現在開始進行正式檢測。這些檢測儀器能同時檢測十組不同的樣品，並同時給出檢測結果，所以大家可以放心，有了這廿三台檢測儀器，我們絕對可以在九點半前完成檢測，檢測結果就是我們最終的評審結果。

「如果哪家公司在事後對我們的檢測結果有異議，也不要著急，我之所以向大家索要四份樣品，是因為我們將會把其他三份樣品分別寄給國內兩家權威的轉基因評測結構，和歐洲一家轉基因檢測機構，到時候會有三份不同的檢測結果同時來佐證今天的結果。但是，今天的檢測結果在其他三份檢測結果沒有出來前，可以作為有效的證明。同時，我們也請來了白雲省的公證人員現場進行公證。」

柳擎宇說完，范金華、卡洛斯和另外兩家外資種子企業的負責人全都傻眼了。

他們千算萬算，誰也沒算到柳擎宇還有這麼厲害的後手。

對中華質檢這家協力廠商，他們並不陌生，因為這家檢測機構一向是以公平公正的檢測態度而著稱，在業界具有極高的知名度，而且這家機構一向以對轉基因產品的檢測結果精準而著稱，有好幾起大宗美國轉基因產品輸入後被取消交易，都是因為被這家機構檢測出轉基因成分。這家公司因此聲名鵲起。

如果由這家機構來檢測，結果恐怕對范金華他們十分不利。他們害怕了。

柳擎宇看了范金華一眼，對他們表現出來的情緒自然心知肚明。

此時，隨著多台檢測儀器和檢測人員的到來，頓時吸引了大批前來到現場等待開幕式的記者們。距離展會正式開幕還有一個多小時的時間，有些記者已經閒不住了，紛紛把攝影機對準了現場這些檢測人員。

過了一會兒，柳擎宇大聲宣布道：

「各位朋友，這次農貿會正式開幕，檢測和評定流程就是開幕式的全部內容，希望大家不要錯過啊。這絕對是史無前例的一次開幕式！」

媒體記者們都驚呆了，別的展會開幕式往往會請一些明星嘉賓表演節目，或是剪剪綵、官員致詞什麼的，瑞源縣竟然把品檢過程作為開幕式，這樣的開幕式會精彩嗎？

一時間，所有記者帶著心中的疑問，紛紛把攝影機對準了展會現場。

就在這時候，眾位記者們突然發現了一個讓他們咋舌的事，白雲省電視台的電視轉播車突然緩緩駛入廣場，並在現場架設起電視直播設備，三組攝影機和配套的記者從不同角度對整個農貿會開幕式進行現場直播。

這一下，在場記者們的壓力陡增。由於他們以往的報導往往是事後報導，大家都是如此，所以沒什麼競爭性。但是現在，因為有了現場直播，如果他們的報導落後的話，那麼新聞效果肯定會大打折扣。

既然來了，他們就不能白來。所以在電視直播的刺激下，這些記者們紛紛拿出隨身攜帶的筆電、ipad 等行動設備，也開始對檢測現場進行報導，隨時把最新的動態發回去。

但是，圖片非常耗費流量，就在眾人十分頭疼的時候，柳擎宇再次說話了：

「各位朋友，現場我們瑞源縣農貿會為了方便各位記者們，已經架設了多台大功率的無線路由器，大家只要打開 WIFI，就可以上傳圖檔了，路由器都沒有設置密碼，大家可以自由選擇信號強的進行登錄。」

現場頓時響起一陣歡呼聲。

隨著檢測的開始，結果一一出爐。總共檢測了將近一百多組種子，最後檢測的結果全都合格。

很多記者正感覺有些無聊和乏味時，突然一組檢測儀器響起了一陣急促的警報聲。

這個警報聲十分嚇人，猶如防空警報一般，同時，檢測儀器的顯示燈開始不斷閃爍著，發出耀眼的光芒，同時一個憤怒的公式化聲音響起：

「警報警報！本次檢測產品為未經批准的轉基因玉米種子產品！」

這個聲音一遍一遍大聲的在現場播放起來，很多記者像是打了興奮劑一般，紛紛把攝影機對準了那台檢測儀器和檢測人員。

這時，檢測人員把檢測結果列印出來後，在上面簽了字，連同檢測時剩下的樣品及包裝一起送到柳擎宇的面前，報告道：「柳書記，根據我們的檢測結果，美國ＭＤ公司生產的箭牌玉米種子為在歐洲嚴格禁止種植和進入的轉基因玉米種子。」

柳擎宇看完檢測報告後，也在上面簽了字，然後喊來在現場執勤的縣公安局副局長阮洪波道：「阮同志，請你將美國ＭＤ公司的負責人暫時收押，並將他們這批的玉米種子全部控制起來。」

阮洪波立刻指揮手下警員行動起來。

這時候，針對美國ＭＤ公司的其他種子的檢測還在繼續。

很快的，檢測結果全部出來，這家公司之前所有在瑞源縣境內銷售的玉米和大豆、稻米種子竟然全都是轉基因產品，而且沒有一款是經過權威部門認證的。

柳擎宇看完檢測報告後，立刻下令：

「阮同志，請你立刻下令各個鄉鎮派出所，對ＭＤ公司在瑞源縣的所有經銷商和倉庫進行搜查和查封，所有美國ＭＤ公司的同一批產品立刻全部就地銷毀！」

同時，柳擎宇撥通了市委書記戴佳明的電話，把檢測結果向戴佳明進行了彙報。

戴佳明沉聲道：「柳同志，你確定你們的檢測結果是準確的嗎？」

柳擎宇毫不猶豫的說道：「戴書記，這一點請您放心，我可以保證準確無誤，因為這些結果並不是同一台儀器檢測出來的，而是分好幾台同步進行檢測的，結果肯定沒有問題。我們還把另外其他三份樣品快遞給國內外三家權威檢測機構進行檢測，他們會在收到樣品後，三天內把檢測報告傳真給我們，以便佐證我們的檢測結果。」

戴佳明聽了，不由得猶豫起來。

戴佳明身為市委書記，太清楚一旦在自己負責的區域內出現這種事意味著什麼，這絕對是**重大責任事故**！

很多地方碰到這種事情的處理方式，要麼是儘快把事情給掩蓋起來，要麼就是立刻動用關係平息輿論。以免相關領導受到處分。

柳擎宇卻在這時大聲說道：「戴書記，這件事不能再掩飾了，因為現場的媒體記者在某些人的運作下非常之大，足足有幾十家，省電視台的電視直播車也出現在現場，我不知道他們是不是在進行現場直播。」

戴佳明神情一凜，立刻拿出遙控器打開牆壁上懸掛著的電視機，調到白雲省新聞台一看，沒有電視直播，他的心頭稍微放鬆了些，但是當他往後撥到白雲省衛視頻道一看，頓時呆住了。

原來，白雲省衛視頻道竟然正在對瑞源縣的農貿會進行現場直播，只見工作人員正在把查封的美國ＭＤ公司的轉基因種子倒入早就準備好的一台焚化爐內進行粉碎和焚燒，滾滾濃煙從焚化爐內升騰而起，十分震撼。

一旁負責播報的美女記者用手指著焚化爐，激動的說道：

「各位電視機前的觀眾朋友們，大家看到了嗎？瑞源縣正在對來自美國ＭＤ公司的大量轉基因種子進行粉碎和銷毀，這充分體現了瑞源縣縣委縣政府對老百姓食品安全的把關，體現了他們對轉基因產品的堅決打擊！

「各位朋友，讓我們為瑞源縣縣委縣政府的英明決定鼓掌歡呼！這樣的官員才是我們所需要的官員！這樣的領導，才是老百姓所需要的領導！

「各位觀眾朋友們，大家可能還不知道，今天的行動，是由瑞源縣最年輕的縣委書記柳擎宇親自主持操作的，我為瑞源縣有這樣年輕有為、有魄力的縣委書記感到驕傲和自豪！因為我祖籍也是瑞源縣！」

主持人是真的有些激動了。因為她身為媒體人，最清楚裡面的一些內幕，所以對轉基因食品深惡痛絕。現在她終於有機會可以表達她的觀點了。甚至她已經做好被辭退的準備。

此時此刻，來參加本次農貿會的老百姓大約有三四百人，都圍在焚化爐的四周，他們熱情的歡呼著、雀躍著，甚至有人大聲歡呼著「柳書記萬歲」的口號！

老百姓都是最為實在的人，對於種子是否為轉基因產品他們並不知道，他們只知道，這家美國ＭＤ公司和另外兩家外資種子公司一樣，壟斷了瑞源縣的種子市場，導致老百姓購買種子的時候，購買價格比其他地方要貴上一倍以上，而且縣裡想盡辦法禁止他們購買國產的種子，老百姓早就對這三家外資公司敢怒不敢言了，現在終於有人打破了壟斷，豈能不喜極而泣。

看到老百姓那種歡呼雀躍的表情，戴佳明的表情凝重著，這就是民心啊！不過戴佳明最擔心的是，省委領導會不會看到今天的電視直播呢？自己該怎麼做呢？

第三章

轉基因種子

美女主持人面對鏡頭怒聲指責道：「各位電視機前的觀眾朋友們，這就是怡海集團的種子品質啊！他們一共送檢了六十一份種子樣品，結果六十一種種子竟然全都是轉基因種子！而且全是沒有經過批准上市的轉基因種子！

戴佳明沉思著，接下來便透過電視直播看到了讓他震驚的一幕。只見攝影機鏡頭對準了位於最顯眼位置的怡海集團的展臺。怡海集團的展臺足足頂上別人八家展臺之大，展覽品種也是最為豐富的，玉米、稻米、大豆、小麥等種子應有盡有。

此時，當看到焚化爐啟動，范金華和卡洛斯一商量，感覺今天形勢對他們十分不利，不能再繼續逗留下去了。所以兩人趁著別人不注意，溜出展場就要往外走。

然而，他們剛剛走出展臺，就被阮洪波帶著員警給攔截了下來。

范金華怒視著阮洪波道：「讓開，我們有要緊的事，不要擋著我們。」

阮洪波沉聲道：「不好意思啊范總，柳書記已經吩咐了，任何公司的主要負責人在產品檢測期間都不能離開，請您配合我們。」

范金華怒吼道：「放屁！柳擎宇完全是在放屁！我們有人身自由，你們無權禁錮我的自由，我是擁有美國籍的美國人，你們無權對我說三道四的。」

阮洪波卻是淡淡說道：「不好意思，我不管你是美國人還是中國人，只要你在我們國內犯了法，我照抓不誤。我們無意禁錮你的自由，但是我們懷疑你們公司涉嫌在中國大力推銷未經許可進入的轉基因種子，這已經嚴重違法了，所以，請你們配合我們的調查。如果你們公司的產品沒有問題，我們會在檢測完畢後親自向你賠禮道歉，並放你們離開。」

卡洛斯深怕被抓，不顧形象地大喊道：「我要撒尿，我要拉屎，快點放我離開。」

阮洪波冷笑一聲道：「想要去洗手間是吧，沒問題。」說著，一招手，一輛移動式廁所便出現在卡洛斯面前。

阮洪波笑道：「你想要上廁所的話，可以上去了。」

這下子，不僅卡洛斯和范金華傻眼，很多電視機前看到這幕鬧劇的觀眾也都傻眼了。誰也沒有想到，瑞源縣竟然連這玩意都準備好了，如果這老外真要是去上廁所的話，絕對是**請君入甕**啊。

卡洛斯那叫一個怒啊！這可如何是好?!

范金華抗議道：「柳擎宇，你不要忘了，我們是你們瑞源縣的客人，我們今天來參加農貿會是來給你們瑞源縣捧場的，是來幫助你們發展經濟的，你如此對待我們，難道不覺得不應該嗎？照你們這種做法，以後誰還敢到你們瑞源縣來投資？誰還敢到你們瑞源縣來做生意？」

「范金華，你這話說得不太對吧，你是來捧場的？你以為我是三歲小孩子嗎？你以為我不知道就在不久前，你們怡海集團給白雲省許多種子公司的老闆打電話，告訴他們，如果他們參加我們舉辦的農貿會，你們怡海集團就會動用你們在種子市場的壟斷地位，將這些種子企業擠出種子市場，甚至還動用你們的人脈關係去找他們的麻煩。你以為所有中國人都怕你們嗎？你大錯特錯了。」

說著，柳擎宇拿出手機，從裡面調出一段音頻對話，然後湊到麥克風前播放出來。透過麥克風，這段對話直接在廣場上響了起來。

對話正是怡海集團的工作人員打給白雲省某家種子老闆，對其進行威脅的電話錄音。

此時，這段錄音也透過電視直播傳遍了整個白雲省。

當聽到這段電話錄音後，范金華的臉色立時垮了下來。好傢伙，竟然敢錄音下來，這些商人的膽子還真是不小啊！

不過當范金華意識到現在正在進行電視直播時，他便故意嚷嚷道：

「柳擎宇，你這完全是栽贓陷害，你以為你隨隨便便找兩個人錄個電話錄音就可以證明對話中的人就是我們怡海集團的人嗎？這樣的證據在我們美國是絕對不能作為證據採用的。」

柳擎宇收回手機，不屑地說：

「范金華，我就知道你不會承認的。不過沒關係，我只是想要讓你明白一點，若要人不知，除非己莫為，夜路走多早晚會碰到鬼的。至於其他的都是小事，現在最重要的是檢測你們公司的產品，看看你們怡海集團的種子品質到底如何？

「據我所知，怡海集團可是在南華市占有六成以上的種子市場分額，在白雲省也至少占了五成以上的分額，如果你們的種子品質不合格，這絕對是對我們白雲省的一種禍害啊！」

這時，檢測人員已經感受到柳擎宇和范金華間緊張的對峙局勢，在檢測完一家國內種子後，立刻把怡海集團的種子樣品拿了過來。

由於怡海集團的種子樣品很多，所以，所有儀器同時檢測起來。

很快，一台儀器接著一台儀器響起了急促的警報聲。

「警報警報！本次檢測產品為未經批准的轉基因玉米種子產品！」

「警報警報！本次檢測產品為未經批准的轉基因大豆種子產品！」

「警報警報！本次檢測產品為未經批准的轉基因大米種子產品！」

…………

一時間，警報聲此起彼伏，現場因為接連不斷的警報聲變得異常喧囂和躁動起來。

那名美女主持人手中拿著麥克風，更是激動的無以復加，面對鏡頭，怒聲指責道：

「各位電視機前的觀眾朋友們，大家看到了嗎？這就是怡海集團的種子品質啊！他們一共送檢了六十一份種子樣品，結果六十一種種子竟然全都是轉基因種子！而且全是沒有經過批准上市的轉基因種子！

「各位觀眾們，大家想一想，我們每天吃的糧食很有可能都是轉基因糧食啊，因為怡海集團佔了我們白雲省種子市場的五成以上啊！我想要問一問白雲省農業部門的有關領導，你們平時的工作到底是怎麼做的？為什麼會讓那麼多的轉基因產品堂而皇之的走進我們白雲省？為什麼讓這些種子堂而皇之的走上了老百姓的餐桌？

「看你們開會的時候吹噓得那麼厲害，好像每天都有忙不完的工作，我想問問你們，關係到我們百姓切身食品安全的大事，為什麼你們就一點都不作為呢？」

美女主持人這一連串的質問，當即贏得了所有電視機前觀眾的掌聲！觀看電視的老百姓熱血沸騰。

不久之後，最後一家外資企業的種子也全檢測完畢，這家公司送檢的三十一份種子樣品有三十份是轉基因種子！

美女主持人再次憤怒了，對著麥克風聲嘶力竭的吼道：

「各位觀眾朋友們，我……我現在真的不知道該說什麼好了，我只想對白雲省的省委省政府的領導們說一句，各位省領導，請你們睜開眼睛，看一看我們白雲省的農業現狀吧，難道你們希望我們的老百姓全都成為外國種子公司試驗用的小白鼠嗎？難道你們不知道現在不孕症的機率明顯高出以前好多倍嗎……」

隨著美女主持人的怒吼聲，老百姓們內心深處積壓已久的憤怒也被徹底激怒了。一時間，白雲省農業廳、南華市農業局的電話幾乎被打爆了，老百姓的質疑之聲響徹天地！

與此同時，在各大論壇裡，有關這次電視直播的情形也引起了巨大的轟動！

在電視機前觀看直播的戴佳明再也坐不住了。

戴佳明立刻一個電話打給市公安局局長，讓他立刻會同品質技術監督局和農業局的工作人員一起查封怡海集團以及另外兩家外資種子公司。

同時，他打給市委辦主任，讓他立刻通知所有常委們召開緊急常委會，商討有關怡海集團為首的三大外資種子公司的處理措施。

此刻，在白雲省省委書記辦公室內。

曾鴻濤和省委秘書長于金文正坐在電視機前觀看著今天的電視直播，曾鴻濤聽到美女主持人那歇斯底里的質問聲，感覺自己的臉上火辣辣的。

這個女主持人雖然話說得犀利，但是曾鴻濤卻非常欣賞這位敢說真話的主持人，因為女主持人的話深深地刺入了他的心。

一直以來，曾鴻濤對於白雲省的農業生產都很關注，每年都會在有關農業的問題上做出新的部署，確保農民能夠生活得更好一些，獲得更多的實惠。

然而，曾鴻濤千想萬想，千算萬算，就是沒有算到整個白雲省的種子市場竟然存在著如此嚴重的事情。

柳擎宇並不知道，今天省裡之所以會對瑞源縣的農貿會進行現場直播，是因為曾鴻濤的親自批示。曾鴻濤在聽說瑞源縣要召開農貿會後，便對這次農貿會充滿了興趣。

以他對柳擎宇的瞭解，他能夠感覺到柳擎宇的每次出手幾乎都能夠鬧出不小的動靜。如果任由柳擎宇發揮，弄不好會鬧出不小的麻煩。與其如此，還不如自己主動出擊，這樣，即使柳擎宇做得過火了也沒有關係，因為他相信，柳擎宇做任何事都會站在老百姓的立場上去做的，對其辦事的正義性根本不需要懷疑。

而且**柳擎宇每次所做的事情往往具有晨鐘暮鼓的效用，總是能夠在其他官員的思想深處引起共鳴**，尤其是讓自己看到自己平常管理中的疏漏之處。所以，曾鴻濤做出了這個指示。

說實話，曾鴻濤這樣做的確有些冒險，但是到了曾鴻濤這個級別，對於風險意識，他有著自己的判斷和認識，如果換成其他人，他也絕對不會進行現場直播的，**柳擎宇是唯一的例外**。

此時看到三大外資種子公司檢測的結果在電視機螢幕上輪番進行展示，曾鴻濤的臉色顯得異常陰沉。

然而，這時候，又一件跌破眾人眼鏡的事發生了。

只見柳擎宇手持麥克風道：

「各位，為了對目前市場上的種子樣品進行分析，為了加強對瑞源縣種子市場的控制，在過去的幾天裡，我派出五名工作人員前往全省各地，購買了全省種子經銷商和種子公司所銷售的多種種子樣品，這些都是成袋包裝的，並且會對拆裝的過程進行錄影，所以，任何對檢測結果有異議的人，都可以提出質疑，並申請查看拆裝錄影，查看記錄。」

隨後，在副縣長魯元華的帶領下，五名工作人員開著一輛電動三輪車駛進廣場檢測區域，並且從上面卸下了多袋小包裝的種子。

隨後，在美女主持人的指揮下，攝影機也對準了這些種子的拆裝及檢測過程。

當檢測完畢後，很多人都倒吸了口涼氣，沒想到在這些種子的檢測中，其中有一百五十多個品種的樣品雖然上面標注的是白雲省種子公司自己研發的品種，實際上，卻是三大外資種子公司的重新包裝起名而已，本質上依然是三大外資公司的轉基因種子，剩下的五十多個樣品的種子雖然是國產的，但是這些種子的市場佔有率極低，大部分都沒有貨。

電視直播進行到這裡，曾鴻濤徹底怒了。

曾鴻濤狠狠一拍桌子，下令道：「太過分了，金文，你立刻通知所有在家的省委常委們，讓他們以最快的速度趕到省委大會議室內，就目前白雲省出現的大規模轉基因種子的問題展開緊急措施；同時通知所有的副省長、省農業廳所有副廳級以上幹部，以及省品質技術監督局的正副局長們列席會議。」

說話間，曾鴻濤的臉上充滿了殺氣！

于金文看到曾鴻濤的這種表情，便知道曾鴻濤是動了真怒了，這次，白雲省恐怕有人要倒大楣了。

于金文的效率非常之高。十五分鐘後，所有省委常委們全部集合完畢，省農業廳和品質技術監督局由於距離省委很近，所以也全部趕到，可以容納三十個人的大會議室內座無虛席。

曾鴻濤推開房門臉色嚴肅的走了進來。會議室內的氣氛隨著曾鴻濤的到來，一下子緊張起來。

曾鴻濤坐在主持席上，臉色陰沉著說道：「在今天會議開始之前，我先問大家一個問題，有誰在來會議之前看了白雲省衛視頻道有關瑞源縣農貿會的現場直播？看過的請舉手。」

有幾名省委常委稀稀落落的舉起手來。而省農業廳和省品質技術監督局卻一個都沒有。

曾鴻濤鐵青著臉點點頭：「好，看來有些常委同志們還是很有政治敏感性的，很不錯。今天，我召開這個緊急常委會的原因，是因為瑞源縣農業方面出現了嚴重的品質安全事件，現在，大家可以先看一看電視重播。」

說著，曾鴻濤讓工作人員調出了電視直播的視頻重播。

當看到三大種子公司先後被查出來幾乎百分之九十九是轉基因種子後，省農業廳的廳長羅永志、常務副廳長趙天成、主管種子領域的副廳長馬海強額頭上都冒出了細密的汗珠，尤其是主管種子領域的副廳長馬海強，已經大汗淋漓了。

品質技術監督局那邊，很多領導臉色也慘白起來。

視頻畫面是經過剪輯的，當看完剪輯內容後，很快便追上電視直播進度，眾人便接著看起電視直播。不僅僅是農業廳和品質技術監督局的領導害怕了，主管農業的副省長也害怕了。所有人都意識到，這次的事情恐怕真的鬧大了，因為轉基因種子在白雲省的形勢極其嚴重。

此時，電視裡，現場檢測還在進行著，現在檢測的是來自北京劉小飛所帶來的兩支隊伍的種子。

這時，電視畫面裡，美女主持人手拿麥克風走到柳擎宇面前，問道：

「柳書記，你們瑞源縣打算如何處理這次農貿會上突然出現的數量這麼多的轉基因種子？如何處理那些外資商人？」

柳擎宇表情嚴肅的說道：「我已經通知所有縣委常委們趕來了，馬上召開現場辦公會，對今天的結果進行討論、決策。」

說完，便邁步走到不遠處已經全部到位的瑞源縣縣委常委的隊伍裡。

所有縣委常委們站成了一圈，柳擎宇道：

「各位同志，我相信大家對今天農貿會現場檢測的結果都知道了，就這件事情如何處理，大家有什麼想法都可以提出來。」

縣長魏宏林說道：「柳書記，我認為這件事我們不能操之過急，必須要做好充分的調查取證之後再決定。尤其是涉及到了三大外資種子公司，他們在白雲省種子市場上擁有很大的影響力，在國際上也很有影響力，所以我認為我們必須要從大局出發，妥善處理此事。」

柳擎宇冷冷的看了魏宏林一眼，沒有說行，也沒有說不行，接著問道：「其他同志有什麼看法？」

縣委副書記孫旭陽接口道：「我不同意魏同志的意見，我認為，三大外資企業，尤其是怡海集團在我們瑞源縣的銷售行為已經嚴重影響到了我們的糧食安全，而且他們所銷售的種子竟然百分之百都是未經認證的轉基因種子，這是嚴重違反商業道德和法律的行為，我們必須要嚴肅處理，絕不姑息。」

此刻，電視機前，曾鴻濤和一干省委常委們全都臉色嚴肅的看著瑞源縣的縣委常委會的討論情況。其他的省委常委一看曾鴻濤不說話，他們也不好說話，只能陪著曾鴻濤一起看著電視直播。

大家都很納悶，**為什麼省委書記一直對柳擎宇這個年輕的縣委書記如此看重呢？**此刻還帶著大家一起看瑞源縣的討論結果？難道他想要拿瑞源縣的討論結果作為決策參考嗎？

此時此刻，眾人心思不一，各自思考著自己的立場和應對之策。

瑞源縣，民心廣場。

孫旭陽的話說完，魏宏林的臉上立刻露出不滿之色，皺著眉頭看了孫旭陽一眼。

他突然發現一個問題，那就是隨著時間的推移，這個狡詐的孫旭陽竟然越來越多的站在了柳擎宇那一邊，尤其是每次有電視直播的時候，他似乎從來沒有和自己站在一起過，這讓他心中十分不爽。

孫旭陽說完，縣委辦主任宋曉軍立刻說道：

「我贊同孫書記的意見，我認為，不管是外資企業也好，國內的企業也好，只要是在我們瑞源縣生產和經營，就必須要遵守我們瑞源縣的法律法規，以怡海集團為首的三大外資企業明顯涉嫌違法經營行為，所以，必須對他們採取嚴厲的懲罰。」

隨後，其他常委們也紛紛表態。

雖然大家的說法不同，但是大部分還都比較贊同孫旭陽的提議。不管大家心中到底是怎麼想的，但是在電視直播裡，還是很注意自己的形象的，所以，在眾人的討論下，處理態度已經很明確了，那就是要嚴肅處理。至於處理的細節，沒有人願意主動提及，畢竟，這可是得罪人的事情。

柳擎宇掃了眾人一眼，沉聲道：「好，從大家的表態來看，都傾向於嚴肅處理，那麼我就提一下處理的細節，等我說完之後，大家可以發表各自的意見。」

說完，柳擎宇略微沉吟了一下，便接著說道：

「我認為處理主要分為六個步驟，第一個步驟，立刻在全縣範圍內查處所有以經營三大外資企業的種子為主的經銷商，沒收所有的三大公司所屬種子，統一運輸到縣裡進行集中焚毀，所造成的所有損失由三大外資企業承擔，這一步，我們已經展開行動了。

「第二步，就這個問題向市委進行彙報，建議市裡在南華市查處三大外資企業的所有種子，並進行檢測和後續處理。這一步我也向市委戴書記進行彙報了；

「第三步，立刻扣押三大外資企業駐瑞源縣的管理人員和業務人員，同時對所有三大外資企業人員進行司法程序處理。

「第四步，召開新聞發佈會，將三大企業在瑞源縣銷售、擴散非法轉基因種子之事昭告天下，同時表明我們瑞源縣堅決打擊的決心，同時撤銷三大外資種子公司在瑞源縣生產、銷售、經營的資格，吊銷他們的營業執照，禁止三大外資種子公司在瑞源縣進行所有的商業行為。

「第五步，對三大外資企業進十年來在瑞源縣所有銷售記錄進行追查，如果發現近十年來三大外資企業對瑞源縣銷售的全部是轉基因種子，那麼我們將要對他們實施史上最為嚴厲的處罰，同時將處罰金以補償形式發放給全縣受害的老百姓。」

魏宏林聽了柳擎宇的處理方案後，皺著眉頭道：「柳書記，處罰的力度你如何認定？」

柳擎宇回道：「這部分可以參考歐盟對於此類事件的過往案例，就我所知，美國一家企業偷偷在歐盟國家銷售轉基因種子三年，獲利三億英鎊，被歐盟處以六億英鎊的罰款，我們要詳細地調查三大外資企業在瑞源縣的銷售和獲利情況，並處以雙倍罰款。」

柳擎宇說完，在大會議室內觀看電視直播的曾鴻濤立即鼓起掌來，激動地道：

「好，好一個柳擎宇，這才是我們中華民族的官員！這才是真心實意幹事的官員！」

回答完魏宏林的問題後，柳擎宇接著說道：

「第六個步驟是由縣委牽頭，由縣委、縣政府、縣紀委組成聯合調查小組，對瑞源縣農業局、品質技術監督局展開深度調查，弄清楚為什麼三大外資企業在瑞源縣可以如此肆無忌憚的銷售轉基因種子，卻偏偏沒有人管，為什麼三大外資企業在瑞源縣形成了完全壟斷的情形，為什麼國產的種子無法進入瑞源縣進行銷售？

「為什麼有老百姓舉報，說瑞源縣之所以形成目前這種情況，主要是因為官商勾結所致，我想要看一看，到底是哪些王八蛋的官員在和三大外資企業私相勾結，魚肉百姓，將我們瑞源縣老百姓的身體健康置之不顧，查出來一個，嚴肅處理一個，絕不姑息！

「這種行為簡直和賣國賊沒有什麼兩樣，必須要以最為嚴厲的懲罰來處理！一定要讓我們瑞源縣的所有官員都意識到一點，那就是當官的既然口頭上說是人民的公僕，那就必須要做公僕的事，任何人膽敢依仗著手中的權勢和不法之徒相互勾結，魚肉百姓，必將會得到最為嚴厲的懲處。」

說到這裡，柳擎宇的目光中露出兩道凜冽的殺氣，說道：

「現在我提議，就地免去瑞源縣農業局局長和主管種子的副局長職務，免去品質技術監督局局長和主管種子檢測的副局長的職務，同時由紀委對他們展開跟進調查，發現違紀行為，立刻實施雙規！大家有沒有異議？」

魏宏林正想表示反對時，現場突然傳來老百姓們震耳欲聾的喊聲：

「沒有異議！堅持支持柳書記處理貪官污吏！懲罰不法商人！」

老百姓們這震天撼地的聲音嚇得魏宏林心中一個哆嗦，把已經到了嘴邊的話都給憋了回去。

他意識到，如果這時候要是再反對柳擎宇意見的話，很有可能會成為千夫所指的罪人，他沒有必要在為了那些下屬而犧牲自己的前途。

人，總是有自私心理的，尤其是像魏宏林這種人。

這時，那位美女主持人在聽完柳擎宇的一番話後，立刻雙眼崇拜的看向柳擎宇道：

「柳書記，你是我見過最帥、最酷、最有魄力的官員！希望你能夠徹底將那些與外商相互勾結的官員們全都給雙規了，就是不知道市裡和省裡的領導們敢不敢有所作為呢？敢不敢清查到底呢？」

美女主持人知道自己的質問發言已經違反主持人應該保持中立的原則，工作遲早不保，乾脆也豁了出去，將心中所想的全部說了出來。

柳擎宇一直在注意著這個美女主持人的一舉一動，對這個敢說真話的主持人非常欣賞。聽到她竟然敢質問市領導和省領導，柳擎宇衝著她微微一笑，笑容中包含著對美女主持人的讚賞，也有一絲替她惋惜的心情，他知道，這個美女主持人的飯碗恐怕要丟了。

柳擎宇猜得不錯，美女主持人的質問剛剛結束，現場的記者便接到了領導的通知，讓他們立刻將美女主持人帶離現場，回單位辦理離職手續。

此時，坐在常委會會議室內的曾鴻濤在聽完美女主持人的那番話後，讓工作人員關掉了電視，沉重地說道：

「各位同志們，剛才這位主持人的話大家都聽到了吧？柳擎宇剛才的處理意見，大家也都聽清楚了吧？一個小小的縣委書記敢做出這麼有魄力的事，難道我們省委常委們不應該為了白雲省的老百姓的食品安全和健康做出一些有魄力的事嗎？」

曾鴻濤停頓了一下，發布了他的第一個指示：

「我建議宣傳部門千萬不要辭退這位美女主持人，她的行為雖然有些偏激，但是她是個真正的媒體人，是個敢講真話的媒體人，像她這樣的媒體人應該得到我們的保護和支持，應該讓社會上多一些像她一樣敢講真話，敢針砭時弊的媒體人！」

聽到曾鴻濤的話，省委宣傳部部長李雲就是一愣。當他看到電視裡女主持人聲嘶力竭的質問時，心中第一個想法就是要把她撤換下去，這樣的人待在主持人的位置上，對白雲省來說可不是什麼好事，但是他沒有想到曾鴻濤竟然會出面力保這個女主持人。

不過，既然大老發話了，他自然不會再去處理這個女主持人，便點點頭道：「嗯，好的，我回頭和電視台打個招呼。」

得到李雲的回應後，曾鴻濤點點頭，目光落在省長崔衛東的臉上，沉聲道：

「崔省長，你認為瑞源縣的種子事件在整個白雲省會呈現一種什麼狀態？」

崔衛東臉色嚴峻地說道：「我估計整個白雲省的情況都差不多，既然以怡海集團為首的三大外資種子公司已經掌控了整個白雲省大部分的種子市場分額，他們沒有理由在瑞源縣推廣轉基因種子，在其他省分卻不推廣這種種子；最重要的是，瑞源縣是白雲省種子的發源地，幾乎白雲省各地的種子都是由瑞源縣供給的，所以，白雲省恐怕已經不可避免的成為轉基因玉米、轉基因大豆的重災區。」

曾鴻濤點點頭，又問道：「那麼你認為白雲省出現如此嚴重的糧食安全事件，我們應該追究誰的責任？又該如何處理？」

崔衛東自從看到剛才曾鴻濤對柳擎宇的處理措施大力表揚之後，便知道曾鴻濤已經下定決心要狠狠整頓一下白雲省的官場風氣了，而且崔衛東自己也是怒氣衝天，所以他毫不猶豫地說道：

「我認為白雲省竟會出現如此嚴重的糧食安全事故，省農業廳和省品質技術監督局負有不可推卸的責任，既然人家瑞源縣都有魄力處理相關的官員，我們省委省政府也要有足夠的魄力。

「我建議，直接免去省農業廳廳長和主管種子的副廳長職務，免去品質技術監督局局長和抓管種子檢測的副廳長職務，相關處室的負責人亦一併處理！並且請省紀委介入調查，協調省委、省政府的工作人員把這件事情調查個水落石出，發現一個雙規一個，絕不放過任何一個與外國商人相互勾結，魚肉老百姓的貪官污吏，絕不放過那些吃裡扒外的敗類、賣國賊！」

崔衛東說完，曾鴻濤滿意地點點頭道：

「好，崔衛東同志的意見我完全同意，在這裡，我再次重申一點，那就是這一次的調查不允許有任何人給相關責任人求情，也不接受任何人的求情，請大家記住，是任何人！我們必須要對白雲省的老百姓負責，對白雲省老百姓的生命健康負責，對白雲省的糧食安全負責。如果在這個過程中發現任何人員徇私舞弊，省委絕對會採取更加嚴厲的措施對其進行懲罰。

「另外，就三大外資種子公司在白雲省銷售的情形，我們要一邊對瑞源縣以外的其他區域進行調查，同時就此事向中央進行彙報，畢竟三大外資種子公司在中國的種子市場上也占有相當大的市場分額。

「還有，一會兒散會後，宣傳部立刻召集各大媒體記者舉行一個新聞發佈會，李雲同志親自出席本次發佈會，把白雲省針對此事的態度明確表達出來；另外，我認為我們很有必要拒絕三大外資公司在白雲省進行生產和經營，瑞源縣的做法非常正確，白雲省必須要吊銷這三大外資種子公司在白雲省的經銷資格，同時給他們開出史上最嚴厲的罰單，懲罰結果參照歐盟對同類性質企業開出的罰單，中國既然加入了世貿組織，那麼我們的罰款也必須國際化。大家還有什麼不同意見嗎？」

其他的常委們一看省委兩個大老都在這件事情上取得了一致意見，所以，崔衛東的意見也獲得了全票通過。至於曾鴻濤最後的提議，自然也沒有人有異議，即便有，也憋在了心中，畢竟這時候，誰也不願意背上一個賣國賊的罪名。

會議很快散了，眾人分頭忙碌起來。白雲省很快舉行了新聞發佈會，李雲親自出席，並且以最為強硬的措辭發布了對三大外資種子公司的強烈譴責，同時給出了初步的處罰意見。

當天中午，白雲省和南華市在經過一番調查後，發現了讓曾鴻濤和所有省委常委們觸目驚心的情形，以怡海集團為首的三大外資企業，近十幾年來，在白雲省銷售的玉米種子竟然全都是轉基因玉米，而近八年來所銷售的大豆種子也全都是轉基因種子，更不用說近五年來所銷售的轉基因大米種子也在逐步擴大範圍。

看到調查結果，曾鴻濤氣得直接甩了他的茶杯！憤怒地衝著省紀委書記喊出一句：

「查！給我狠狠的查！一查到底！不管是任何人，哪怕是一個小小的科員，只要對三大外資種子公司的經營採取放縱、受賄、勾結等行為的，全部要追究到底，即使已經退休的官員，只要參與到事件中，照樣追究責任，絕不能姑息！我們要給老百姓一個交代，給黨和國家一個交代！」

曾鴻濤說完，省紀委書記韓儒超表情凝重地點頭道：

「曾書記，您放心，省紀委針對省級機關的調查正在進行中，其他各地市也在各級紀委的領導下對此事展開了深入調查，我們絕對不會姑息任何人的。」

當天晚上，白雲省省紀委再次召開新聞發佈會，宣布對白雲省農業廳、品質技術監督局共計五十八名涉案的人員採取雙規措施，對省農業科學院、省農業大學十八名專家教授違背道德良知為三大公司的產品進行宣傳、代言、美化的行為，依法逮捕，並提起訴訟。

然而，這次事件到此並沒有平息！

三大外資種子公司的事情被媒體大肆踢爆後，雖然三大公司的母集團動用各種人脈想要平息此事的發酵，但是他們萬萬沒有想到，瑞源縣事件的影響力超出了他們的想像！

因為進行直播的是衛視頻道，相當於是向全國進行直播，柳擎宇的老爸劉飛也看了農貿會的整個過程。

本來，劉飛是打算看看兒子的工作能力如何，卻沒想到，柳擎宇把農貿會的開幕式變成了種子品質檢測評審會，並引發了一連串的後續連鎖反應。

劉飛看完直播後，也動了真怒！立刻一個電話打給首長，得知首長可以抽出時間聽取他的彙報後，第一時間來到首長辦公室內，向首長進行了緊急彙報，首長最終給出了十八個字的指示：「不管是誰，嚴查到底！絕不姑息，保護糧食安全！」

得到首長的指示，劉飛立刻行動起來。

劉飛的手段是何等的老辣，柳擎宇和老爸比起來簡直是小巫見大巫了。在沒有任何人察覺的情況下，以中紀委為首組建的兩個秘密調查小組在五天內，幾乎不眠不休轉戰全國各地，對三大外資種子公司在中國的生產經營情況展開了一次摸底調查。

第六天，中紀委突然召開新聞發佈會，宣布對三個省分主管農業的副省長採取雙規措施、五個省分的農業廳廳長、副廳長採取雙規措施，十八名所謂的轉基因專家被捕，三大外資企業中國總部主要負責人全部被收押禁見。

劉飛不動則已，一動震撼天下！

然而，三大外資企業背後，一隻無形的看不見的黑手開始動了起來。

就在中紀委的新聞發佈會召開後不久，美國商務部先是向中國商務部就此行為提出了嚴重抗議，並且表示如果中國方面不立刻為三大外資企業平反的話，美國將會對中國多種農產品徵收反傾銷關稅，甚至不惜打響貿易戰！

劉飛很快便接到商務部門反應來的訊息。他向首長彙報了此事，並且表達了自己的意見，首長聽完，點頭許可道：「好，這件事情你負責處理吧，我支持你的意見。」

劉飛立刻對商務部門作出指示：

「你們直接告訴美國商務部，中國對以怡海集團為首的三大外資集團不會有任何妥協，同時，我們還會啟動進一步的調查，對更多在華的種子和糧油公司展開深入調查，凡是涉嫌向中國輸入非法轉基因產品的糧油廠商，中國將採取最為嚴厲的懲罰措施。並且中國方面已經做出決定，將會全面禁止三大外資種子集團在中國繼續展開任何業務，並且比照歐盟的罰款公式，對三大外資公司進行罰款。

「至於美國商務部說要對我們大打貿易戰，你們可以直接回應他們，只要他們敢就此事對我們任何一種產品採取反傾銷關稅，那麼我們也會對他們的三種產品採取反傾銷關稅，如果他們真的想要開啟貿易戰，那麼我們中國堅決迎戰，絕不姑息！

「既然美國方面想實施亞太軍事平衡戰略，中國也不打算再有任何的隱忍，我們的經濟平衡戰略也差不多應該可以啟動了。我們吃虧、妥協的時代已經一去不返！請美國方面還是正視現實吧！」

美國商務部在聽到劉飛的回覆後，勃然大怒，當天便宣布對從中國進口的玩具實施懲罰性關稅。劉飛也馬上做出指示，中國方面全面停止從美國進口轉基因玉米、大豆類產品，轉而從其他國家進口。美國聽到這個消息，那些農場主都急眼了，紛紛組織遊行示威，抗議中國採取的措施。

美國商務部因為中國方面突然採取的強硬措施產生了巨大的分歧，分成了兩個陣營，一個陣營是以羅伊斯為首的激進派，一個是以海斯曼為首的保守派，兩派為此展開了激烈的討論。

海斯曼大聲說道：「我認為我們很有必要正視中國這個國家，他們不再是過去那個忍氣吞聲的國家，中國的國力正在逐漸強大，中國人的底氣正在逐漸的集聚，這樣的中國是十分可怕的，我認為我們沒有必要因為幾個種子公司的事而影響到整個農業產業。我們應該改變我們對待中國人的思路，如果我們再照固有思路繼續下去，會對我們產生相當巨大的危害。」

海斯曼說完，羅伊斯立刻反駁道：

「我不認同你的觀點，海斯曼，你的思想實在是太保守了，我可以告訴你，中國人的性格永遠都不會變的，他們骨子裡就是那種唯唯諾諾的性格，哪怕是面對越南、菲律賓那種小國的挑釁他們也不敢強硬回應，他們做的只有抗議、不滿、譴責，他們永遠都不會主動採取進攻態勢的，因為他們中國人實在是太好面子了，太講究所謂的大國威嚴了。「別看中國人說話氣勢洶洶的，其實他們根本就是色厲內荏，只要我們再堅持下去，中國人肯定會退縮的，你們想想，過去這二十幾年中，我們在和中國打貿易戰的時候，我們有輸過嗎？哪一次不是以中國人的妥協而告終？我們美國人什麼時候吃過虧？所以，我們只要堅持和中國打貿易戰，最後扛不住的肯定是中國人！」

海斯曼冷冷的說道：「羅伊斯，我想我很有必要提醒你一下，現在負責指揮本次中國貿易戰的負責人是劉飛，劉飛是什麼人，你不會不知道吧？我們美國人在他的手中吃過的虧還少嗎？當初他在海明市當市委書記的時候，我們吃了多大的虧你知道嗎？現在劉飛的地位可是今非昔比了，以他如今說話的分量，再加上親自指導本次貿易戰，你認為你能夠搞得贏他嗎？」

羅伊斯今年不過才三十五歲，並沒有經歷過當年劉飛和美國人的那場驚天動地的貿易大戰。只是略微聽說過而已，畢竟那場貿易美國輸得太慘了，對國內的媒體幾乎全部封鎖了消息。

所以，羅伊斯對於海斯曼的這種說法並不認同，冷冷地道：

「劉飛又怎麼了？他不也是中國的官員？只要他是官員，就無法跳出對美國忌憚的一面。我們有什麼好怕的。」

兩個人互不相讓，爭吵起來，場面異常火爆。

兩人吵了半個多小時還是沒有爭論出個結果，這時，一直在旁邊冷眼旁觀的總負責人斯沃特說話了：「好了，不要再吵了，你們的觀點聽著都有些道理，我看這樣吧，我們先再和中國方面打三個回合，試探一下中國方面的反應，同時，我們從政治、外交、軍事等多個角度向中國方面進行施壓，看看中國的反應如何。我們必須要維護我們美國領導世界的形象，這一點絕對不能動搖。」

對於斯沃特的話，不管是羅伊斯還是海斯曼都不敢反駁，因為斯沃特的身分不僅僅是美國商務部門的負責人，還代表著另外一重身分，那就是某大家族的代言人，這個家族對美國的政治擁有極大的發言權。

隨後，美國接連對中國三個產業採取了懲罰性關稅，中國方面也毫不示弱，對美國六個產業採取了反傾銷政策，並全面提高其關稅，還宣布懲罰性關稅最少持續三年。

三個回合下來，斯沃特有些扛不住了。與此同時，來自美國多個產業協會強大的壓力也讓斯沃特感到巨大壓力。

無奈下，斯沃特不得不親自飛往中國，與中國方面談判最終解決之道，希望用誠意來換取中國的妥協於退讓。

劉飛嗤道：「斯沃特先生，你們美國人的思維真的很奇怪啊，貿易戰是你們美國人先挑起來的，現在你卻讓我們妥協，這完全沒有道理啊。」

斯沃特忍著氣說：「劉先生，我想你應該看到我是帶著極大的誠意來和你們中國商談解決之道的。」

劉飛冷笑道：「那又怎麼樣？難道你認為你主動飛來中國，我就應該給你面子嗎？你這個思維就更不合理了。表面上所謂的誠意都是虛的，沒有任何意義，我們需要看到的是你們用實際行動來表達誠意。」

斯沃特變臉道：「劉先生，希望你能夠珍惜這次難得的和談機會，用你們中國的話說，過了這村可就沒這店了。」

劉飛態度堅決地說：「無所謂，中國不會對任何國家毫無原則的妥協，我們不喜歡戰爭和貿易戰，但是我們不懼怕這些，中國對於捍衛國家領土主權和國家利益的意志堅定不移。」

斯沃特憤怒站起身道：「劉飛，如果你要這樣說的話，那我們的和談恐怕真的無法進行了，告辭了，你會為你的決定後悔的。」

劉飛淡淡一笑：「我不會後悔的。」

斯沃特走了。隨後美國立即公布對中國展開多方戰略擠壓，想要逼迫中國在貿易問題上讓步。

然而，美國人失望了，中國方面沒有絲毫的退讓。

最終，注重實際利益的美國人妥協了，他們損失不起。經此一役，中國的國際形象大大提高，劉飛的國際聲望與日俱增。

當然，這些都是後話了，而這一連串的連鎖反應竟然都是因為柳擎宇搞出來的一個小小的農貿會引起的，這一點，是柳擎宇萬萬沒有想到的。

第四章

交通要道

柳擎宇在地圖上兩個點之間畫了一條線說道：「如果把瑞源縣與距離我們最近的這條岳山市的高速公路連接起來，然後再打通與吉祥省的翔安高速公路，那麼瑞源縣不就成了連接白雲省與吉祥省之間的交通咽喉要道了嗎？

此時，柳擎宇因為農貿會的事忙得不可開交。

因為這次的農貿會徹底火爆了！在經過電視直播後，前來參加農貿會的企業和公司猶如黃河氾濫一般，一發不可收拾。

讓柳擎宇意想不到的是，來農貿會的，還有很多南華市其他縣區的民眾。

隨著食品安全意識的增加，老百姓對自己所吃的糧食也越來越重視，很多人就連吃油都不怎麼吃在超市裡買的大豆油了，因為他們早就聽說大豆油十之八九都是轉基因的黃豆榨取的，所以他們寧可多花一些錢自己種植、自己榨油，也不願意去購買。

當老百姓聽說種植的很多玉米、大豆、稻米竟然大部分都是轉基因的成品後，全都震怒了，他們向有關部門進行大規模的集體投訴，也紛紛前往農貿會現場，準備去採購非轉基因的種子。

整個農貿會展場在一夜之間人流量大增，幾乎將整個廣場都給站滿了。柳擎宇一看這種情況，判斷以廣場的容量根本無法容納這麼多人，而且由於道路寬度有限，已經造成了交通擁堵狀況，柳擎宇立刻做出決策，將場地從民心廣場轉移到瑞源縣開發區。

說是開發區，其實只是一片剛剛整好地的荒地而已。這是前任縣委書記在任期間搞的政績工程，往裡面砸了好幾億，想要用此來招商引資，結果幾年下來，開發區裡只有零零星星的三家小型企業，其中還有兩家已經停產了。

這也是老百姓頻頻上訪的原因之一。為了解決這個問題，柳擎宇向百姓們承諾，以後每年會以百分之十五的返還率對百姓們應該收取的補償費進行返還，第三年之後則會支付百分之百的返還款，等於農民可以多得兩年的返還款。如果他們想要當年就收回返還款也沒有問題，可以到市財政局憑戶口名簿去領取。

在柳擎宇這種優惠政策的吸引下，幾乎大部分的農民都選擇了前者，並且重新簽訂了補償領取合同，新的合同不僅在補償標準上比舊合同有所提高，在其他優惠上也有所提高，老百姓們因為對柳擎宇的話深信不疑，所以讓柳擎宇有充分的時間來發展開發區。

當柳擎宇發現場地不足以滿足要求後，毫不猶豫的便把場地搬到開發區那邊，並且讓宋曉軍帶著兩位副縣長連夜規劃好各種動線位置，並且設定好指示標線。

柳擎宇的決策是非常明智的，第二天開始，前來瑞源縣參加展會的農貿公司以及購買種子的農民持續不斷的增加，而柳擎宇協調拆借過來的檢測儀器從第一天開始，就沒有空閒的時候，因為任何進入瑞源縣農貿會的參展商都必須隨機抽檢任何品種的種子，凡是發現一粒轉基因種子的公司，主辦方會亮出黃牌，如果發現兩種，直接拒絕其參加本次農展會。

正是由於嚴格的把關，再加上曾鴻濤的關照，各大媒體不斷地報導瑞源縣農展會的情況，一個小小的縣級農貿會一躍成為在全國都具有極高影響力的農展會。老百姓都知道了一件事，那就是要想買到非轉基因種子，瑞源縣的農貿會最安全，最有保障。

當柳擎宇看到瑞源縣農貿會的影響力越來越大時，立刻召集所有縣委常委召開緊急常委會。

會上，柳擎宇說道：「同志們，我相信現在農貿會的情況大家都看到了，由於本次農貿會獲得了極大的成功，看現在這種趨勢，恐怕原先計畫的三天時間恐怕不夠，所以，我提議將展會時間延長至一個星期，這樣可以給來自全國其他地區的客商留下充足的時間。

「另外，考慮到這次展會的影響力，我提議明年繼續舉辦第二屆農貿會，趁著這次的熱度，給所有參展商發出邀請函，請他們明年繼續參加，我相信沒有人會拒絕的。同時，也在電視媒體上投放廣告，將這次的影響力擴散到最大，把我們瑞源縣的農貿會做成一個非轉基因種子銷售、交流的平臺。

「我們要強化瑞源縣是非轉基因種子發源地的形象，將非轉基因認證做成一個品牌，這樣，凡是瑞源縣農民生產出來的種子必將會成為暢銷產品，不愁銷路，從而讓農民獲得巨大的收益。」

柳擎宇說完，全場爆發出一陣熱烈的掌聲。

此時，包括孫旭陽、魏宏林在內，也不得不佩服柳擎宇思維的先進，憑著這個農貿會，瑞源縣可以獲得巨大的利益，不僅僅是經濟效益，更有政績上的效益。

孫旭陽和魏宏林現在才發現，原本誰都不看好的一個小小的農貿會竟然成了一個具有全國影響力的品牌農貿會，這次農貿會籌備小組的政績可謂斐然啊，此刻魏宏林和孫旭陽都有些後悔自己沒有進入這個籌備小組了。

「各位，雖然農貿會還有好幾天才結束，但是我認為下次農貿會的籌備工作也可以啟動了。對於下次籌備小組的人員，我提議本次的主要骨幹領導全部保留，畢竟他們在這次的表現相當出色，可以說沒有他們的辛苦付出，就沒有本次農貿會的成功舉辦。下次農貿會的規模勢必會比這次還要大，我提議擴大農貿會的交易認證範圍，所以籌備小組的人數至少要增加一倍以上，補充更多的新血加入。」

柳擎宇這是拋出了一個誘惑力十足的餡餅啊，誰不希望進入下一屆的籌備小組。那可是實實在在的政績啊。不過所有人也意識到，柳擎宇提出這個問題，肯定有他的想法。

果然，柳擎宇接著說道：「我相信各位都清楚，第二屆籌備小組的任務十分艱巨，如果籌備不好的話，我們瑞源縣將會成為全國人民的笑柄，所以，第二期的籌備人員必須要嚴格選拔。我建議所有常委們都自動成為籌備小組的成員，分別負責協調各類事項。但是我醜話說在前面，新進籌備人員只有建議權、工作權，沒有決策權，掌控權，以免多頭指揮，造成不必要的浪費和效率低下。

「另外，籌備小組將會劃分為三個功能小組，原來的小組負責籌備組織區域，這一塊由宋曉軍同志和周服山同志來負責統籌，另外兩個功能小組為宣傳小組和善後小組，分別由魏宏林同志和孫旭陽同志來負責。大家看怎麼樣？」

孫旭陽聽到柳擎宇的分配不禁一愣，柳擎宇竟然把善後小組這個垃圾小組交給自己，卻把十分重要的宣傳小組給了魏宏林。自己可是在常委會上很支持他的啊，柳擎宇玩的到底是什麼把戲？雖然心中充滿了疑惑，孫旭陽卻並沒有當場提出來。

至於魏宏林自然沒有異議，柳擎宇願意在下一屆農貿會分給自己一塊政績，尤其還是宣傳領域的政績，他非常知足了。原本魏宏林是想給柳擎宇添亂的，但是現在有政績可拿，他也就暫時把自己的暗黑想法給壓了下去。

其他常委們也沒什麼意見，所以，在第二屆農貿會的問題上，縣委常委們取得了一致意見。

農貿會還在熱火朝天的進行著。

其中最為風光的參展商，就是劉小胖的華安集團和劉小飛的騰飛公司，他們成為農貿會上最先被認證通過並確認安全的種子經銷商。

在柳擎宇的穿針引線之下，劉小胖和劉小飛在經過協商後，決定結成**戰略聯盟**，聯手共同抵禦外資種子企業對本土企業的圍剿，撐起本土企業的旗幟，為本土企業爭取一席之地，為種子市場虛高的市場價格降溫，讓老百姓獲得更多的實惠和利益。

很多地方也開始模仿起瑞源縣的模式，舉辦自己的農貿會，只不過市場這東西就是這麼現實，瑞源縣之所以能夠成功，是因為他們首先開創了這種模式，也因為白雲省衛視頻道對他們進行了史無前例的直播，別的地方想要效仿，當地領導未必有這個魄力，所以很多地方只是簡單的採取認證處理，卻沒有辦法贏得公眾的心理認同感，而且缺少了三大外資種子企業這種重量級的處理對象，老百姓怎麼可能會認同呢？

就在瑞源縣所有常委們、幹部門都把注意力放在本次農貿會的時候，身為本次農貿會的發起者，柳擎宇卻早已跳出了農貿會這個政績餡餅，開始坐在辦公室內籌畫起瑞源縣的未來。

柳擎宇的對面，坐著的是縣委辦主任宋曉軍。

「曉軍主任，你認為我們瑞源縣的經濟要想發展，限制我們最大的瓶頸是什麼？」柳擎宇問。

宋曉軍在這次農貿會籌備過程中表現堪稱驚豔，除了劉小飛、劉小胖這兩個人帶領的團隊是柳擎宇聯繫的以外，其他像找來檢測儀現場檢測、評審和認證建議都是宋曉軍提出來的，所以現在柳擎宇很喜歡叫宋曉軍一起來商量各種事情。

柳擎宇雖然聰明，但並不自負，他**深知一人計短、兩人計長的道理**。

宋曉軍沉吟了一下說道：「柳書記，我認為限制我們瑞源縣發展的瓶頸就是交通，這一點，從此次農貿會就可以看得出來，在外省賣十塊錢的種子運到了我們瑞源縣至少要賣十五塊，經銷商才能不賠本，但是運到白雲省其他地市，卻只需要十三元就可以了，兩元就是我們縣多出來的運輸成本。

「身為三省交界地方的農業大縣，我們縣卻沒有一條高速公路通過，距離我們最近的機場也在三百公里以外，雖然附近有一條河，但是由於河道情況特殊，無法通航，所以我們瑞源縣相當於偏居一隅，要想發展，交通問題不解決恐怕很難。」

聽了宋曉軍的話，柳擎宇直點頭，宋曉軍的看法和他不謀而合，柳擎宇深深的感到瑞源縣交通情況落後所帶來的種種弊端。

柳擎宇又問：「曉軍主任，有沒有省級的規劃單位對咱們瑞源縣進行過道路規劃，提出建議的？」

宋曉軍苦笑道：「省建設廳、省建築規劃設計院倒是來瑞源縣考察過，但是他們給出的意見除了修一條高速公路把瑞源縣和南華市的高速公路連接起來以外，根本沒有什麼好的辦法。但是問題在於，目前南華市的財政狀況十分吃緊，我們瑞源縣就更別提了，誰都想要修建瑞源縣到南華市的高速公路，但是即便連接到距離我們最近的南華市高速公路也需要七十公里，要想修建這段高速公路至少需要七十多億以上，別說是市裡，就算是省裡也不願意出。」

柳擎宇大感好奇道：「為什麼省裡不願意出？」

宋曉軍嘆道：「主要是省裡認為瑞源縣是農業縣，每年的財政收入不過一兩億，而且瑞源縣的ＧＤＰ非常小，給我們修建高速公路等於是浪費資源，與其那樣，還不如把這筆錢投入到能夠產生更多產出的地方。」

柳擎宇聽到這裡，臉色沉了下來，道：「這話是誰說的？正是因為我們瑞源縣經濟不夠發展，所以才更需要修建高速公路，一直不修建的話，我們瑞源縣如何發展起來？」

宋曉軍回道：「是省交通廳廳長范昌華在會議上親口說的。」

柳擎宇記住了范昌華這個名字，這個范昌華也太沒有腦子了，怎麼能夠說出這樣的話呢？

柳擎宇眉頭緊皺道：「難道以前就沒有人爭取一下嗎？黃市長不是從瑞源縣走出去的嗎？他怎麼不為瑞源縣爭取一下呢？」

宋曉軍再次嘆道：「哎，黃市長是想要爭取，但是省裡不願意給錢啊，只靠市財政根本無法把這個項目給支撐起來。」

柳擎宇想了想道：「難道沒有考慮過引進投資商聯合開發嗎？這個模式在很多地方都運行過了啊？」

宋曉軍道：「市裡和縣裡都曾經去找過投資商進行洽談，但是人家過來一考察就全都搖頭了，投資商認為，即便是建成了高速公路，以我們縣的經濟條件，也沒有足夠的車輛往來於縣市之間，要想收回成本，不知道得猴年馬月呢，所以沒有人願意投資。」

這個說法倒是合情合理，以瑞源縣目前的經濟條件和車流量，的確很難回本。

然而，柳擎宇心中卻有自己的算盤。他的目光落在了辦公室牆面上掛著的那張巨大的白雲省地圖上，仔細的看著。

宋曉軍順著柳擎宇的目光看去，卻沒有發現什麼。

這時，柳擎宇走到地圖面前，用手在地圖上兩個點之間畫了一條線說道：

「你看，如果把瑞源縣與距離我們最近的這條岳山市的高速公路連接起來，然後再打通與吉祥省的翔安高速公路，那麼瑞源縣不就成了連接白雲省與吉祥省之間的交通咽喉要道了嗎？

「另外，如果我們再想辦法打通與赤江省之間的這條水路，瑞源縣將會變成三省交通咽喉要道，僅憑這一點，瑞源縣想要不發展起來都很難啊。到時候我們還需要再發愁什麼高速公路收費的問題嗎？」

宋曉軍看到柳擎宇手指的路線，心中頓時沸騰起來，柳擎宇的這個設想實在是太大膽了，是任何專家學者都不曾提及過的。

宋曉軍忍不住說道：「柳書記，你這個想法的確有可行性，但是你卻忽略了一點，那就是這涉及到兩條跨省的道路，協調起來十分困難，利益分配也很難平衡；另外，就算是與本省的岳山市高速公路連通，也要打通一連串的隧道，其中涉及到的問題非常多，尤其是資金，更是難籌集。」

雖然柳擎宇心中充滿了鬥志，卻也明白宋曉軍的話有其道理，不過柳擎宇的脾氣非常倔，凡是他想要做，並且認為對老百姓有好處的事，就要堅決做下去，柳擎宇相信，只要瑞源縣的交通情況得到了改善，以瑞源縣現有的資源，絕對能夠走上快速發展之路。

想到此處，柳擎宇略微沉吟了一下說：「這樣吧，我先從北京那邊找些專家過來，看看我的設想是否可行。如果可行的話，再進行下一步的計畫。不管怎麼樣，這路我是修定了！」

柳擎宇是動真格的，和宋曉軍聊完，立刻撥通了老朋友田先鋒的電話：「老田啊，幫我辦件事。」

「柳老大，什麼事，你儘管吩咐，我保證辦好。」田先鋒笑道。

「你不是和中國規劃設計院關係很好嗎？幫我找幾名道路設計，尤其是高速公路設計的頂級專家，請他們到瑞源縣來一趟，幫我評估看看有沒有辦法把瑞源縣打造成一個三省交通樞紐之地，時間上要抓緊。」

田先鋒一口答應道：「沒問題，晚上我就帶人飛過去。」

什麼叫好兄弟？這就叫好兄弟！柳擎宇一通電話，不到兩個小時，田先鋒便帶著請來的五名高速公路領域的規劃專家飛往白雲省。

至於請這些專家出馬的費用，也不用柳擎宇操心，因為田先鋒非常清楚，瑞源縣很窮，老大雖然是縣委書記，但是要想讓瑞源縣出這筆費用恐怕很難，乾脆就自己掏腰包贊助了。這不過是幾十萬的事，能夠給柳老大帶來一些幫助，他心中比什麼都高興。

晚上七點鐘，柳擎宇在一家酒樓宴請幾位專家和田先鋒。

席間，柳擎宇頻頻向幾位專家敬酒，表示他的感激之意。

田先鋒並沒有透露柳擎宇的真實身分，但是席間對柳擎宇十分尊敬。

幾位專家也不是傻瓜，看到田先鋒這位在北京也算是數得上的人物在柳擎宇面前還如此低調，便足以說明這位縣委書記的底蘊之深了，再想想，這位縣委書記才剛剛廿五歲，**這麼年輕的實權縣委書記，放眼中國能夠找出幾個?!**

酒席間，柳擎宇談到自己對瑞源縣的設想規劃，當專家們聽到柳擎宇的整體設想後，全都震驚不已，沒有想到一個剛到瑞源縣才半年左右的人，竟然能夠設計出如此大膽又前衛的方案出來，不由得懷疑起來。

專家組組長吳傳峰說道：「柳書記，你的這個思路是誰給你提供的？」

柳擎宇笑道：「是我參考了一些地圖和相關資料自己琢磨出來的，這只是我的初步設想而已，還請吳院士及各位專家指點。」

這位吳傳峰是屬於院士級別的牛人，當他聽到柳擎宇說是自己琢磨出來的，頓時瞪大了眼睛，訝異地道：「不會吧？柳書記，你在不懂專業知識的情況下，怎麼會想出這樣的規劃呢？」

柳擎宇回道：「我上大學時，曾經選修過城市規劃與道路設計的課，從政以後也看了很多這方面的資料，所以對城市規劃與道路設計略為有點基礎。」

吳傳峰和其他四名專家聽了都不敢置信，僅僅憑著選修的理論基礎就能想出這樣的規劃，這小子也太神了吧？

如果說五位專家一開始來的時候，只是抱著幫幫忙的態度來的，在飯局之後，他們的態度完全變了一個樣子，不敢對柳擎宇有任何輕視。尤其是隨後幾天，柳擎宇親自陪著專家們親自前往深山峽谷等地方進行實地考察後，幾位專家對柳擎宇的好感又上升不少。

以前他們去其他地方進行調研的時候，從來沒有一個地方的一把手會親自陪同他們調研，頂多派一名常務副局長陪著就已經是很給面子了，這次柳擎宇卻親自陪同，讓幾位專家看到了柳擎宇做事認真負責的態度，更是對其讚不絕口。

專家們的調研花了整整五天的時間，調研完後，對瑞源縣和鄰省間的交通環境有了更清晰的認識。加上他們手中的一些參考資料，所以考察完，專家很快就提出了一份詳盡的設計方案。

雖然這個方案和柳擎宇當初的設計方案在很多地方做了改動，但是大體思路卻是一致的，那就是將與周邊兩省的交通阻礙全部打通，再聯通瑞源縣與岳山高速公路，使瑞源縣成為連接白雲省、吉祥省、赤江省三省的交通樞紐要道，如此三省點對點的物流運輸可以至少節省六成以上的路程，省下許多交通時間。

時間就是金錢，節省路程就是節省成本，只要這個方案成功，那麼瑞源縣的崛起將會成為定局。

吳傳峰把方案交給柳擎宇後，也不忘說道：

「柳書記，我得提醒你幾點。第一，雖然從施工條件上來說，可行性毋庸置疑，但是，要想真正實施這個方案，其中的困難可不是一點半點，恐怕沒有個幾十億的投資是不行的。這不是你們一個小小的縣，甚至是白雲省可以承擔的，已經屬於國家級戰略項目投資的標準了。所以，這個案子要想實施，資金壓力很難解決。

「第二，這個項目一旦啟動，你未必能夠掌控得了，恐怕會有無數雙手想要插進來，你能不能頂得住壓力也是一個問題。

「第三，你的出發點雖然是好的，但是你們的領導是否支持還是一個未知數，所以，這一點你要做好心理準備。我見過太多像這種情況的案子，當地的官員雄心勃勃的要為老百姓做些事，但是往往因為得不到上面的支持，最終只能胎死腹中。」

柳擎宇知道吳傳峰的話是出自肺腑之言，尤其是最後兩點，更是引起了柳擎宇的高度重視。官場上是非常現實的，在你沒有取得成績的時候，很多人會看不起你，但是，一旦你取得成績，尤其是耀眼成績時，就會有人妒忌你，甚至千方百計的想要摘桃子。

這種事他不是沒有遇到過，所以對吳傳峰如此推心置腹的提醒十分感謝。

吳傳峰經過這段時間的相處，對柳擎宇可謂讚賞有加，所以臨走前，他又留給柳擎宇一個隨身碟，裡面有不少他寫的有關城市規劃和道路建設的論文，他建議柳擎宇可以多看看，應該會對他有所幫助，還告訴柳擎宇，如果有不懂的地方可以電話詢問自己。

他的傾囊相授，讓柳擎宇相當感動。

把專家送走後，柳擎宇便交代宋曉軍：「曉軍主任，你通知所有常委們，下午三點半舉行縣委常委會，商討瑞源縣交通發展之路。」

三點半，常委會正式開始。

柳擎宇讓宋曉軍把專家寫好的有關瑞源縣交通發展的規劃方案影本，一一擺在所有常委們的面前。

「同志們，今天召開這次常委會，主要是和大家商量一下有關我們瑞源縣的交通問題，我相信在經過前段時間的農貿會後，大家都應該有這樣的感覺，我們瑞源縣之所以種子比別的地方要貴，其中有一個問題十分關鍵，那就是道路問題，進入瑞源縣的路就那麼兩條，出縣的路也那麼兩條，在這種情況下，瑞源縣的經濟要想發展起來，無異於癡人說夢。所以我認為，現在已經到了需要解決這個問題的時候了。」

魏宏林立即說道：「柳書記，這個問題我們早就意識到了，但是要解決交通問題，必定要修路，要想修路，就必須解決資金問題，我們瑞源縣每年的財政收入才那麼一點點，根本無法負擔修路所要的巨額資金，而市裡……」

柳擎宇打斷魏宏林的話，正色道：「魏同志，我只想問你一句話，你認為我們瑞源縣應該不應該修路？」

柳擎宇竟然打斷他的發言，魏宏林有些憤怒，不過聽到柳擎宇的提問，他不得不說道：「應該。」

柳擎宇點點頭：「好，既然應該修路，你認為我們應不應該努力？」

資金的問題。」

魏宏林回道：「當然應該努力，但是問題在於，無論我們如何努力，我們都無法解決

柳擎宇擺擺手說：「好了，魏宏林同志，資金的問題我們先放在一邊，我今天召集大家，主要是統一一下大家的意見，那就是我們瑞源縣應該不應該修路，應該不應該向上級申請政策和資金方面的支持？我不需要聽大家講以前修路失敗的經歷和原因，我只想知道大家想不想修路，希不希望我們瑞源縣的經濟發展起來。」

柳擎宇頓了一下，指著手中的資料說：「在大家面前的資料，是這個星期以來，我動用私人關係從北京中國規劃設計院請來的頂級道路規劃專家，在經過詳細的調研後所制定出來的瑞源縣道路發展方案，大家先不要考慮其中存在的困難，先看一看這個方案的可行性如何，前景如何，對這份規劃方案是否認可。」

柳擎宇說完，眾人紛紛看起了規劃方案。

十幾分鐘後，柳擎宇掃視眾人，問道：「怎麼樣？大家覺得這份規劃方案如何？」

魏宏林依然第一個出來發言：「柳書記，我不得不承認，這份規劃方案的確很誘人，如果我們真的能夠按照方案上所寫的去修建道路的話，我相信瑞源縣的前景的確無限美好。問題在於，實施的話至少得拿出好幾十億啊，就算是零頭我們都拿不出來啊。」

柳擎宇揮揮手道：「魏同志，我剛才說了，不要看困難，只看方案的可行性如何？」

魏宏林只能苦笑道：「可行性當然沒有問題，而且這位吳傳峰我曉得，白雲省的省際

高速公路就是他負責設計的。」

柳擎宇轉向其他人：「其他同志們意下如何？」

孫旭陽道：「我認為這份方案非常有吸引力，看得出來這些專家肯定是下了很大功夫去調研的。」

等眾人表態完，柳擎宇沉聲道：「在修路的願望和期待上，看來大家是一致的，這很好，那麼接下來，我們再進一步談執行層面的問題。

「我先對大家說一說我的心聲，我準備趁我在瑞源縣工作的這些年，啟動這份方案中所規劃的項目，我知道大部分同志肯定認為我是瘋了，甚至認為我是異想天開，但是我想要告訴大家的是，任何事，只要我們設定了目標去努力奮鬥，就有成功的可能性。我希望我在瑞源縣工作的每一天都不白白度過，我希望能夠用自己的能力，為瑞源縣老百姓謀取福利，做一些事。」

全場一下子沉默了。所有人都瞪大了眼，以充滿不可思議的眼神看著柳擎宇。

魏宏林的嘴角露出一絲不屑的冷笑，心中暗道：「柳擎宇，你就吹牛皮吧？牛皮早晚都有吹破的時候。」

就連一向嚴謹的孫旭陽看向柳擎宇的目光中也多了幾分質疑，在他看來，柳擎宇這絕對是癡人說夢，這個方案根本就是不可能完成的任務。

柳擎宇接著說道：「我知道很多人都對我的想法心存疑慮，我雖然有些理想主義，但我並不是好高騖遠之人，這份規劃方案雖然好，也得一步一步的實施。

「我認為，我們今年的奮鬥目標，就是要修建一條從瑞源縣到岳山市高速公路的連接道路，這是一條最節省資金卻能給瑞源縣帶來不小便利的高速公路，這條高速公路全程只有五十公里左右，而且由於岳山市地理位置特殊，處於白雲省高速公路環上，所以，只要我們打通了這條高速公路，就可以將我們瑞源縣的各種物資運往白雲省其他地方，大大盤活瑞源縣的經濟。」

魏宏林提出疑問道：「柳書記，我看這規劃方案中提到了另外一條規劃路線，如果真的要修建高速公路的話，為什麼不先修到南華市呢？那樣豈不是對我們瑞源縣更有利？」

柳擎宇搖搖頭：「表面上看，修建直通南華市的高速公路似乎方便了我們與南華市之間的聯繫，但實際上，修建直通南華市的高速公路對我們瑞源縣所帶來的好處比之修建直通岳陽市要差得多，南華市由於地理位置的原因，雖然也處於白雲省高速公路環上，但是只有一條直線通往南華市，而岳山市卻不同，通過岳山市可以直達好幾個地市，同樣的物資從岳山市這條路線走，比從南華市這條路線走要節省三分之一的時間和里程，所以，我們只能先修直通岳山市的這條高速公路。」

柳擎宇這番話很有說服力，不過孫旭陽卻提出了他的質疑：

「柳書記，如果我們要修建直通岳山市的這條高速公路，那麼我們就不得不考慮很現實的問題了，資金問題如何解決？這個問題不解決，高速公路肯定無從談起。」

柳擎宇沉聲道：「資金我認為我們可以多方面籌集，從市裡、省裡多方面求援，還可以透過BOT融資模式引入外地資金來參與項目建設。」

孫旭陽不留情面地打槍道：「柳書記，你說的這些，以前瑞源縣都曾經操作過，但是沒有一個投資商願意到瑞源縣來投資，就算你說的這條直通岳山市的高速公路，恐怕也未必能吸引投資商前來投資啊，即便這段高速公路建成了，以瑞源縣現在的經濟發展趨勢，根本不會有那麼大的車流量，投資商自然不會願意投資的。」

柳擎宇淡淡一笑道：「那如果我把這份規劃方案拿給投資商看呢？如果他們認可這份方案，你認為會不會有人投資呢？」

孫旭陽還是搖頭道：「這也只能算是一份規劃方案而已，我認為沒有幾個開發商會相信這個方案能真正得到實施的，畢竟好幾十億的資金可不是小數目。」

柳擎宇點點頭：「嗯，孫同志的話很有道理，但是我認為我們還是應該試一試。孫同志你說呢？」

孫旭陽見柳擎宇一意孤行，無奈地道：「柳書記，試一試肯定沒有問題，不過我得提醒您，這件事恐怕阻力會非常大。」

柳擎宇笑道：「這個我知道，這件事連我自己心裡都沒有底，但是，身為瑞源縣的縣委領導，我們怎麼也得為了瑞源縣的出路和發展努力努力，大家說是不是？」

柳擎宇把話都說到這個份上，就連魏宏林也不好意思反對了，更何況柳擎宇也沒有把事情交給其他人的意圖，大家也就同意了柳擎宇的意思。

隨後，眾人全數通過了關於修建瑞源縣到岳山市高速公路環分支段的修路方案，計畫修建高速公路五十公里，所需籌集資金五十億，資金向外籌措，瑞源縣財政一分錢不給，只給予政策支持。這件事由柳擎宇和宋曉軍兩人負責。

當天晚上，柳擎宇便帶著兩份方案前往南華市，一份方案是有關瑞源縣交通發展的總體規劃，需要投資一百億，一份是瑞源縣近期發展規劃，需要投資五十億。

在出發前，柳擎宇從自己的住處拿了兩瓶三十年陳釀的茅臺、兩條特供熊貓香菸放到後車箱，又給市委書記戴佳明打了個電話，表示晚上要去他家裡蹭飯吃。

戴佳明聽到柳擎宇竟然提出要到家裡吃飯，十分爽快的答應了。

柳擎宇最近的表現他十分滿意，尤其是他直接將縣長魏宏林的鋒頭給壓了下去。以前，瑞源縣幾乎是黃立海的後花園，他在瑞源縣說一不二，現在情況不同了，柳擎宇雖然只有宋曉軍一個盟友，卻透過一連串的運作，形成和魏宏林分庭抗禮的局面。現在他主動來拜訪他，算是積極地顯出了向自己靠攏之意，他怎麼會拒絕呢?!

他的眼界放得非常寬，他需要的是幹將，哪怕是柳擎宇這樣偶爾會闖禍的幹將也沒有問題。

晚上七點，柳擎宇的車子駛入市委大院一號樓。

下車後，程鐵牛表示自己不跟著柳擎宇進去了，他自己去外面找吃的。柳擎宇考慮到程鐵牛的食量，也就不勉強，給了程鐵牛一千塊，讓他去買自己愛吃的。

柳擎宇拎著茅臺和菸敲響了戴佳明的門。

開門的正是戴佳明。

看到柳擎宇提著兩瓶酒、兩條菸，戴佳明愣了一下。

柳擎宇開玩笑道：「怎麼，戴書記，您怕我給您行賄啊？這裡就是兩瓶酒兩條菸，沒別的，如果您不要的話，我可拿回去了。」

柳擎宇這麼說，戴佳明反而釋然了，很多人想要向自己行賄，往往在菸酒裡夾著銀行卡等物品，這也是他對菸酒十分敏感的原因。

不過他太瞭解柳擎宇這個年輕人，柳擎宇到瑞源縣這麼長時間，他還沒有聽說柳擎宇給哪個領導送過菸酒呢？這和其他的縣委書記、縣長形成了鮮明的對比。也只有柳擎宇這個小子敢這麼大膽的跟自己開玩笑，還威脅要把禮物收回去。

戴佳明心情放鬆下來，也開著玩笑道：「拿回去？既然送了，就別想再拿走啦。」說著，打開門把柳擎宇讓了進去。

廚房內，一個保姆正在炒菜。

柳擎宇走進客廳，換上拖鞋後，戴佳明笑道：「小柳，我看你這酒很高檔啊，菸也比我這裡的好，我看就直接喝你的、抽你的得了。」

柳擎宇大方地說：「沒問題。」說著，柳擎宇也不客氣，直接拿出茅臺和一條熊貓菸擺在桌上。

當戴佳明看到酒瓶和菸時，立時愣住了。他身為市委書記，不是沒有喝過好酒，抽過好菸，但是三十年的茅臺和特供熊貓菸卻見得少之又少，柳擎宇一個小小的縣委書記竟然能夠弄到這兩樣東西，不得不讓他對柳擎宇的身分產生懷疑。

柳擎宇看到戴佳明的表情，知道戴佳明對自己的身分起了疑心，便打趣道：「戴書記，您可千萬別誤會啊，這可不是我買來的，更不是假貨，是我從省領導那邊順手拿來的。」

戴佳明這才釋然。他早聽說柳擎宇和省裡一些領導關係不錯，尤其是柳擎宇是曾鴻濤親自點名空降到瑞源縣的，這說明柳擎宇和曾鴻濤關係密切，如果是從曾鴻濤那裡順點菸酒，倒是合情合理。

幸好柳擎宇撒了個善意的謊言，沒有告訴戴佳明這菸酒是他從自己老爸劉飛那裡A來的，他要是說了實話，恐怕這戴佳明真的要坐立不安了。

不過戴佳明是個豁達之人，很快就放下所有疑慮，抽出一根菸，柳擎宇給他點上，戴佳明深吸了一口，慢慢品味著，臉上露出了享受的表情，不愧是特供菸，味道真不錯。

這時，保姆把菜和酒杯都端了上來，柳擎宇打開酒瓶，為戴佳明倒上酒，又給自己滿上，隨即端起酒杯道：「戴書記，第一杯我敬您，感謝您一直以來對我們瑞源縣的支持。」

戴佳明舉起酒杯和柳擎宇碰了一下，然後一飲而盡。

好酒入口，口感綿柔甘醇，回味無窮，喝得戴佳明那叫一個舒服，這絕對是正宗的窖藏三十年茅臺，不是那種勾兌出來的年分和口感。

不過這杯酒喝完，戴佳明也明白了一件事，吃人嘴短，拿人手短，柳擎宇無緣無故給自己送酒送菸，肯定不會沒有原因的。

所以，第一杯酒喝完，戴佳明便放下酒杯說道：「你小子今天到我們家蹭飯吃，肯定是有事吧？先說吧，否則這第二杯酒我可不敢喝了。」

柳擎宇不好意思地笑道：「戴書記，我今天來，的確是來麻煩您的，而且還是一個天大的麻煩。」

「天大的麻煩？」戴佳明頓時瞪大了眼睛：「你知道是天大的麻煩還敢過來麻煩我，不怕我拒絕啊？」

柳擎宇涎著臉道：「當然怕，但是怕也得硬著頭皮過來啊，因為我知道您不是普通的市委書記，而是一個很有心胸、很有魄力的市委書記，您和黃立海市長完全是兩路人，而我也不是普通的縣委書記，我只想為瑞源縣老百姓做些事而已。」

聽柳擎宇這位一向嚴謹的下屬竟然破天荒地拍起了自己的馬屁，戴佳明心中那叫一個舒服，同時也更警惕起來，事有反常必有怪，柳擎宇果然是有什麼大事要求他了，便道：「說吧，到底是什麼事？」

「戴書記，我想要把瑞源縣打造成三省交通樞紐要道，並將瑞源縣打造成南華市未來經濟發展的強大引擎，讓瑞源縣老百姓獲得實惠，提高生活品質。」

戴佳明一時間想不明白柳擎宇這番話到底是什麼意思，問道：「瑞源縣怎麼可能會成為三省交通樞紐要道呢？」

柳擎宇便把專家提交的規劃方案詳細的向戴佳明解釋了，戴佳明聽完不禁咋舌，以一種不可思議的眼神看向柳擎宇道：

「柳擎宇，我不得不說，**你的確是一個鬼才**，我承認，照這個規劃方案，瑞源縣的確會成為三省樞紐要道，但是問題在於，這牽扯到三個省的協調問題，不是我們南華市能夠自己操作得了的；另外，就像你說的，要想完成這個工程，至少需要數十億的資金，你覺得南華市甚至是白雲省會不會為這個天價項目買單呢？」

對戴佳明的反應，柳擎宇早有心理準備，說道：

「戴書記，您先別急，聽我慢慢說。戴書記，其中的困難我也非常清楚，所以，我剛才說的這個規劃僅僅是我們瑞源縣一個美好的願景，是我們努力的方向。我這裡還有另一個近期的規劃，那就是修建一條從瑞源縣通往岳山市那條環白雲省高速公路的直線高速公路，這是我們縣委常委們全票通過的方案，也是我們目前想要努力完成的一個項目。」

柳擎宇把這個項目的整體規劃、建設資金以及專家評估等都向戴佳明講了一遍。

戴佳明聽完，不由得眉頭一皺，沉思了足足有兩分鐘才說道：

「柳擎宇，不是我打擊你，你所說的第二個規劃方案，以前歷任縣委書記或者縣長也曾經提過，也上報過市委市政府和省委省政府審批，但是從來沒有在發改委那邊通過過，更別說是在市委市政府這邊通過了。

「我想原因你應該也很明白，那就是成本太高，收益太低，如果這條高速公路由國家撥款修建，那就不是一個可以獲得政績的工程；如果採取BOT方式進行，又不一定能保證融到資金，所以，這是個吃力不討好的項目，我建議你還是放棄了吧。」

柳擎宇搖頭道：「戴書記，這個項目我是絕對不會放棄的，我可以明確的告訴您，這只是我整體規劃中的第一步，只等這個項目正式啟動和建設後，我會啟動第一個大的規劃方案，我的目標就是要把瑞源縣打造成三省交通樞紐。」

戴佳明被柳擎宇說話時所表現出來的強大信心和魄力給震撼到了。他很清楚柳擎宇不是個喜歡搞政績工程之人，但是如果這個規劃真的能夠實現的話，這絕對是實實在在的天大政績，自己也會因為這個政績獲得無限美好的前途，但是他從內心深處認為，這根本是不可能完成的。

戴佳明沉吟了一會說：「柳擎宇，你確定你真的要推動這個項目嗎？你有多大的把握能夠把這段高速公路修成功？資金的問題你準備如何解決？」

柳擎宇毫不猶豫的點頭道：「戴書記，我十分確定要推動這個項目，只要你能支持我，我就有把握把這五十公里的高速公路修成；至於資金問題，我準備向市裡和省裡申請一點，可能的話，再向北京申請一點。剩下不夠的，我想要進行BOT融資。」

戴佳明問：「你認為你能夠拿到多少國家補貼資金呢？」

柳擎宇苦笑說：「說實在的，我真的不知道。但是我認為，這條高速公路關係到瑞源縣未來的發展，是整個超大規劃項目中的奠基工程，必須要做好；而且這條公路建成後效果也會很顯著，我們瑞源縣的物資可以以最快的速度輸往白雲省每個地方去，以後再也不會出現瑞源縣的物資比其他縣市貴出許多的情形了，這樣一來，老百姓就能得到最大的實惠。」

戴佳明沉默了，他不得不承認柳擎宇說的很有道理，一旦瑞源縣能夠打通交通的任督二脈，那麼一直困擾瑞源縣的物流問題將能得到極大的緩解，老百姓肯定是最終受益方。

思索了好一會兒，戴佳明心中有了定見，打破沉默道：

「都說吃人最短，拿人手短，今天我又抽了你的菸，喝了你的酒，就得給你辦事啊，這個岳山到瑞源縣的高速公路我會給你最大程度的支持的，不過醜話我也得說在前頭，市財政現在非常緊張，而且之前市裡正在籌建另一條高速公路，就是青峰縣到岳山市的第二條高速公路，青峰縣是我們南華市排名前三的經濟強縣，這條公路已經規劃了好幾個月，他們之前做了很多工作，也打算向市裡、省裡申請資金，你們瑞源縣要想獲得市裡和省裡支持，勢必要和青峰縣打擂臺了。在這件事情上，我必須要一碗端平，不能偏袒你們。」

柳擎宇見戴佳明鬆了口，高興地說道：「戴書記，這一點您放心，我們瑞源縣不怕任何形式的公平競爭，只要市裡能夠一碗水端平，我就可以保證我們瑞源縣絕對不會輸。」

戴佳明笑著說道：「這一點你放心吧，有我在市裡，誰也不敢玩得太過分。」

當天晚上，兩個人喝得十分盡興，柳擎宇就直接留在了瑞源縣，並沒有回去，因為戴佳明告訴他，明天正好是例行常委會，常委會上將會討論高速公路這件事，讓柳擎宇直接在市裡等到準確消息之後再離開。

與此同時，在南華市一家五星級酒店內。

青峰縣縣委書記趙志強正在宴請南華市的三名市委常委，這三人分別是南華市市長黃立海、市委組織部部長廖錦強、市委宣傳部部長邱新平。

酒桌上，趙志強帶著青峰縣一干領導們頻頻向三位市委領導敬酒，充分表現出高度的熱情，希望三位領導能夠在青峰縣的高速公路項目上給予大力支持。

黃立海三人之所以會出席今天晚上的宴會，是因為他知道這個趙志強可不是普通人。

根據黃立海的瞭解，這個趙志強是北京趙家年輕一代的中堅力量，年紀不過才三十二歲便混到了縣委書記，前途不可限量，而且他所主政的青峰縣現在更是南華市發展最快的縣城之一，趙志強下一步晉級副廳級根本不存在任何障礙，現在需要的只是扎實的政績而已。

而這次趙志強規劃要在青峰縣修建第二條高速公路的主要目的，就是為了一年後衝上市委常委的目標而努力積累政績。而青峰縣規劃的第二條高速公路，里程為七十公里，預計投資六十億左右。

趙志強今天晚上表現得非常熱情，對各位領導也十分恭敬，黃立海等人自然投桃報李。

黃立海笑道：「志強同志啊，你放心吧，我們市委對那些實在幹工作的人都是很支持的，你們青峰縣的發展非常不錯，我們一定會對你的工作大力支持的。」

得到黃立海肯定的回答，趙志強臉上露出了欣慰的笑容。

趙志強資訊十分靈通，他在幾天前就聽說瑞源縣在折騰高速公路的事，而黃立海又是從瑞源縣出來的，他最擔心的就是黃立海支持瑞源縣，這樣對他們青峰縣是十分不利的。

其他三位常委們的回答更加讓趙志強放心了，至少在市委常委方面，自己就已經獲得了三名重量級常委的支持，這讓他們青峰縣這個高速公路項目獲得市裡支持的機率又增加了很多。

喝完酒後，趙志強又陪著三位領導前往南華市最豪華的娛樂場所玩到了凌晨兩點多，這才意猶未盡的分開。

第二天上午九點鐘，南華市例行常委會準時開始。

眾位市委常委們先是討論了一下雜七雜八的工作，等都處理得差不多了，黃立海宣布道：「接下來我們討論一下有關青峰縣申請修建第二條青南高速公路的案子吧，我相信這個案子的規劃大家都已經看過了，大家談談自己的看法吧。」

市委宣傳部部長邱新平說道：

「我先談談我的看法吧，我認為青南高速公路對青峰縣乃至於整個南華市的發展都是很有好處的，我認為我們應該傾力支持這個項目的建設。」

邱新平說完，市委組織部部長廖錦強也立刻附和道：

「嗯，我也贊同邱同志的意見，我們南華市今年不是規劃了一個交通建設輔助計畫嗎？我認為可以把這個計畫裡一半的資金投入到青峰縣高速公路這個項目中來，作為今年南華市的重點項目來操作。」

市紀委書記高景全反對道：「廖同志，你可知道這個建設輔助規劃的資金一共有多少嗎？才十億的資金，這可是全市一年交通建設的主要來源，如果拿一半給青峰縣，別的縣區才分到五億，這樣做恐怕會引發眾怒啊！」

「眾怒？怎麼可能！青峰縣這個項目可是市裡的重點項目，資金重點傾斜一下也是很正常的，畢竟我們南華市的資源有限，一定要把資源用在刀口上嘛，我認為一半並不算多。」廖錦強反駁道。

隨即，高景全立刻進行反擊。

就在雙方你來我往激烈交鋒的時候，市委書記戴佳明突然說道：

「嗯，大家說得各有道理，不過在我看來，如果我們拿出一半的資金用在一個重點項目上，也不是不可以。」

戴佳明的話頓時讓高景全大吃一驚。

高景全和戴佳明關係密切，他之所以要反對廖錦強的提議，是因為在會議開始前，他就已經知道了對方這個提議，當時他和高景全還談及了這個提議非常不合理，所以高景全才在會議上和廖錦強針鋒相對的。

但是現在戴佳明突然站在了廖錦強那一邊，這戴佳明到底是什麼意思？此時，就連黃立海、廖錦強等人也有些意外，戴佳明啥時候突然改變自己的立場了？

然而，戴佳明又接著說道：「當然了，重點項目我們肯定是要扶植的，但是如何界定何者為重點項目卻需要商榷。前些天青峰縣提交了高速公路計畫，現在瑞源縣也提交了一份高速公路計畫，大家也看一看，我認為瑞源縣的這份規劃也很重要。等大家看完瑞源縣的高速公路規劃後，咱們再比較一下這兩份方案，看看到底哪個項目對我們南華市的發展更為有利。」

戴佳明這番話說完，黃立海、廖錦強頓時傻眼。

此刻高景全才明白戴佳明改變初衷的原因，原來是瑞源縣半路殺出。不過以他對瑞源縣的瞭解，瑞源縣想修建高速公路的可能性非常低啊，連從瑞源縣出來的黃立海都不怎麼支持了，瑞源縣怎麼可能會成功呢？

這時，會務組工作人員把瑞源縣的規劃方案影本分發給各位常委。眾人不得不拿起檔案看了起來。

這時心中最為不爽的要數黃立海了。他好歹是瑞源縣出來的，瑞源縣通過這個議案的時候，魏宏林雖然私下向他彙報過了，但是柳擎宇身為縣委書記，竟然沒有向自己彙報這件事，反而跑去找了戴佳明，這讓他有些吃味。

更何況以瑞源縣目前的現況，即便是市裡把這五億都給了瑞源縣，瑞源縣的高速公路也建設不起來，與其浪費在它上面，還不如做個順水人情給趙志強，不僅能夠讓自己多一條出路，以後在仕途上也許還能夠得到趙家的照顧，所以黃立海心中的支持目標很是明確了。

十分鐘後，戴佳明目大家都差不多看完了瑞源縣的高速公路規劃方案，便說道：「大家都說說自己的看法吧？」

黃立海立馬發言說：「我是從瑞源縣出來的，我先談談我的看法吧。我對瑞源縣的情況非常熟悉，在瑞源縣時，就考慮過這條高速公路的建設，但是由於瑞源縣的經濟條件限制，很難找到投資商，所以，我認為這份方案只能算是空中樓閣，只是美好的畫餅卻很難實現，因此我支持青峰縣。」

黃立海說完，廖錦強、邱新平等人紛紛表示支持黃立海的看法。

這時，換戴佳明說話了：

「嗯，黃同志的話很有道理，不過呢，我認為看待事情，得看它的兩面性，不能以經驗來斷定一件事能否成功，而是要以發展的眼光來看問題。就拿瑞源縣的這條高速公路來說吧，黃同志在瑞源縣的時候沒能夠把這條高速公路搞成，其中的原因很多，你不能僅憑你的經驗就斷定柳擎宇搞不成。

「好比農貿會來說，黃同志，你在任的時候，放眼咱們南華市乃至整個白雲省，有哪個地方能辦成像瑞源縣農貿會那樣的活動？沒有吧？但是柳擎宇卻偏偏搞成了！這就是柳擎宇的能力和魄力！在柳擎宇搞成農貿會前，我記得當時在座的同志沒有幾個認為柳擎宇能夠搞成的，但是結果呢？

「所以，我認為，我們應該給瑞源縣、給柳擎宇一個機會，畢竟，不管是瑞源縣也好，青峰縣也好，都是我們南華市下屬的行政區域，都是南華市的孩子，我們不能厚此薄彼。現在我做個總結，第一個，確定從交通扶植基金中拿出五億來支持瑞源縣或者青峰縣這兩個高速公路項目中的一個。其次，我們讓青峰縣和瑞源縣來公平競爭，看看雙方的實力到底如何？」

聽到戴佳明這番話，黃立海等人便意識到大家都掉進戴佳明提前設計好的圈套中了。

黃立海立刻問道：「戴書記，照你的意思，我們該怎麼樣讓瑞源縣和青峰縣進行公平競爭呢？」

戴佳明笑笑說道：「這個很簡單，把他們喊來常委會現場，當著大家的面接受質詢，並展開彼此間的辯論，看看他們的表現如何。」

戴佳明把話說到這個份上了，常委們也不能再多說什麼，畢竟戴佳明是一把手，一把手有支持的對象，二把手也有支持的對象，誰也不能強行通過，只能讓兩個被支持的對象彼此打擂臺，這至少是對大家來說都可以接受的方案。

第五章

表演節目

柳擎宇又笑道：「兩位領導，咱們吃飯的時候，我再找個人給你們表演一個節目，保證讓你們既看得過癮又食欲大增。」

于金文頓時瞪大了眼睛：「什麼？你還找人表演節目？」于金文的警惕之心又提高起來。

此時，在市委休息室內，柳擎宇、趙志強兩人面對面的坐在沙發上，靜靜地等著常委會的結果。

同樣身為縣委書記，在市裡開會經常會遇到，彼此間還算熟悉。

趙志強看向柳擎宇道：「聽說你們瑞源縣最近正在規劃建設高速公路的事？」

柳擎宇回道：「是啊，的確有這件事，趙同志，你的消息很是靈通啊？」

「消息靈通是必須的，要不然我們青峰縣怎麼可能會發展得這麼快呢。不過柳同志，我不得不埋怨你幾句，就你們瑞源縣的那種經濟狀況，根本負擔不起高速公路的建設費用啊，即便是建設起來了也沒啥用。」趙志強半諷刺地說。

柳擎宇笑了笑：「這可未必。」

趙志強看柳擎宇沒有和自己深談下去的意思，便說：「柳擎宇，實話跟你說吧，今年南華市只能有一個重點項目上馬，我們青峰縣的項目是上定了，我看你們瑞源縣還是等明年再說吧，否則只能白費力氣。」

柳擎宇沒有理會他的嘲諷，堅定地說：「不好意思啊，我從來沒有半途而廢的習慣，而且我有信心推進這個項目。」

看到柳擎宇如此頑固，趙志強不禁憐憫的搖了搖頭。在他看來，柳擎宇太不知道輕重了，早晚會摔跟頭的。

這時候，有工作人員過來對兩人說：「趙書記，柳書記，市委領導請你們列席常委會。」

很快，柳擎宇、趙志強兩人便來到了常委會現場。

市委秘書長夏長青把會上剛才做出的決定重複了一遍，然後宣布道：「現在你們可以彼此進行提問、質詢，也需要接受市委領導們的質問。辯論會現在正式開始。」

趙志強立刻發動了進攻，看向柳擎宇道：「柳同志，你認為在一個經濟不發達，甚至全縣沒幾輛車的地方修建高速公路，有那個必要嗎？會有投資商願意投資嗎？國家又會願意投資你們嗎？」

趙志強的問話直接拿住了柳擎宇和瑞源縣的軟肋，黃立海、廖錦強都滿意的點點頭，這個趙志強不愧是趙家的新秀，一出口便如此犀利。

柳擎宇不慌不忙的說道：

「汽車的多少並不是衡量一個城市有無發展前途的關鍵，當初深圳開發前，那裡不過是一個小漁村而已，現在卻成了中國的財富中心之一，我們瑞源縣現在雖然並沒有多少輛汽車，但是並不代表未來沒有發展前途，修建高速公路恰恰是把我們瑞源縣變成像深圳那樣一個財富中心的關鍵進程，只要有了這條高速公路，瑞源縣將會迎來高速發展時代。

「至於說投資商是否願意投資，這一點趙同志你大可不必為我們擔心，因為我有信心解決這個問題。至於國家的投資，這一點我們都處於同一起跑線上，沒有誰輸誰贏、誰領先的問題，你說呢？」

柳擎宇的回答，贏得了戴佳明的欣賞。趙志強的話咄咄逼人，來勢洶洶，柳擎宇的回答卻是溫文爾雅，**於輕描淡寫間將趙志強的攻勢化為虛無，舉重若輕，遊刃有餘**。

趙志強對柳擎宇的回答有些錯愕，不過他很快便恢復過來，接著拋出第二個問題：

「柳同志，據我所知，你們瑞源縣每年的財政收入才億元上下，而高速公路所費至少需要數十億的投資，這筆錢你打算怎麼籌集？我們青峰縣能夠拿出五億來支持這次項目，你們瑞源縣能夠拿出多少錢來？」

趙志強這個問題再次直指瑞源縣的弱點——沒錢。

柳擎宇依然是滿臉含笑，說道：「的確，我們瑞源縣每年的財政收入的確不多，而且說實在的，在這個項目上不打算，也根本拿不出錢來，但是這個項目我們卻一定要建設，至於這錢如何籌集，我想咱們兩個縣應該沒有什麼差別吧？據我所知，你們青峰縣雖然能夠拿出五億來，但是你們的項目規劃也需要六十億，算一算還有五十五億沒有著落，比我們瑞源縣還多呢，你們打算怎麼籌集，我們瑞源縣就打算怎麼籌集。」

柳擎宇這番話是玩了一招**乾坤大挪移**，**以彼之道還施彼身**，把壓力全都推給了趙志強。

趙志強不屑地說：「柳擎宇同志，你不要忘了一點，我們青峰縣和你們瑞源縣不同，我們上一個高速公路建設的資金是通過ＢＯＴ模式融資來解決的，這一次我們依然可以用這個方式，但是你們瑞源縣可不同啊，以你們現在的經濟實力，恐怕沒有一家投資商會和你們採取這種ＢＯＴ模式，因為你們的財政收入根本無法為整個項目進行擔保。」

柳擎宇笑道：「趙同志，我想我有必要提醒你一句，用縣裡的財政收入來為融資進行擔保，這本就不是一個好主意，你看看美國，就連美元都不是美國政府發行的，而是屬於私人財團的美聯儲發行，為什麼會造成這種局面，我想趙同志你應該不會不知道是什麼原因吧？」

趙志強大學讀的是文科，所以對金融這塊瞭解得並不是太多，柳擎宇這個問題一下子還真把他給難住了，不過他的應變能力很不錯，直接岔開柳擎宇的提問，不屑一笑地道：「柳同志，每個國家有每個國家的國情，我們不能因噎廢食，做任何事都要付出代價的，只要風險可控，只要能夠大力發展經濟，讓人民得到實惠，我們當官的就有必要去做這些事。」

趙志強唱起了高調，輕描淡寫的化解了柳擎宇的進攻。

僅僅是三個回合，在場的常委眼神中卻都露出了震驚之色。沒想到兩人的交鋒竟然如此激烈，話題如此深入卻又能如此淡出，而兩人機敏的應變能力也讓在座常委內心感嘆自己老了，這兩個在南華市排名第一第二的年輕縣委書記果然不是一般人。

這時，市委組織部部長廖錦強突然插話道：

「柳擎宇，我的問題比較直接，希望你不要逃避，我只問你一個問題，你們瑞源縣到底如何解決資金不足的困境，請不要用任何虛幻的東西來搪塞我。」

廖錦強這是利用常委身分直接對柳擎宇施壓，逼他拿出底牌。

柳擎宇從廖錦強的提問中便猜測出這傢伙肯定是青峰縣的支持者。不過對於廖錦強的提問，柳擎宇並不畏懼，鏗鏘有力地回答：

「廖部長，我在這裡可以做出承諾，只要市裡不否定我們瑞源縣的這個高速公路項目，只要市裡能給予我們大力支持，除了國家支援的部分資金外，其他所有的資金我有信心也有能力找到。對於這一點，如果廖部長不相信的話，可以瞭解一下我的履歷，對於招商引資我很有自信。」

柳擎宇直接用最強悍的的方式給予了回應——哥們有本事搞錢，關鍵就看你市裡支持不支持了。

柳擎宇如此強勢的回答，令廖錦強不由得皺了皺眉頭：「過去是過去，現在的情況和以前完全不同……」

還沒有等廖錦強說完，柳擎宇便接口道：「的確，過去和現在不同，但是有一點卻是相同的，那就是**我這個人沒有變**！我相信，即便是有些領導對我沒有信心，很多投資商肯定會對我有信心的。而且我也有信心去說服投資商支持這個項目，現在的關鍵就是市裡到底支持不支持我們瑞源縣了。」

柳擎宇毫不氣弱的頂了過去。廖錦強頓時無語，這個柳擎宇真是太囂張了。

柳擎宇的一番話讓廖錦強的面上有些掛不住，黃立海臉色也沉了下來，不悅地說道：「柳同志，你的話說得也太無禮了，什麼叫市委領導對你沒有信心？」

柳擎宇冷冷地說道：「黃市長，恕我直言，如果你要是對我或者對瑞源縣有信心的話，身為從瑞源縣出來的領導，你會去支持青峰縣？」

一句話頂得黃立海話留在嘴邊說不出來，不得不承認他對瑞源縣的確沒有信心，至於對柳擎宇，那是他根本就不想鳥他。

這時，戴佳明出來打圓場了：「好了，柳同志，和領導講話還是要注意一下分寸，不要什麼都往外說，那樣是不對的，還不趕快向黃市長和廖部長道歉！」

戴佳明出面了，柳擎宇不能不給面子，立刻笑著說道：「黃市長，廖部長，真是對不起啊，我剛才說話有些激動了，向你們道歉。」

柳擎宇說得誠意十足，臉上表情拿捏得十分到位，讓黃立海和廖錦強有氣沒處撒。

戴佳明心中暗笑：柳擎宇這傢伙真是夠壞的，明明就是頂撞人家，想要人家出醜，結果道歉的時候還表演得這麼誠意，這不是存心想氣死人不償命嘛！

戴佳明接著說道：「黃市長、廖部長，以及各位同志們，我認為我們有必要弄清楚一件事，那就是當有兩個地區同時競爭一個項目的時候，到底應該怎麼做才能算是公平？難道就因為瑞源縣財政收入少就不支持他們嗎？我看這樣不好，正是因為瑞源縣財政收入少，經濟不發達，所以我們才更需要去支持他們！當然了，青峰縣本身比較發達，建設第二條高速公路肯定能夠再次讓青峰縣的發展提速，這一點我們也是要支持的。手心手背都是肉，我們必須要平等對待。」

戴佳明說完，現場立刻響起一片應和之聲。

這時，黃立海眼珠轉了轉，突然說道：

「戴書記說得非常好，這樣吧，為了確保能夠公平，我提個意見吧，大家看怎麼樣。據我所知，今年省裡和部裡都有高速公路補助，目標是扶植重點地區重點項目，和剛需地區剛需項目，既然瑞源縣和青峰縣恰好一個屬於重點項目，一個屬於剛需項目，那麼就讓這兩個縣自己去跑一跑，看看哪個縣能夠爭取下來的補助金比較多，那麼市裡的這五億的重點項目扶植資金就交給哪個縣來使用。」

黃立海之所以這樣提議也是有目的的，因為他在喝酒的時候曾經聽到趙志強說過，說他有親戚在交通部，恰好是負責主管高速公路規劃這一塊，他有信心到部裡去尋求資金支持。

在他看來，柳擎宇頂多在省裡有一些後援，但是到了部裡，恐怕就兩眼抓瞎了，既然這樣，何不打著公平的旗號讓他們去省裡和部裡尋找資金支持呢？

這個提議表面上看很公平，實際上對趙志強相當有利。

柳擎宇立刻提出質疑道：「黃市長，您所說的這個提議，比的是誰從省裡尋求到的資金多，還是從部裡尋求到的資金多？還是指的兩者加在一起的資金多？」

柳擎宇的臉上露出了憤憤不平之色。

黃立海看到柳擎宇的表情，便知道柳擎宇一定心虛了，得意洋洋的說道：「當然指的是兩者加在一起之和，怎麼樣，柳擎宇，有沒有信心得到省裡和部裡的支持？」

柳擎宇苦著臉說：「這個我不敢說啊，我只能說我會盡力，希望市領導給我們瑞源縣一個公平競爭的機會。」

黃立海爽快地說道：「沒問題。」

戴佳明也贊同地說：「好，那這件事就照黃市長的意思辦吧，我們以這兩個縣誰最終爭取到的資金多來進行決斷。」

這時，趙志強突然說道：「戴書記，黃市長，我有一個問題，我認為我們是不是應該設置一個期限？萬一瑞源縣要是拖個一年半載的也爭取不下來，卻說正在爭取中，那我們青峰縣高速公路的事豈不是耽誤了？」

黃立海立刻附議說：「嗯，趙同志的話很有道理，你認為這個期限多長比較合適？」

趙志強說：「我認為還是抓緊時間的好，我們青峰縣從立項到省裡審批，我有信心能夠在一個星期內搞定，同時，也有信心在一個星期內從部裡爭取到補助金，所以，我最多需要半個月的時間，不知道柳同志那邊情況如何？給你一個月的時間能夠搞定嗎？」

柳擎宇笑道：「既然趙同志認為時間要抓緊，那就按你所說的半個月為限吧，半個月之後，咱們一起到市裡來進行比較，如何？」

趙志強本來是想借機羞辱一下柳擎宇的，因為在他看來，柳擎宇肯定會選擇一個月的期限，這樣對他們很有利，畢竟他們這個項目是市裡早就看中的，在審批上肯定會一路綠燈，而且自己在省發改委那邊也有關係，審批鐵定也會輕鬆過關，沒想到柳擎宇竟然同意半個月的期限，要知道，有些項目就算是兩三個月都未必能夠在省發改委那邊審批通過啊。

不過趙志強也是明白人，見柳擎宇是跟自己卯上勁了，便也笑道：「好，半個月就半個月，那我們半個月之後見真章。」

散會後，柳擎宇立刻帶著規劃方案趕到了市發改委，親自把這份檔案交給了市發改委主任鄭東江。

「鄭主任，這是我們瑞源縣高速公路規劃方案，您看發改委這邊能否儘快給我們審核通過。」

鄭東江瞄了柳擎宇提交的方案一眼，然後皺起眉頭說道：「柳同志，發改委的相關流程你應該清楚吧，像這樣大的項目，至少得一個月的審批時間才能通過的。」

柳擎宇放低姿態地說道：「鄭主任，我們這個項目只有十五天跑流程的時間，我還準備拿到省裡去進行審批等相關流程，您看能不能通融一下？」

鄭東江不為所動的說：「柳擎宇同志，不是我不通融，實在是有相關的規定啊，我需要承擔責任的。」

柳擎宇還想再說什麼，鄭東江的辦公室再次被人給敲響了，鄭東江打開門一看，竟然是青峰縣縣委書記趙志強。

趙志強進來後看到柳擎宇也在，立刻寒暄道：「哎呦，柳書記，你來得比我還快啊。」

柳擎宇點點頭：「你來得也不慢啊。」

對趙志強，鄭東江的態度明顯好了很多，因為他的小姨子就在青峰縣工作，熱情地寒暄道：「趙書記，你今天過來有事嗎？」

鄭東江笑著把資料和柳擎宇的那份資料並排放在一起道：「鄭主任，這是我們青峰縣高速公路的規劃方案，你看能不能儘快審批通過？」

鄭東江沒想到柳擎宇和趙志強的事竟然趕到一塊去了。不過他是老狐狸，立刻說道：「這樣吧，趙書記，柳書記，你們的資料都放這裡吧，等什麼時候審批通過了，我立刻給你們打電話。」

趙志強聽了說：「好，沒問題，那就麻煩鄭主任了。」

說完，趙志強轉身向外走去，乾淨俐落，絲毫不拖泥帶水。

看到這種情況，柳擎宇自然也不能再留下去，便向鄭東江告辭離去。

柳擎宇和趙志強一前一後走出市發改委，臨上車前，趙志強高傲地看向柳擎宇道：「柳擎宇，你輸定了。」

柳擎宇淡淡一笑：「我從來不會輸。」

「那咱們走著瞧！」說完，趙志強上車離去。

柳擎宇也乘車返回瑞源縣。

然而，柳擎宇萬萬沒有想到，他前腳離開市發改委，市發改委主任鄭東江便拿著趙志強的那份規劃方案召集了幾個相關部門的領導說道：

「同志們，大家集中力量研究一下青峰縣的這個高速公路規劃方案，看看有沒有問題，如果沒有問題的話，大家就儘快簽字審批通過，這個項目是屬於市裡很看重的大型項目，不能卡在我們手中。」

有主任牽頭，這市發改委的效率空前提高，僅僅用了半天時間，便把青峰縣的檔案審批通過。

當天下午，趙志強便趕到發改委拿走了規劃方案，直接趕奔省裡。

柳擎宇在當天晚上得到相關的消息，知道青峰縣的方案已經審批通過了，他的臉色當時便陰沉了下來。

柳擎宇不是一個不講理的人，如果鄭東江對待青峰縣和瑞源縣的規劃方案一視同仁，他不會有任何意見，即便是等上一兩個月，柳擎宇也不會有任何的抱怨，畢竟，柳擎宇是縣委書記，知道辦任何事都需要遵循一定的流程。

但是，柳擎宇也是一個脾氣不怎麼好的人，他最討厭的就是不公平，這一次，自己比趙志強還要早到鄭東江辦公室，早一步送上自己的檔案，按照常理，應該是自己所提交的方案先審批通過，然後才是青峰縣的方案，但是鄭東江這廝卻偏偏當天就讓趙志強給拿走了，自己的方案卻並沒有任何動靜。

柳擎宇心中的怒火已經竄了起來。

不過第二天，柳擎宇並沒有採取任何動靜，他在等。

第三天，柳擎宇依然按兵不動，而市發改委那邊也依然沒有動靜。

第四天，柳擎宇沒有去縣委大院，起床後，便招呼著程鐵牛駕車直奔南華市發改委。

在前往發改委的路上，柳擎宇給市發改委主任鄭東江打了個電話：

「鄭主任您好，我是瑞源縣柳擎宇，不知道我們瑞源縣的那份規劃方案現在進展如何了？審批通過了嗎？」

鄭東江滿臉含笑道：「哦，是柳同志啊，你們的方案我已經跟下面的部門關照過了，正在審批流程中，我這邊一定會以最快的速度來辦理你們的方案的。」

鄭東江表現得十分熱情，然而柳擎宇在官場上混了這些日子，什麼話聽不出來，鄭東江這根本就是在搪塞自己，柳擎宇可以斷定，現在這份檔案恐怕還躺在原地呢。

他掛斷了電話。不久之後，柳擎宇便出現在鄭東江的辦公室內。

鄭東江看到柳擎宇突然出現，立時愣了一下，他沒有想到才早上八點半，自己剛到辦公室，柳擎宇便趕到了。

鄭東江打哈哈道：「柳同志，你怎麼來得這麼早啊？」

柳擎宇故意說：「我不早點來不行啊，我的時間不多了，鄭主任，我們的規劃方案現在進展到哪一步了，今天能夠審批通過嗎？」

鄭東江皺起眉頭道：「具體到哪一步了我也不太清楚，但是今天是肯定無法審核通過的，最快也得半個月的時間。柳同志，你知道我們做任何事都是有流程的。」

鄭東江擺出一副公事公辦的嚴肅表情。

柳擎宇臉色突然一沉，冷冷說道：「鄭主任，我想問問你，是不是所有的規劃方案你們都會嚴格按照流程去跑呢？」

鄭東江道：「那當然，我們是公務機關，肯定要遵照流程辦事。」

柳擎宇點點頭：「好，既然你說你們嚴格按照流程辦事，那麼我想問問你，為什麼青峰縣的規劃方案當天下午便審批通過，而我們瑞源縣的規劃方案都過去四天了還沒有動靜呢？鄭同志，你是不是對我柳擎宇個人有什麼意見？如果我哪裡得罪你的話，你儘管說出來。」

聽到柳擎宇咄咄逼人的質問，鄭東江頓時臉色一沉。

他心裡納悶，青峰縣的規劃方案他已經三令五申要保密了，怎麼還是洩露出去了呢，不過當著柳擎宇的面，他卻不能輕易動搖，於是冷冷地回道：

「柳同志，請你記住，我才是發改委主任，我們的工作該怎麼做，好像還輪不到你來指手畫腳吧？如果你沒別的事的話，就請離開，我還要辦公呢。」

面對鄭東江的逐客令，本來應該憤怒的柳擎宇卻突然笑了起來，只是柳擎宇的笑容在鄭東江看來有些詭異。柳擎宇這笑，時機很不對勁啊。

就在鄭東江一愣神的功夫，柳擎宇邁步走到鄭東江面前，一把抓住鄭東江的胳膊，滿臉含笑說道：「鄭同志，我想我們有必要好好的溝通溝通了。」說著，拉著鄭東江就往外走去。

柳擎宇的力氣很大，鄭東江只是個坐辦公室的傢伙，怎麼抗得住柳擎宇的力道。他使勁的掙扎著，但是怎麼都無法掙脫出來。

鄭東江大叫道：「柳擎宇，你放開我！」

柳擎宇卻不理會，如同老鷹一般狠狠的鉗住他的胳膊，向辦公室外面走去。

這下子，鄭東江可是有點害怕了。

鄭東江對柳擎宇脾氣暴躁也是有所耳聞的，他聽說過柳擎宇在擔任鎮長期間，便曾經暴打頂頭上司薛文龍的事，現在，柳擎宇該不會是想要重現當年暴打薛文龍的場景吧？

鄭東江大腦飛快轉動著，尋思著脫身之策。

這時，鄭東江已經被柳擎宇拉出了辦公室，辦公室外面，正好有兩名發改委辦公室的副主任過來想要向鄭東江彙報工作，看到柳擎宇拉著鄭東江滿臉不善的向外走，兩人立刻攔住柳擎宇的去路。

其中一個胖子指責道：「你誰啊，趕快放開我們鄭主任。」

柳擎宇看了胖子一眼，喝令道：「滾一邊去！」

胖子長得也挺高的，只比柳擎宇矮上三四釐米，但是體重比柳擎宇重上一倍有餘，所以看到身材瘦削的柳擎宇，胖子立刻氣勢洶洶的說道：「媽的，我叫你鬆開。」一邊說著，一邊伸出大巴掌朝著柳擎宇的臉便搧了過來。

柳擎宇此刻心中怒氣正盛呢，雖然他拉住了鄭東江的胳膊，但是並沒有對他採取任何手段，儘管他真的很想把鄭東江拉出去狠狠揍一頓，只不過他努力地克制自己。因為現在的柳擎宇已經不是當初的柳擎宇了，他非常清楚，僅僅是靠武力是解決不了什麼問題的。

他之所以要拉著鄭東江，是因為他想拉著鄭東江去找市委書記戴佳明，他要到戴佳明面前去評理去。當然，也不乏要嚇唬一下鄭東江的意思。

誰知這個胖子竟然要打柳擎宇，簡直是找死啊。

柳擎宇一邊出腳一邊冷冷說道：「胖子，記住，這可是你先打我的，我這是正當防衛。」

隨著柳擎宇話音落下，胖子碩大的身軀已經倒飛了出去，噗通一聲摔倒在地上，胖子發出一聲鬼哭般的慘叫。

這時，另外一個副主任看到柳擎宇向他看了過來，嚇得結結巴巴的說道：「你……你要幹什麼？」

柳擎宇瞥了這哥們一眼，拉著鄭東江向外面走去。

鄭東江看到這種情況，知道形勢不妙，他很清楚好漢不吃眼前虧的道理，立刻眼珠一轉道：「柳擎宇，不要急，你不就是想要辦高速公路規劃方案那件事嘛，我這就讓人幫你辦理如何？你可千萬不要衝動啊！」

鄭東江的聲音都有些顫抖了，雙腿也發著抖。

柳擎宇冷回道：「鄭主任，你儘管放心，我不會動手打你的，我這是要帶著你一起去找市委戴書記去評理去，我想當著戴書記的面問一問，為什麼我們瑞源縣比青峰縣提前交的規劃方案，人家的方案都審批通過四天時間了，我們的卻一點動靜沒有，難道就因為你的小姨子在青峰縣工作，有可能受到青峰縣的照顧，你就可以特事特辦？我們瑞源縣沒有你的親戚，你就可以推三阻四了？我倒是要問問戴書記，你這種行為算不算是以權謀私？」

說話間，柳擎宇繼續拉著鄭東江往外走。

一開始，鄭東江聽柳擎宇說不打他，頓時放下心來，只要柳擎宇這傢伙不犯渾，自己根本沒有必要怕他，然而，當他聽到柳擎宇說起自己的小姨子後，臉上立刻猶豫起來。

很多事情，可以做卻不可以說，更不能擺在檯面上，如果柳擎宇真的在戴佳明面前把這件事情拿出來說的話，自己還真不好回答。

還有一點鄭東江非常清楚，自己是市長黃立海的人，對戴佳明的話一向都是陽奉陰違的，戴佳明早就想拿下自己，之前戴佳明一直沒有找到機會，如果這次柳擎宇把事情鬧大，弄不好自己很有可能一不小心翻船。

想到此處，鄭東江立刻滿臉陪笑地說道：「柳同志，你千萬不要誤會，這跟我小姨子沒有什麼關係，而且你們瑞源縣的事情我也已經上心了，至於去見戴書記，我看完全沒有必要吧，你放心，這兩天我就把事情給你辦妥如何？」

「過兩天？我沒有那麼多的時間了，我看咱們還是去戴書記那邊談談吧，今天這狀我告定了。」柳擎宇鐵著臉說道。

見到柳擎宇態度如此堅決，鄭東江便知道自己使用拖延之術沒有用了，只能苦笑著說：「要不這樣吧，柳擎宇，我今天就把這事給你辦妥如何？」

柳擎宇稍微鬆了鬆手，嘲諷道：「你確定今天能夠審批通過？這不違反你們的相關流程吧？」

鄭東江連忙說道：「不違反不違反，既然你們的規劃方案戴書記也知道，那這件事情就特事特辦。」

柳擎宇點點頭：「好，那咱們就直接去你辦公室等著，什麼時候規劃方案審批通過了，我什麼時候離開，我相信鄭書記你肯定也會陪著我一起等吧？」

鄭東江只能滿臉苦澀的說道：「一定一定。」

隨後，柳擎宇和鄭東江一起回到鄭東江的辦公室，鄭東江趕緊撥通幾個手下的電話，讓他們儘快把瑞源縣的規劃方案討論一下，特事特辦。

不得不說特事特辦的效率就是高，不到兩個小時，瑞源縣的規劃方案便審批通過，直接送到了鄭東江的辦公室內。

鄭東江看到柳擎宇拿著規劃方案站起來後，心情這才放鬆下來，心說終於可以把柳擎宇這個瘟神給送走了。這傢伙也太野蠻了。

然而，柳擎宇這邊剛剛拿到規劃方案，便接到了縣長魏宏林打來的電話：

「柳書記，我剛剛得到消息，青峰縣的規劃方案已經在省發改委那邊通過審批了，而且省裡準備拿出八千萬來補助青峰縣的項目，看來，我們這次要全面落後了啊。」

魏宏林和柳擎宇說這番話，是有其目的的，在他看來，瑞源縣不可能成功，他之所以在這時候告訴柳擎宇這件事，一方面是向柳擎宇表明自己的消息比柳擎宇要靈通得多，柳擎宇在這次高速公路申報規劃這件事上不讓自己參與是個錯誤，另一方面，也有刺激柳擎宇的意思。

柳擎宇自然明白魏宏林這通電話的含義，卻並不在意，淡淡說道：「嗯，我知道了。我已經拿到了市發改委的審批方案，馬上要前往省發改委進行審批，縣裡的事你多操點心，我就先掛了。」

掛斷電話後，柳擎宇心中冷笑一聲，暗道：魏宏林啊，你現在是越來越不安分了，看來是得找機會好好和你算算帳了，本來我早就想收拾你的，只是考慮到最近瑞源縣需要團結一致的搞好高速公路建設這件事，所以無法騰出手來收拾你，你最好不要得瑟得過火了。

在柳擎宇的心中是有一桿秤的，秤砣就是老百姓。到底該如何做，關鍵要看事情是否對老百姓有利，至於發火與否，對柳擎宇來說已經不像以前那樣不可控了，為了瑞源縣的整體利益，柳擎宇能夠稍微隱忍一下。就像這次高速公路規劃方案在縣裡的全票通過，這種事就必須要做好縣委常委們的團結工作。

為此，柳擎宇當時在農貿會之後，在瑞源縣展開了一連串雷霆行動，狠狠的收拾了一批與三大外資種子公司勾結的官員幹部，但是對魏宏林，他暫時沒有動手，一方面是因為證據不足，另一方面也是因為魏宏林背景很深，牽一髮而動全身，他不想在這個時候使瑞源縣陷入內亂之中，這樣並不利於瑞源縣的發展。

柳擎宇帶著文件來到省發改委，先是拜訪了省發改委的主任趙吉奇，向他表明瑞源縣的高速公路規劃項目和青峰縣高速公路項目同樣都屬於南華市下一階段的重點規劃項目，希望省發改委這邊能夠儘快通過審批。

省發改委主任趙吉奇知道柳擎宇是省委曾書記很看重的幹部，因此在審批方案上，趙吉奇並沒有設置任何障礙，和青峰縣的規劃方案一樣，省發改委集中了機關裡的精銳，對兩邊的規劃方案進行集中審核。

由於柳擎宇在制定整改高速公路規劃方案的時候，早就考慮到審批的問題，所以他讓北京的專家們列舉了十分詳盡的資料，並且全都在檔案上簽了字以示認證。

省發改委的人對瑞源縣這份規劃方案竟然是北京幾位頂級公路規劃專家設計的十分震驚，而且很多技術牛人本身就是這些專家的弟子，所以瑞源縣的方案在省發改委所用的審核時間比青峰縣的那份還要快，不到四個小時便審核通過了。

拿到省發改委的審批簽字，柳擎宇當天下午便趕到省委書記曾鴻濤的辦公室。

由於柳擎宇來得比較晚，過來的時候，前面已經排了五六名廳長、副省長們等著向曾鴻濤彙報工作呢，所以柳擎宇只能默默的坐在後面等著。

這一等就是三個小時。

輪到柳擎宇的時候，已經是六點半了，早已過了下班時間。

看到柳擎宇進來，曾鴻濤笑著說道：「小柳，我看時間不早了，咱們先去吃飯吧，有什麼事一邊吃飯一邊談，怎麼樣？」

柳擎宇連忙說道：「好，沒問題，那今天我請您，不過，您可不許嫌我請得差啊。」

曾鴻濤聽柳擎宇這樣說，臉上露出一絲好奇之色，饒有趣味的說道：「那我今天就跟著你去吃了。」

柳擎宇看了看曾鴻濤的衣服說道：「曾書記，我感覺您應該換一身衣服，就您這身衣服往外面一站，人家肯定認出來您是領導。」

曾鴻濤聽柳擎宇這樣說，立刻笑道：「好好好，我聽你的，換一身便裝。」

說完，曾鴻濤果真換了身休閒裝穿在身上。

不得不說，人配衣服馬配鞍，曾鴻濤換上了一身普通便服之後，原來的那種省委領導的氣勢立刻大打折扣，看起來就和一個普通的老頭差不多了。

這時候，省委秘書長于金文走了過來，他是過來看看需不需要給曾鴻濤安排晚飯的。看到柳擎宇也在這裡，而且曾鴻濤還換了身便服，于金文立刻警惕起來，看向柳擎宇道：「柳擎宇，你這是在做什麼？」

柳擎宇解釋道：「秘書長，我想帶曾書記一起去吃個便飯，我感覺他穿著西裝太扎眼了。」

「穿西裝扎眼？你想帶曾書記去哪裡吃飯啊？」于金文立刻緊張的問。

曾鴻濤可不同於一般的領導，他出行時，身邊要帶著警衛，行程都要提前規劃好，以免安全出現意外。

柳擎宇說道：「秘書長，我比較窮，大酒店我請不起，而且我相信曾書記對大酒店的飯菜恐怕也早就吃膩了，所以我想請曾書記去吃大排檔，順便也可以體察一下民情。」

于金文頓時眉頭一皺，有些不悅的說道：「這可不行，大排檔的治安比較混亂，食品衛生也沒有保證，萬一出了事可就麻煩了，我看還是在機關食堂吃點得了。」

然而，曾鴻濤聽柳擎宇說要去吃大排檔，頓時來了興致。

曾鴻濤在年輕時吃過大排檔，後來隨著官位逐漸升高，就再也沒有吃過了，便對于金文道：「金文，我看就去吃大排檔，你讓警衛在不遠處跟著就行了，再說，還有柳擎宇在旁邊呢，這小子的身手你應該也有所耳聞吧？」

于金文遲疑道：「柳擎宇身手是不錯，就是世界上的事瞬息萬變，萬一……」

曾鴻濤擺擺手道：「老于，要不這樣吧，你也換身衣服跟我們一起去吧，我想要跟柳擎宇一起出去走一走，看一看，我們這些當省委領導的，平時整天忙於公事，就是下去調研的時候，看的也是人家讓我們看的，我們真正想要看到的很難看到，所以我們應該找機會實際走出去看看。」

于金文真的不願意折騰，但是曾鴻濤心意已決，很難更改，他只能瞪了柳擎宇一眼，回去換衣服去了。

面對于金文責備的眼神，柳擎宇只能訕訕一笑，其實，他一開始只是想要和曾鴻濤開個玩笑罷了，沒想到曾鴻濤還當真了，他也只能順著他的意思走了。

既然曾鴻濤願意出去看一看，自己又有什麼好擔心的呢，他相信有自己做保鏢，任何人要想動曾鴻濤都得好好的掂量掂量。

過了幾分鐘，于金文換了一身便裝走了進來。

曾鴻濤穿的是休閒裝，看起來像是到這裡旅遊的遊客，而于金文沒有什麼便服，只有一套運動服，一時間也沒有地方去找別的衣服，乾脆就把運動服給穿上了。

看到于金文這身衣服，柳擎宇和曾鴻濤都笑了起來。

于金文瞪著柳擎宇道：「柳擎宇，你小子今天晚上給我精神一點，曾書記的安全不能出現一點問題，否則我唯你是問。」

柳擎宇連忙說道：「秘書長請放心，我會竭盡全力來保護曾書記和您的安全的。」

「柳擎宇，你打算帶我們去哪裡吃飯？」于金文問。

柳擎宇說道：「我聽說距離省委大院兩公里外有一條街叫時光街，那裡美食雲集，而且高中低檔都有，兩位領導喜歡吃什麼，咱們就吃什麼，你們看怎麼樣？」

曾鴻濤點點頭：「沒問題。」

柳擎宇又笑道：「兩位領導，咱們吃飯的時候，我再找個人給你們表演一個節目，保證讓你們既看得過癮又食欲大增。」

于金文頓時瞪大了眼睛：「什麼？你還找人表演節目？」于金文的警惕之心又提高起來。身為省委秘書長，他對任何細節的地方都不會放過。

柳擎宇立刻笑道：「秘書長您不必緊張，我說的不是什麼美女，而是我的司機程鐵牛，我讓他表演的節目也很簡單，那就是吃。」

「吃？」曾鴻濤和于金文同時瞪大了眼睛。

「啥時候吃也可以當做節目表演啦？」于金文不解地問道。

「秘書長，請恕我先賣個關子，到時候你們二位就知道了，不過呢，我有一個請求，那就是讓程鐵牛和我們一起吃飯，這樣你們可以看得更清楚，不知兩位領導有沒有意見？」柳擎宇說道。

曾鴻濤和于金文是啥人啊，聽柳擎宇這麼說，就知道柳擎宇是在想法設法為他的司機與他們一起吃飯在進行鋪墊呢，這說明一點，那就是柳擎宇對他的這個司機非常不錯，否則柳擎宇也不可能讓司機與他們同席。這令兩人更加好奇，這個程鐵牛到底要表演什麼？

確定目標地點後，于金文先打電話把警衛的事安排一番，這才和曾鴻濤、柳擎宇一起下樓。樓下，程鐵牛已經開著車在下面等著了。

柳擎宇親自為曾鴻濤拉開後車門，把曾鴻濤請了進去，另外一邊，于金文也坐上了車。

曾鴻濤和于金文一上車，立刻把注意力放在了程鐵牛的身上，都很好奇柳擎宇的這個司機到底是個什麼樣的人。

等他們看到程鐵牛的樣子後，頓時有些愣住了。這也太搞笑了吧，柳擎宇怎麼弄個光頭司機來啊，而且這哥們看樣子又黑又壯，一看就是個彪形大漢，這樣的大漢能夠把車開好嗎？

隨著車子的啟動，曾鴻濤和與于金文的懷疑立刻煙消雲散，因為車速不慢，卻非常平穩，兩人坐在車裡幾乎感受不到一絲一毫的顛簸，即便是省委大老的司機，車技比起這個黑面大漢來，也差得不是一點半點啊。

此時，曾鴻濤和于金文對程鐵牛更產生了興趣。

然而，柳擎宇和曾鴻濤並不知道，就在他們的車子剛剛離開省委大院，在他們後面不遠處，一輛黑色汽車也在不緊不慢的跟隨著。車內坐著四個男人。

其中身材瘦削的男人滿臉興奮的說道：「出來了，媽的，憋了這麼久，終於找到機會讓我們發揮一下了，這次，我們一定要搞死柳擎宇，好好的出口惡氣，要用世界上最狠的手段將柳擎宇折磨死。」

他旁邊一個皮膚黝黑的男人冷冷說道：「雷霆，你最好老實點，聲音小一點，我們現在可是跟蹤狀態，要是被柳擎宇發現，我們可就前功盡棄了。」

雷霆立刻不屑的說道：「我說黑雲啊，你也太前怕狼後怕虎的了吧？我們是什麼人？堂堂的世界級殺手，我們跟蹤要是被人發現了，乾脆還是買塊豆腐撞死得了，更何況這次是由咱們組長狂風親自開車。」

說著，雷霆的目光落在負責開車的司機身上，那是一個總是一臉人畜無害般笑瞇瞇樣子的男人。

「都給老子閉嘴！」狂風不爽的說道：「你們都跟陽光學一學，老老實實的待著，隨時做好出擊的準備，你們記住，我們必須做到只要出手，就必定要搞死柳擎宇。現在組織已經急眼了，一直在催促我們趕快結束這次任務回去。」

車內立刻安靜下來，狂風是組長，大家對他的話沒有不聽的，立即拿出各式各樣的監控設備，仔細觀察起柳擎宇他們那輛車來。

程鐵牛開車來到時光街附近，找了個停車的地方停好車，便和柳擎宇一左一右的陪在曾鴻濤、于金文的身邊，在時光街上溜達起來。

時光街是省會有名的美食一條街，他們一路行來，看到了很多美食飯店，湘菜、魯菜、粵菜都有。當他們走到一家烤羊肉的大排檔時，柳擎宇問道：「曾書記，您看咱們就在這家吃如何？」

曾鴻濤點點頭：「好，就這裡吧。」

就見擺放了三十多張桌子的大排檔內幾乎座無虛席，恰巧他們進來的時候，有一桌客人結帳走了，他們正好坐了過去。

很快就有一個服務員走了過來，送上菜單，然後問道：「請問幾位要點點什麼？」

柳擎宇把菜單遞向曾鴻濤道：「您先點吧。」

曾鴻濤很隨和地說：「你點吧，我沒有什麼忌口，只要乾淨衛生就成。」

柳擎宇便對服務員道：「先給我們烤五斤羊肉串，再來三十串烤雞翅，一隻烤羊腿，兩盤毛豆兩盤煮花生、兩盤炒田螺。」

柳擎宇點完，曾鴻濤咋舌道：「小柳，五斤羊肉串是不是太多了啊？我們恐怕吃不了吧？」

柳擎宇笑道：「您放心，五斤並不多，一會兒您等著瞧就是了。」

聽柳擎宇這樣說，曾鴻濤也就沒有再說什麼，他現在最期待的是柳擎宇所說的那個表演到底是什麼樣的表演。

過了十多分鐘，五斤的烤羊肉串和其他的東西陸續拿了上來。柳擎宇讓服務生把所有的東西都分成兩份擺在桌上。

等服務員離開後，柳擎說道：「二位領導，現在可以開始吃了，希望簡陋的飯菜不會讓二位領導對我產生意見。」說著，柳擎宇給兩位領導送過去一串烤肉，然後又給兩人杯子裡倒滿了啤酒，舉杯敬了過去。

一開始，曾鴻濤和于金文都不明白柳擎宇所說的表演是什麼。但是等到第一輪烤肉吃完，曾鴻濤和于金文便都看明白了。

原來，他們三人吃肉的速度還不如人家程鐵牛一個人吃得快。當然了，程鐵牛是不喝酒的，只專心吃烤肉。

與此同時，在柳擎宇他們對面酒店的包廂內，狂風、陽光、雷霆、黑雲四個殺手也點了滿滿一桌子飯菜，邊吃邊密切關注著柳擎宇他們這邊的動態。

第六章

四步走

「四步走？」

柳擎宇說道：「沒錯，就是四步走，第一步，就是目前我們正在搞的通往岳山市高速公路的瑞岳高速公路，這段高速公路修好之後，可以用最便捷的方式直接融入白雲省的高速公路環內，有利於降低各種運輸的成本。

當曾鴻濤這邊剛剛喝完一半啤酒的時候，程鐵牛那邊一半分量的烤肉全都報銷了。隨後程鐵牛又點了兩斤烤肉，等曾鴻濤他們喝完一瓶啤酒時，程鐵牛這兩斤烤肉又掃完了。這種飯量看得曾鴻濤和于金文都是目瞪口呆，總算明白柳擎宇所說的表演到底是什麼了。

吃喝完一輪，曾鴻濤笑著看向柳擎宇道：「小柳啊，你這次到省裡來的目的是什麼？」柳擎宇便把瑞源縣規劃高速公路的事情說了，並且詳細闡述了建設這條高速公路的意義，尤其是提到把瑞源縣打造成三省交通樞紐的想法。

雖然大排檔的氛圍有些亂糟糟的，但是柳擎宇的話讓曾鴻濤和于金文全都把思維從亂糟糟的環境中提了出來。

對於他們這種級別的人物來說，環境對於他們的思考影響並不是很大，柳擎宇的想法一提出來，他們就敏感的意識到柳擎宇所說的**絕對是一件大事，而且還不是一般的大事**。

以前，因為從來沒有人向他們彙報過瑞源縣的事，而且白雲省的事情又太多，所以對於瑞源縣這個小地方，他們並沒有給予太多的關注，但是，當今天柳擎宇說到想把瑞源縣打造成三省交通樞紐的時候，曾鴻濤的大腦內瞬間彷彿打開了一扇窗般，跑出了許多想法。

過了好一會兒，曾鴻濤才問道：「小柳，你可知道真要是按照你的想法去實施的話，得要多少錢嗎？」

柳擎宇點點頭：「這個當然，我已經請專家們估算過了，差不多需要十億左右。」

曾鴻濤皺著眉頭道：「你來是尋求省裡對你們這個項目進行支持的嗎？」

柳擎宇點點頭：「是的，我希望省裡能夠給我們瑞源縣大力支持，我有信心把這個項目搞成。」

于金文在一旁說道：「小柳，你可知道，像這樣的大項目，別說是國家發改委了，就算是省發改委這邊也很難通過的。」

「是的，這一點我明白，所以我打算把這個項目分為四步走。」柳擎宇回道。

「四步走？」曾鴻濤和于金文全都來了興致。

柳擎宇說道：「沒錯，就是**四步走**，第一步，就是目前我們正在搞的通往岳山市高速公路的瑞岳高速公路，這段高速公路修好之後，可以用最便捷的方式直接融入白雲省的高速公路環內，有利於降低各種運輸的成本。

「第二步，就是建設瑞源縣到南華市的高速公路，這條高速公路建成，瑞源縣就完成了與整個白雲省高速公路環的高效融合，並且加強了與南華市之間的聯繫。

「第三步就是打通與吉祥省之間的通道；

「第四步是打通與赤江省的通道，經過這四步之後，瑞源縣就會成為一個三省交通樞紐核心區，可以讓三省間的交通更加便捷，從任何一個省前往目的地只要經過我們瑞源縣，就可以節省至少三分之一以上的路程，大大降低運輸成本和時間。

「我相信，只要路通了，沒有一個司機願意走遠路的。有了這個地裡位置優勢，瑞源縣想要不發展起來都難。而我打算把瑞源縣規劃成一個以綠色農業產業為核心、旅遊農業、物流存儲行業為依託的環保型高科技產業大縣，我的規劃是……」

因為環境所限，柳擎宇講得十分簡單，但是整體規劃思路卻極其清晰，當曾鴻濤和于金文聽完後，兩人都有些呆住了。

他們沒有想到，柳擎宇的胸中，竟然藏著如此龐大的計劃，而且看他的思路非常清晰，每一步該怎麼做、會遇到哪些困難都有所預測，饒是他們聽了也怦然心動。

不過他們非常清楚，動心是一回事，實際操作又是另一回事。

曾鴻濤沉吟片刻，說道：「小柳，這件事恐怕我現在不能給你任何表態。這事需要十分詳盡的論證。」

柳擎宇嘿嘿笑道：「這個我清楚，不過老闆，您看這個瑞岳高速公路的事，省裡能不能給予一些支持啊，我們瑞源縣現在實在是缺錢得緊啊，但是這段高速公路對我們來說又太重要了。」

曾鴻濤問：「你想要什麼支持？」

柳擎宇笑道：「我的胃口不大，省裡如果能夠給個幾億的補助金，再給一些好的政策，那我們這件事推進的速度肯定加快。」

曾鴻濤不由得笑罵道：「你這臭小子，都獅子大開口了還說胃口不大？」

柳擎宇哭訴道：「主要是我們瑞源縣實在是太窮了啊。」

曾鴻濤擺擺手：「得了，你別給我哭窮了，這樣吧，瑞岳高速公路的經費，我可以從我的書記資金裡拿出兩億來支援你，在政策上也可以給你們瑞源縣一些優惠，不過嘛……」

說到這裡，曾鴻濤卻頓了一下。

柳擎宇的心立刻火熱起來，兩億啊，這還只是書記資金，如果能夠從省交通廳那邊再弄點的話，後面項目推進起來就更容易了。他急急地道：「不過什麼？」

看到一向沉穩的柳擎宇竟然露出這種猴急的神態，曾鴻濤和于金文都笑了起來。

曾鴻濤忍不住調侃道：「小柳，我還以為你是隻石佛呢，沒想到你也有這種猴急的時候。你聽清楚了，我的前提是，我雖然能夠給於你這麼多的支持，但是你必須要負責把你這個整體規劃在瑞源縣給我實現了，你啥時候把這個規劃給我實現了，我啥時候才會放你離開，怎麼樣？敢不敢賭一把？」

聽到曾鴻濤這樣說，柳擎宇的心中就是一動，到現在他才發現，**原來自己被這位大老給算計了**。顯然曾鴻濤聽完自己的構想之後也心動了。畢竟，這個規劃一旦實現了，前景是十分可觀的，甚至可以對整個白雲省的經濟產生巨大的推動作用。

直到這個時候柳擎宇才恍然大悟，省委領導的目光絕不是一般人能夠比的，曾鴻濤明明對這個規劃動心了，卻偏偏要裝出一副並不怎麼認可的態度，這是逼著自己往前衝啊。直到自己說出所有計畫，曾鴻濤這才亮出他的底牌：**我可以支持你，但是你必須要負責把整個項目做完。**

柳擎宇只能苦笑說道：「曾書記，我算是服了您了，您簡直就是老謀深算、老奸巨猾啊！」

曾鴻濤哈哈大笑起來。

笑過之後，曾鴻濤語氣沉重地說道：

「小柳，不瞞你說，你這個計畫的確讓我非常動心，但是我相信你也應該清楚，並不是每個人都有你這種為民辦事之心和強悍的執行能力，如果這個項目你不操盤的話，我擔心就算是省裡把所有資金都給籌集好了，也未必能夠把項目做好，更何況現在我能夠答應支持你的只有政策，資金方面還是得靠你自己去想辦法。

「瑞源縣一共有多少幹部，難道就沒有其他人看出來你這個規劃？我不相信！但是問題在於，**真正敢提出來並且有氣魄去實施和推動的只有你而已**。所以，這個項目你要是真想做的話，就給我做好！怎麼樣，敢不敢接受這個挑戰？」

柳擎宇點點頭，任重道遠地說：「我既然提出了這個規劃，肯定是要負責到底的。」

曾鴻濤笑著舉起酒杯道：「好，英雄出少年啊，看來這一次我可能要沾你的光，撈一點政績了，來，這一杯我敬你。」

柳擎宇連忙端起酒杯說道：「別別別，您是領導，還是我敬您吧。」說著，柳擎宇一飲而盡。曾鴻濤和于金文也把酒乾了。

此時，三個人心情都十分不錯。

柳擎宇這次可謂收穫頗豐，不僅獲得了曾鴻濤口頭承諾，會給予瑞源縣政策支持，還拿到了兩億的補助金，這大大超出了他的預期。

對曾鴻濤而言，能夠有柳擎宇這樣有能力、魄力的手下，他想要不高興都難。而且柳擎宇很有分寸，知道現階段省裡能夠給予支持的只有政策，所以根本就不提錢的事，這樣的年輕幹部絕對是人才啊。他為自己的眼光而喝彩。

柳擎宇他們談話的聲音並不大，再加上整個大廳裡亂糟糟的，所以很少人會注意到他們這張桌子。

此時，柳擎宇他們旁邊一張桌子卻熱鬧起來。

一個文質彬彬，戴著眼鏡的年輕人，端著一杯白酒搖搖晃晃的站起身來，對著對面的一個男人說道：「張經理，只要你們監理公司在這個項目上對我們高抬貴手，我可以保證，這個項目結束之後，你賺個三四十萬輕輕鬆鬆！」

然而，對面那個穿著一身普通休閒服的男人卻說道：

「羅總，不是我不給你面子，你也知道，我們身為高速公路項目監理公司，責任重大，在任何項目上，我們都必須認真謹慎，哪怕是絲毫的疏忽，都會給國家造成嚴重的損失。這是職業道德問題，所以這個問題，恐怕我不能答應你。」

這位張經理表現出一副義正詞嚴的樣子。

柳擎宇和曾鴻濤、于金文三人此刻剛結束了談話，正在無聊時，恰好對方的談話傳入了他們的耳中，頓時產生了濃厚的興趣，只有黑大個程鐵牛不慌不忙的吃著烤肉。

這時，戴著眼鏡的羅總又說話了：

「張經理，你這樣說就太不給我面子了，你也知道，我身後的老闆可是很有分量的，當初之所以選擇你們這家公司做這個項目的監理，就是因為他和你們老總關係很密切，比較聽話，如果你不通情達理的話，我們恐怕得考慮要不要讓你們公司換人了。

「實話跟你說吧，我們需要的是一個只帶著耳朵和手、筆過來的人，不需要一個帶著嘴和眼睛的人，你們公司是由甲方聘請的，但是這監理費啥時候支付，卻是我們可以影響的……」

羅總話中的威脅意味十分濃。

張經理猶豫了一下，這才說道：「好，既然羅總這麼爽快，那我也直說了吧，我發現你們公司在這段高速公路工程中多次違規使用劣質材料的事，如果我不上報的話，肯定要承擔巨大風險，這對你給的三四十萬相比，我所要冒的風險來說實在是太大了，如果要我假裝沒有看到可以，至少需要一百五十萬，畢竟我們是整個小組，光擺平我一個人是不行的。」

羅總聽了，不由得眉頭一皺：「一百五十萬？這可有點多了，這事情恐怕我不能做主。」

張經理道：「沒問題，你可以向上面請示，但是我的底限就是這麼多。你可不要忘了，你們這個項目可是十幾億的項目，利潤本來就非常高，再加上你們偷工減料，這中間的利潤有多高啊，如果連一百五十萬都捨不得拿，那我就只能公事公辦了。」

羅總猶豫了一下，點點頭道：「好，那就一百五十萬，不過以後你可得高抬貴手。」

張經理笑道：「這好說，以後的監理文件都由你們審核之後我們再簽字如何？」

羅總立刻笑顏逐開，舉起酒杯說道：「好，來，咱們乾一杯，慶祝我們合作順利。」

張經理又說道：「羅總，我有一點不太明白，你為什麼要選擇在這裡談事情呢？難道不怕別人聽到嗎？」

「我正是因為怕別人聽到所以才選擇這裡呢，選擇這裡有幾點好處，第一，來這裡吃飯的都是些下層人，誰有心情理別人在聊什麼?!第二，就算知道我們在聊什麼，這些人也沒有心情、沒有能力去管；第三，這裡環境嘈雜，不需要擔心有人採取監控、監聽手段對付我們，防火防盜防記者啊。」羅總說出箇中原由。

張經理一聽，豎起大拇指讚道：「羅總，你還真是聰明啊。」

羅總立刻得意地哈哈大笑起來。

然而，羅總和張經理萬萬沒有想到，坐在他們旁邊這桌的客人可不是普通人，而是兩位省委常委、一位縣委書記，把他們的話聽了個清清楚楚。

曾鴻濤聽了，臉色瞬間大變，他早聽說高速公路建設、監理過程中存在諸多舞弊問題，但是沒有親眼見證，此刻，他是實實在在的看到和聽到了內幕，簡直不敢置信被視為戰略交通要道、利國利民工程的高速公路工程，竟然會成為某些人上下其手瘋狂掠取的美食，真是豈有此理。

曾鴻濤盛怒之下，狠狠一拍桌子對柳擎宇道：「你去問問他們到底是哪家監理公司和建設公司的？」

柳擎宇沒想到曾鴻濤會當場發飆，只好站起來走到羅總和張經理面前，掏出自己的工作證來詢問道：「二位，請問你們是哪家公司的？」

羅總瞥了眼工作證，昂著頭道：「你誰啊？一個小小的縣委書記到這裡湊什麼熱鬧，一邊待著去。」

說話間，羅總對柳擎宇充滿了不屑之意。因為他經常和一些市長、市委書記打交道，平時稱兄道弟的，很多縣長、縣委書記為了向上攀附關係，甚至會給他送禮，請他幫忙安排飯局，所以對柳擎宇的縣委書記身分根本就看不上眼。

柳擎宇淡淡一笑，對于金文道：「于老闆，能不能借你的工作證用一下。」

于金文點點頭，拿出工作證丟給柳擎宇，柳擎宇把于金文的工作證放在羅總的面前：「這位老闆，你看這張工作證夠分量嗎？」

當羅總看到于金文的工作證時，當即臉色蒼白，一下子站起身來，雙腿瑟瑟發抖，又看了眼坐在于金文旁邊淡定喝茶的曾鴻濤，頓時嚇得魂飛天外。

他之所以能夠在這家建設公司當上常務副總經理，就是因為他很有眼色，心眼活絡，對政治有一定的敏感性，當他看到于金文的工作證後，一眼便認出了于金文，認出了曾鴻濤。

他怎麼也沒有想到這兩位省委大老竟然出現在一個小小的大排檔中，而且就坐在他們的旁邊。此刻，他已經意識到自己和張經理之間的對話很有可能都被對方給聽到了。完了！這次可要完蛋了！

柳擎宇冷冷地看著羅總和張經理道：「二位，說說你們的工作單位吧。」

羅總苦著臉道：「我是白雲省第三建築工程公司項目部的常務副總經理羅金喜。」

「我是白雲省昊天工程監理公司的高級監理工程師張朝天。」

柳擎宇喝令道：「把你們的工作證給我看一下。」

兩人無奈，只能把工作證拿出來，柳擎宇確認兩人沒有說謊後，向曾鴻濤回報了兩人的身分，曾鴻濤點點頭道：「咱們接著吃飯，不管他們了。」

說著，曾鴻濤繼續拿起酒杯喝酒。

看到曾鴻濤對自己沒有什麼表示，羅金喜和張朝天趕緊匆忙結帳離開了。

離開後，兩人商量了一下，為了不被上面知道後開除他們，他們決定把這件事隱瞞下來。

此刻，曾鴻濤也沒有心情再吃了，放下酒杯道：「好了，我吃飽了，咱們回去吧。」

柳擎宇知道曾鴻濤現在心情肯定非常不好，便點點頭道：「好，那我們就回去吧。」

程鐵牛看到大家要走，也放下了手中的烤肉，跟著向外走去。

此時，一直在對面監控柳擎宇他們的四個殺手注意到柳擎宇要離開了，狂風立即一聲令下：「雷霆準備。」

聽到狂風的命令，雷霆拿出隨身攜帶的一隻皮箱，從裡面抓出一把帶著消音器的手槍，準備尋找狙擊地點射殺柳擎宇。

不想這時候他們包間外面卻響起了一陣急促的敲門聲。

聽到敲門聲，四個人都緊張起來，雷霆把手槍放回了皮箱內，陽光走過去把房門打開一條縫，警惕地問道：「誰啊？」

他剛打開門，房門便被人一腳給踹開，一群人從外面湧了進來，全都是人高馬大的壯漢，身上還紋著紋身，簇擁著一個三十多歲的彪形大漢走了進來。

在彪形大漢身邊，一個臉上有著一道刀疤的男子用手一指房間內的四個殺手，對手下人說道：「兄弟們，這四個外地佬竟然敢佔用虎哥的包間，給我打！」

四個殺手雖然彪悍，但是這些人也不含糊，雙方一番激烈的打鬥後，四個殺手狼狽逃離現場，等他們出來之後再想尋找柳擎宇，卻發現早已人跡渺渺。

雷霆憤怒的說道：「他媽的，這幫傢伙到底是什麼人啊，怎麼突然衝進來，可惜了這次那麼好的刺殺柳擎宇的機會。」

黑雲也一臉鬱悶的說：「咱們是不是撞邪了啊，怎麼對柳擎宇的行動總是出現這樣那樣的意外。」

狂風比較冷靜，沉著臉道：「這次行動失敗了，好在我們的身分沒有暴露，繼續緊盯柳擎宇，再找合適機會刺殺他，我還就不信了，我們四個國際一流殺手還搞不定柳擎宇這個小癟三！」

返回省委的車上，曾鴻濤的臉色顯得異常陰沉。

于金文的臉色和曾鴻濤一樣，也不怎麼好看。柳擎宇則默默地坐在副駕駛的位置上，一句話都沒說，他相信這次大排檔之行對曾鴻濤和于金文絕對會有所觸動。

柳擎宇猜得沒錯。靜默了一會兒之後，曾鴻濤突然說道：「金文，看來以後我們是得經常出來走一走了，不能總是待在辦公室裡，否則我們和睜眼瞎子沒有什麼兩樣。」

于金文感慨地說：「是啊，真沒有想到，簡單的一頓飯就能聽到這麼聳人聽聞的事，如果全部的高速公路都是這樣建設的話，我們白雲省的交通安全可是岌岌可危啊。」

于金文又看向柳擎宇道：「小柳，以後你們瑞源縣要是真的修建高速公路，一定要把好品質關，千萬不要出現像今天這種情況，不然我和曾書記絕對不會放過你的。」

柳擎宇面臉色凝重地道：「曾書記，于秘書長，請二位領導放心，瑞源縣的高速公路品質我會親自主抓的，出現任何品質問題我負全責。」

聽柳擎宇這樣說，曾鴻濤和于金文的臉色這才稍微緩和了些。

曾鴻濤又交代道：「金文，回頭你好好的給我調查一下這兩家公司，看看他們到底有什麼背景，怎麼做事這麼囂張呢。」

于金文立即回道：「曾書記，這兩家公司的背景不用調查了，我知道。」

「哦？他們是什麼背景？」曾鴻濤好奇地道。

于金文侃侃道：「羅金喜所在的白雲省第三建築工程公司，幕後操盤的大股東是白雲省主管交通的副省長彭國華的兒子彭成飛，這家公司是白雲省兩家大型高速公路工程承包商之一。至於張朝天所在的昊天工程監理公司，幕後老闆是交通廳常務副廳長趙振宇的親弟弟趙振濤，公司背後也是有大大小小的股東，這些股東很少露面，即便是彭成飛和趙振濤這兩個主要操盤手也很少露面，都是請專門的管理人員負責日常管理，他們只負責拿項目。」

曾鴻濤不由得質疑道：「我們不是明令禁止官員的子弟親人不得從事與其主管領域相關的商業活動嗎？怎麼他們還這麼做？」

于金文無奈地說：「規定是死的，人是活的，上有政策，下有對策啊。」

曾鴻濤臉色一沉，冷哼道：「哼，既然如此，那麼我們就好好的查一查。金文，明天你和紀委韓書記溝通一下，組成一個調查小組，好好調查一下白雲省三建所負責的那段高速公路工程和這家監理公司的情況，如果發現問題，一定要嚴懲不貸。」一鼓的展開了。

不得不說，什麼事情就怕認真。在于金文的牽頭下，針對這兩家公司的調查緊鑼密

只用了半天時間，事情便調查清楚，在白雲省第三建築工程公司所負責的高速公路項目中，存在著不小的品質問題，監理公司有嚴重失職行為，最後，第三建築公司被勒令停工，監理公司則直接取消這個項目的監理資格。

在隨後的省委常委會上，曾鴻濤十分嚴厲的指出領導幹部子女、親戚違法經商的行為，並且指出，在高速公路等重大工程項目中，一定要注意工程品質，一旦發現問題，必定嚴厲追究。

事情爆發後，羅金喜和張朝天不得不向各自的公司報告一下那天在大排檔遇到柳擎宇他們的事，白雲省第三建築公司的老闆彭成飛和昊天監理公司的老闆趙振濤得知後，把兩個人給痛罵了一頓，然後把這筆帳記在了柳擎宇的頭上。

原因很簡單，曾鴻濤、于金文他們都惹不起，而且是柳擎宇問出了他們的身分，所以要恨的話，只能恨柳擎宇了。兩人溝通了一下，決定以後有機會一定要狠狠地收拾一下柳擎宇。

這些事柳擎宇自然不知道，因為在得到曾鴻濤許諾的兩億補助金後，柳擎宇第二天便直接搭飛機飛往北京。

因為他得到魏宏林傳來的消息，說是趙志強已經到了北京，正緊鑼密鼓的展開公關行動，據說效果不錯，很有可能會爭取到一筆巨額的資金。

這讓柳擎宇感覺到壓力很大，因為在和趙志強的競爭中，他一直處於被動的追趕位置。他心中非常著急，因為他非常清楚，部裡的扶植資金是有限的，如果給了青峰縣，就絕不會再給瑞源縣了。

當柳擎宇趕到北京的時候，已經是中午十二點左右了。

為了方便去部裡，柳擎宇選擇在距離部委最近的華恆大酒店住宿。

當他走進酒店大廳，便看到大廳內的交誼廳內，趙志強正在和一個柳擎宇很陌生的男人談話呢。

趙志強的位置是正對著門口的，看到柳擎宇進來，趙志強也是一愣，隨即和對面的人打了個招呼後，站起身來向柳擎宇走了過來。

柳擎宇沒有想到今天還真是冤家路窄，竟然連酒店都和趙志強住到了一起。

趙志強走過來握住柳擎宇的手，皮笑肉不笑的說道：「真沒想到咱們竟然在這裡又見面了。」

柳擎宇回道：「是啊，我也很意外啊。」

趙志強突然壓低了聲音說道：「柳擎宇，給你一點忠告吧，部裡你就不用再去跑了，因為就算是去了也沒有用，你應該知道，在北京，就算是廳局級的幹部隨便往人群裡一撈沒準就能撈出一個來，在部委裡，就算是看門的保安都未必會正眼看一個縣委書記的；而且我實話跟你說吧，我在部裡有人，這個項目部裡基本上確定要給我們青峰縣了，你已經沒有任何機會了，就不要再浪費時間了。」

柳擎宇神色如常地道：「真是不好意思啊，恐怕我要讓你失望了，我的個性你可能不太清楚，對我而言，只要沒有到塵埃落定的那一刻，我是不會放棄的！我的字典裡沒有放棄與認輸這兩個字，只要是我認準的事，不管前面的道路有多麼艱辛，我都會一往直前的。」

趙志強輕蔑地說：「你這樣做會吃大虧的，甚至有可能會碰得頭破血流，真的不值得！而且我已經鎖定了這筆扶植資金，你就不要再搗亂了，要是因為你的搗亂讓這筆巨額資金跑掉了，這對我們南華市來說絕對是一筆巨大的損失。這件事我已經向南華市的領導們反映過了，估計你很快就會接到市委領導的電話的。」

趙志強剛說完，柳擎宇的電話便響了起來。柳擎宇拿出手機一看，竟然是市長黃立海打來的，柳擎宇眉頭一皺。

趙志強見狀道：「柳擎宇，快接吧，希望你要顧全大局啊。」

說完，趙志強得意洋洋的離開了。

柳擎宇只能接通電話。

「黃市長你好，我是柳擎宇。」

黃立海直接命令道：「柳擎宇，你趕快回來，青峰縣已經鎖定了部裡的那筆專款了，你再去只會造成無謂的浪費，弄不好甚至會導致這筆資金也得不到，希望你顧全大局，不要再添亂。」

柳擎宇不服氣地道：「黃市長，我想問你幾個問題，如果你能夠讓我心悅誠服的話，我會立刻回去的。」

黃立海皺著眉頭道：「什麼問題？」

「黃市長，請問青峰縣已經拿到這筆補助金了嗎？資金劃撥下來了嗎？」

黃立海道：「沒有，不過估計很快就會撥下來了。」

「那麼請問青峰縣的批示文件在部裡通過了嗎？」

「我不知道。」黃立海回道。

「那麼我再請問，之前的常委會上，市委是不是說要給我們瑞源縣和青峰縣一個公平競爭的機會？」

黃立海道：「沒有錯，當時的確說要給你們一個公平競爭的機會，但是現在人家青峰縣已經差不多要拿到這筆資金了。」

柳擎宇冷笑道：「黃市長，我非常不同意你的觀點，任何事都需要講究證據，既然青峰縣不能拿出任何證據來證明他們已經得到了這筆資金，我憑什麼要退出競爭？而且公平競爭是市委常委會集體作出的決定，我沒有任何撤出競爭的理由！只要在這筆資金一天沒有確認到帳之前，我都有公平競爭的機會。

「我再換一種說法，黃市長，如果我告訴你，我們瑞源縣現在也已經鎖定了這筆扶植金，我向市裡申請要求青峰縣退出競爭，你認為青峰縣會同意嗎？」

柳擎宇的質問讓黃立海瞬間啞口無言，憋了半天才怒道：「柳擎宇，你這是強詞奪理！」

柳擎宇冷回道：「強詞奪理？黃市長，到底是誰在強詞奪理，您心中最清楚！黃市長，我尊重您是領導，但是並不意味著我會盲從，我有獨立思考、獨立判斷的權利，在市委常委會沒有做出決定讓我退出這次競爭前，我會繼續按照我的想法去展開工作的。」

說完，柳擎宇直接掛斷了電話，隨即邁步向前臺走去。

柳擎宇在前臺登記的時候看到趙志強接通了電話，正在和某人交談，過了一會兒，趙志強用充滿不善和挑釁的目光向柳擎宇看了過來，柳擎宇也以冷面回應。

辦理好住宿手續後，柳擎宇這才給在北京的好兄弟們打了個電話，約兄弟們一起吃飯。

最先趕來的是小二黑，當黑子看到站在柳擎宇身邊的程鐵牛後，頓時有些傻眼，發現這個傢伙身材幾乎和自己沒有兩樣，就連樣貌都頗有幾分相似，唯一不同的在於這哥們的膚色比自己再黑了一些。

小二黑心中暗道：靠，該不會這傢伙是老爸的私生子吧？怎麼和我長得這麼像呢？

「老大，這位兄弟是誰啊？你給介紹一下啊。」小二黑忍不住問道。

柳擎宇笑道：「他叫程鐵牛，是我的司機，也是我的好兄弟。」說著，柳擎宇拍了拍程鐵牛道：「鐵牛，這位是我的好兄弟，綽號小二黑，你叫他二黑就行。」

程鐵牛甕聲甕氣的伸出手來：「俺叫程鐵牛。」

小二黑也伸出手來和程鐵牛握了握，握手間，兩人似乎是心有靈犀一般，都用上了力道。小二黑感覺自己彷彿握住了一塊鋼鐵一般，對方的手掌堅硬如鐵，力道十足。所以小二黑的精明，看得出這個程鐵牛絕對不是一般人，而且人品肯定沒有問題，否則柳老大絕對不會讓他當司機的，而且對方的力量比自己只強不弱，這樣的人他還是第一次遇到，頗有相見恨晚的感覺。

「老大，程鐵牛這個兄弟我認了。」小二黑爽快的說道。

而程鐵牛也第一次感受到和自己幾乎不相上下的力量，亦頗有英雄惜英雄的意味。

隨後而來的是黃德廣、陸釗、梁家源、林雲四個，柳門四傑經過一番介紹後，也很快喜歡上了程鐵牛這個新加入的兄弟，因為這傢伙的吃功實在是太強了。

特別是程鐵牛憨厚的個性很快便在喝酒的時候表現出來，這哥們和誰喝酒都是一杯乾，而且酒量深不見底，說話的時候更是有啥說啥，這樣單純的個性自然博得兄弟們的一致認同。

酒席上，眾人自然問起了柳擎宇到北京的目的，等聽柳擎宇是要來尋求部裡的資金支持時，小二黑笑道：「老大，這事對你來說還不是小菜一碟，你直接給諸葛豐叔叔打個電話，啥事都搞定了。」

還沒等柳擎宇說話，黃德廣便發話了：

「小二黑，你說得簡單，問題在於，柳老大現在處於考察訓練期，劉伯伯早就給他做出規定了，那就是在他成為正廳級前是不會給他任何幫助的，他在官場上的任何事都得靠他自己，所以走諸葛豐叔叔那條路肯定是行不通的。」

小二黑哀叫道：「這不是坑人嘛，柳老大才在官場上混了多長時間啊，能認識多少人啊？」

這時，林雲靈光一現道：「我突然想起一個人來，這哥們叫周浩明，在部裡規劃司擔任辦公室主任，他和我以前是一個大院出來的，比我大幾歲，我們的關係還不錯，柳老大的事我可以試試看能不能讓他幫幫忙。晚上咱們把他約出來一起喝酒，現在咱們只能靠自己的力量幫柳老大搞定此事。」

眾人聽了紛紛點頭。

林雲的意見很有道理，以柳擎宇現在的身分，如果動用級別高的人脈關係，即便操作成功，也會引人詬病，甚至被人當做把柄，那樣對柳擎宇未來的發展十分不利，因為那些關係並不是柳擎宇的，而是他老爸劉飛的。

相反，如果柳擎宇是透過自己的兄弟廣結人脈，尤其是中低層的人脈，這樣能夠逐步擴展他的關係網絡，隨著這些人因為年紀增長走到更高的層次，柳擎宇的關係將會更加穩固。

柳擎宇聽了，同意道：「好，那晚上就一起見見這個周浩明。」

這時，黃德廣說道：「林雲這麼一說，我也想起一個人來，這人叫賈振洋，在財審司當常務副司長，他和我關係不錯，晚上我也把他叫上。」

柳擎宇點點頭，沒想到平時這些傢伙雖然有些胡鬧，不過到了關鍵時刻，還是很給力的。林雲和黃德廣便分別給周浩明和賈振洋打了電話，約他們晚上七點在華恆大酒店一起吃飯。

周浩明答應得十分爽快，表示會準時出席。賈振洋那邊卻告訴黃德廣，說是晚上已經有飯局了，這個飯局的人是上級領導介紹的，不能怠慢，不過正好也在華恆大酒店，他結束後再過去。

黃德廣也就沒有多說什麼，只告訴他，晚上要給他介紹一個好朋友。

晚上七點，華恆大酒店「天字八號」房內，柳擎宇、小二黑、林雲等一干兄弟們都在，在柳擎宇身邊，坐著一個三十多歲的中年人。

林雲介紹道：「老大，這位就是我跟你說過的我的好朋友周浩明，現在在規劃司擔任辦公室主任一職。」說完，林雲又道：「老周，這是我的好兄弟柳擎宇，是我們這些人的老大。」

他並沒有對柳擎宇的身世背景作太多的介紹，因為柳擎宇的身分，該知道的人都知道，不該知道的人也沒必要知道，身為柳擎宇的好兄弟，他也不必向任何人去炫耀柳擎宇的身分。

周浩明雖然和林雲是一個大院出來的，但是他的身分還不足以認識柳擎宇，不過他知道這群人都不是一般人，而林雲竟然視柳擎宇為老大，這只說明了柳擎宇更不是普通人。

隨後，眾人又一一介紹著，等介紹完，柳擎宇舉起酒杯說道：

「周主任，這第一杯酒我敬你，希望你能夠對我們瑞源縣的工作多多指點，多多幫忙。」

周浩明立刻說道：「一定一定，就是不知道你們有什麼需要我幫忙的？」

周浩明也是明白人，知道今天這酒局肯定是有目的的。

柳擎宇笑道：「是這樣的，我們瑞源縣打算建設一條高速公路，不過我們縣是個窮縣，也是第一次建高速公路，正好聽說部裡有一筆專款資金，所以想看看能不能申請一些支援。」

「瑞源縣也要申請扶植資金？你們南華市的青峰縣不是剛剛提交了申請資料嗎？」周浩明訝異地道。

「是啊，但我們是我們，他們是他們，我們算是競爭關係。」柳擎宇直言不諱。

周浩明聽了說：「恕我直言，青峰縣來的是縣委書記趙志強，不知道你是以什麼身分過來的？」

柳擎宇回道：「我是以瑞源縣縣委書記的身分過來的。」

「什麼？瑞源縣縣委書記？」

聽到柳擎宇的話，周浩明真的有些震驚了。面前這個年輕人看起來和林雲他們年紀差不多，也就二十三四歲的樣子，竟然是瑞源縣縣委書記?!這讓他徹底震撼了。

身為規劃司辦公室主任，周浩明對於體制非常瞭解，以柳擎宇這樣的年紀，如果在一個非實權的崗位上擔任職務，通常是有些背景關係，因為在司裡就有一些這樣的年輕人，他們主要是混級別的。

但是，這些人即便是級別上去了，要想真正得到實職崗位，卻不是那麼容易的事，即便能夠得到實職崗位，也得先從副職開始，然而面前的這個柳擎宇竟然是縣委書記了，這傢伙也太狂了吧！

周浩明不禁問道：「柳擎宇，能不能問一下，你今年多大年紀？」

柳擎宇笑道：「我今年虛歲二十五歲，實歲二十四。」

周浩明的眼睛瞪得更大了。二十四的縣委書記！自己二十四歲才剛剛大學畢業而已！這差別也太大了。

林雲在一旁說道：「老周，對我這位柳老大的任何經歷你都不用震驚，他就是一個妖孽級的人物，不能以常人待之，否則他怎麼會成為我們的老大！你還是說說瑞源縣的事到底有沒有機會吧。」

周浩明心中再次一顫，此時他意識到，**自己這次真的遇到神人了**。

對他這種層次的人而言，雖然也有一些人脈關係，但是這些關係只能支持自己走到如今的位置，要想繼續發展，能夠依靠的只有自己，所以他迫切的想要找到一個能夠支持自己未來發展的陣營融入進去。

當他看到柳擎宇後，他的心思立刻活躍起來。人家比自己小這麼多就到了如今這種位置，前途將會不可限量，而且看這種陣勢，很明顯這個年輕人早已有意識的開始建立自己的班底，就是不知道自己有沒有機會融入這個圈子。

當周浩明有了這種想法後，說話的時候語氣變得更客氣了：「柳書記，既然你和林雲是哥們，那我也就直截了當的說吧，就我看來，你們瑞源縣的規劃即便是做得再好，恐怕也很難通過審批。」

柳擎宇哦了聲：「為什麼？」

周浩明苦笑道：「是這樣的，前兩天你們南華市青峰縣的縣委書記趙志強就已經到了北京了，把我們規劃司從下面的科員到中層幹部都宴請了一遍，據說今天晚上他要請的是我們規劃司的常務副司長黃富貴，只要這一關他走通了，恐怕他們的規劃明天就會通過了。而且，趙志強知道你們瑞源縣也要申請的消息，在宴請人員的時候給了暗示，只要能夠阻止你們瑞源縣審批通過，到時候他會給予一定的好處。

「說實在的，如果不是因為林雲的關係，今天我也不會來的。因為我們司裡所有的人都知道，司長趙勁松是趙志強的親叔叔，雖然趙司長再有一年就要退休了，但是誰接任他的位置，他還是有一定發言權的，而黃富貴又是趙勁松的鐵桿嫡系，所以誰也不願意在這時候得罪趙勁松。」

柳擎宇聽了不由得眉頭一皺，**他沒有想到這個趙志強下手這麼狠，不僅提前進行了公關，竟然還玩這麼一記陰招。更沒想到的是，趙志強還有趙勁松這麼一位卡住關鍵位置的叔叔。**

林雲、黃德廣等人聽周浩明說完，眉頭也都皺了起來。大家都意識到柳擎宇現在面臨的局勢十分嚴峻。趙志強這一次玩得實在是太狠了，一點機會都不給柳擎宇留。

不過柳擎宇是個豁達之人，心中的鬱悶只是一閃而過，很快便平復下心境，繼續舉起酒杯和周浩明等人喝起酒來。

看到柳擎宇如此表現，周浩明不由得暗暗佩服，柳擎宇雖然年紀輕輕，但是處事不亂，還能如此鎮定，非常厲害。

就在氣氛略顯沉悶的時候，有人敲響房門，程鐵牛打開門，就見一個大光頭站在門外，此人穿著一身樸素的服裝，手中端著酒杯滿臉含笑走了進來。

看到此人，柳擎宇連忙站起身來，其他幾個兄弟們也站起來，柳擎宇拉開椅子寒暄著：「華叔叔，您來了啊。」

來人正是華恆大酒店的老闆華恆。

柳擎宇對華恆這位叔叔相當尊敬，他聽老爸提起過，華恆當年是老爸一手提拔栽培起來的，華恆也曾經數次為老爸擋子彈，是過命的關係，所以柳擎宇對華恆十分敬重。

華恆親切地說道：「擎宇，我聽下面的人說你住進酒店，所以立刻過來看看你，好久沒見你啦。」又對幾個年輕人道：「今天你們在叔叔的地盤上一定要吃好喝好玩好，初次見面，叔叔也沒有什麼見面禮，就每人送一張貴賓卡吧。」說著，從口袋中摸出一疊貴賓卡一一發給眾人。

看到這張貴賓卡，周浩明呆住了。這是華恆大酒店的VIP卡，憑此卡在華恆集團所屬的任何產業消費都可以享受七折優惠，這張卡世面上很少見，他曾經看到司長趙勁松拿過這張卡在外面顯擺，但是拿的是八折卡，屬於銀鑽會員卡，這張卻是金鑽會員卡。據他瞭解，這種卡至少要副部長才可能擁有，因此它不僅僅是一張會員卡，更是身分的象徵。現在自己竟然能夠得到這張難得的卡，十分興奮。

眼見華恆這位在北京頗有分量的鉅賈竟和柳擎宇有如父執輩的情分，這讓他更下定決心，無論如何都要想辦法融入柳擎宇的這個圈子裡。

喝完一杯酒，華恆便轉身離開了，柳擎宇親自把華恆送到門外。

柳擎宇不是傻瓜，他曉得華恆今天來，完全**是給自己撐面子的**，卡雖然是送給在場的每個人，但**實際上針對的目標只有一個，那就是周浩明**。

送走華恆，柳擎宇剛要轉身，就看到對面房間房門一開，趙志強從裡面走了出來。

趙志強看到柳擎宇也是一愣，十分意外柳擎宇也能夠弄到天字號包間。一時間，濃濃的妒忌心從趙志強的心底深處升起。

要知道，他為了弄到這天字號包間可是花了不少的人情，但是看看人家柳擎宇的這個包間，竟然是最火爆的天字八號，他心中那叫一個不爽。

趙志強語中帶刺的說：「柳擎宇，不知道你們請的是規劃司的哪位司長啊？」

趙志強這明顯就是在打臉柳擎宇了，規劃司除了司長之外，最有權勢的常務副司長黃富貴就在自己的包間內，柳擎宇還能夠請到哪位副司長？而且其他幾個副司長早就得到他的暗示，根本不會鳥柳擎宇的。

柳擎宇反嗆道：「副司長沒有，不過辦公室主任倒是有一個，怎麼，趙同志，你宴請的是哪位副部長啊？」

柳擎宇的話差點沒有把趙志強給噎死，本來他還想在柳擎宇面前得瑟一下的，沒有想到柳擎宇竟然搬出了副部長頭銜出來壓人。

「副部長們很忙，今天沒有空，過兩天我們會一起吃飯的，今天請的是規劃司常務副司長黃富貴，柳擎宇，一會兒你和那位辦公室主任要不要過來給黃副司長敬杯酒啊？」趙志強不甘示弱地回道。

趙志強這明顯是在噁心柳擎宇，意思是在說：你那邊的辦公室主任到了我這邊只有敬酒的分。

柳擎宇卻是淡淡說道：「回頭看看再說吧。」沒有給出明確的答覆。

第七章

鐵證如山

兩人互有說法，僵持不下。眼看事情成了羅生門，誰能證明誰說的是真的呢。

這時候，柳擎宇拿出手機，調出一段視頻，遞給林海峰道：「林部長，這是我拜訪黃副司長的全部過程，是非曲直一目瞭然。」

等回到包間後，趙志強立刻說道：「黃司長，您猜我碰到誰了？」

黃富貴道：「那我可不知道，志強啊，跟我你還賣什麼關子。」

趙志強笑道：「我碰到你們規劃司辦公室主任周浩明和柳擎宇了，他們就在對面的八號房吃飯。」

黃富貴一聽，臉色顯得有些不悅。

在官場上，做任何事都是有一定規矩的。就拿吃飯來說，如果領導在二號桌吃飯，那麼領導的下屬只能在三號桌吃，如果你身為下屬卻跑得一號桌去吃，那就顯得你的地位比領導還要高了，領導心中豈會高興？

現在，黃富貴得知辦公室主任周浩明竟然在八號包間吃飯，頓時對周浩明多了幾分厭惡。而柳擎宇在同一時間，同一酒店請自己的下屬在比自己還要高等的包間吃飯，這明顯是看不起他啊，所以黃富貴同時也把柳擎宇給恨上了。

這時，趙志強又故意說：「黃司長，剛才我跟柳擎宇和周浩明說您在包間內，讓他們一會兒來給您敬酒。」

本來黃富貴因為包間的事對趙志強略微不滿，現在聽了他這句話，對趙志強的那絲不滿立時消失，趙志強這一手做得十分漂亮，不管你柳擎宇和周浩明在哪個包間吃飯，聽到老子在這兒，你們就得過來給我敬酒，因為我是領導。

然而，趙志強和黃富貴都已經酒過三巡，菜過五味了，柳擎宇和周浩明卻還是沒有過來，這讓趙志強和黃富貴都不爽起來。

又等了好一會，見柳擎宇他們還不過來，黃富貴心中怒氣叢生，看向趙志強道：「志強，我看柳擎宇和周浩明他們很有耐心嘛，要不咱們過去看看？」

趙志強就等著黃富貴這句話呢，他要的就是黃富貴發怒，因為黃富貴越是不高興，對柳擎宇的感覺就越差，對柳擎宇的感覺越差，瑞源縣的規劃方案在規劃司通過的可能性就越小，柳擎宇也就不可能得到部裡的資金，柳擎宇就輸定了。

趙志強立刻點點頭道：「好，那我就陪您過去，這柳擎宇到底是怎麼回事？曉得您在這兒，竟然也不主動一點，這是多好的結交領導的機會啊，這小子真是的。」

趙志強嘴上是在暗示自己給柳擎宇製造機會，實際上卻是在黃富貴心中繼續製造噁心。黃富貴自然心明眼亮，看得十分清楚，對柳擎宇和周浩明已經極度不滿了。

當趙志強和黃富貴來到對面包間的時候，柳擎宇、周浩明和眾位兄弟正在向一個四十歲左右的中年男人敬酒。

這個男人中等身材，留著小平頭，國字臉，看起來十分有威嚴，正是黃德廣約來的財審司長賈振洋。

賈振洋很給黃德廣面子，結束上一個約會後，大約七點多左右就趕了過來。

當他聽到柳擎宇的事情後，毫不猶豫地道：「柳兄弟，既然你是德廣的老大，那也是我的朋友，你的事我一定盡力給你辦好，只要你們瑞源縣的規劃方案能夠在規劃司通過，到了我們財審司這邊，我保證按照最高的補助標準來支持你們。」

賈振洋能夠混到副司長這個位置上，眼界相當開闊，他早聽說黃德廣跟著柳擎宇混，而且混得不錯，不過柳擎宇到底在做什麼，他並不清楚，今天聽到介紹後，才知道柳擎宇已經坐到了瑞源縣縣委書記的職務，對柳擎宇不禁充滿了敬畏和欣賞之色。

他非常清楚，即便是以自己常務副司長的位置，想主動搭上柳擎宇的那個關係是很難的，因為人家基本上沒有求到自己的可能性。但是這次黃德廣給自己製造了這麼好的一個機會，他怎麼能夠不抓住呢，所以賈振洋毫不猶豫的表態了。

柳擎宇對賈振洋的豪爽十分滿意，他也看出來，賈振洋的眼界明顯比周浩明要高很多，周浩明看不出自己的身分，但是賈振洋應該是看出來了，所以才如此爽快。

對此，柳擎宇並不反感。對於自己班底的組建，柳擎宇有著自己的標準，那就是「三高」，第一高就是**品德高**，要有為國為民辦事之心；第二高就是**能力高**，如果只有品德卻沒有辦事能力，這樣的人是不可能走得遠的；第三高就是**眼力高**，要有用人識人的眼光，這樣他的發展之路才會更加順暢。所以從柳擎宇的標準來看，賈振洋已經符合了柳擎宇的第三個標準，其他兩個標準還需要慢慢的考察。

這時，房門打開了，趙志強和黃富貴只是敲了下房門，沒有經過柳擎宇他們的許可便走了進來。

人一進來，還沒有看清楚房間裡的人是誰呢，趙志強便搶先對柳擎宇指責道：

「我說柳擎宇，你也太沒有禮貌了，我已經告訴你黃司長就在我們包間內，你也不過去敬個酒，還好黃司長心胸開闊，說是想要見識一下你這位英才，所以我們就過來了。你是不是應該把主座讓出來啊。」

趙志強這番話帶著濃濃的挑釁之意，一方面是用黃富貴來壓柳擎宇，另一方面又給兩人製造矛盾，他希望柳擎宇當場翻臉，這樣的話，瑞源縣的規劃方案就更別想在規劃司獲得通過了。

然而，等說完這番話後，趙志強當場呆住了。

因為當他看到酒桌上坐著的人後，才發現主座上坐著的竟然是財審司的常務副司長賈振洋。

賈振洋他也是認識的，因為要想順利拿到部裡的扶植資金，財審司那邊肯定也是需要公關的，他之前已經和賈振洋聯繫過了，賈振洋答應他明天晚上參加他的飯局。

他萬萬沒有想到，賈振洋竟然今天晚上先參加了柳擎宇的飯局，他還要柳擎宇把主座給讓出來。此時，趙志強的臉上顯得十分尷尬。

和趙志強同樣尷尬的還有坐在主位上的賈振洋。賈振洋站起身來，看向規劃司常務副司長黃富貴，卻沒有讓座的意思。

黃富貴也直直看向賈振洋。兩人都在同一個單位上班，級別職務又一致，彼此自然認識，而且兩人之間還有外人不太瞭解的恩怨。

那是在上一次司長位置競爭中，兩人本來都有機會競爭另外一個司的司長之位的，但是由於那一次他們各出奇招，爭得有些過火了，結果誰都沒有坐上那個位置，反而讓另一個副司長漁翁得利，兩人的恩怨也因此結了下來。

飯局時，只要有一方出現，另一方絕對不會在同一酒桌上出現。平時在單位，雖然都在同一層樓辦公，抬頭不見低頭見，卻互不說話。

這時，柳擎宇說話了：「不好意思啊趙志強同志，你啥時候跟我說過黃部長也在這了，我怎麼不記得呢？你要是跟我說過的話，我肯定會過去敬酒的啊，你這個玩笑可開得有點過了啊。」

柳擎宇趁機陰了趙志強一把。

趙志強簡直為之氣結，然而這種事又沒憑沒據的，他絲毫拿柳擎宇沒有辦法，只好氣呼呼的說道：「好啊，好個柳擎宇，當真是不講什麼規矩啊！不過柳擎宇，既然黃司長都過來了，你是不是該給黃部長讓個座啊？」

這回趙志強並沒有讓柳擎宇把主位給讓出來，因為他不想把賈振洋給得罪了。

然而，柳擎宇是多聰明的主，怎麼能讓他如願！笑道：「不好意思啊趙同志，我們座位都固定下來了，主位肯定是不會動了，而且我也沒有讓我的貴客坐次座的習慣，要不，我讓服務生再搬兩把椅子過來？」

趙志強張著嘴，卻啥都說不出來，這柳擎宇實在是太可惡了，竟然當著黃富貴的面說沒有讓出主位的習慣，這次肯定是把黃富貴給得罪死了。

只能說柳擎宇太陰險了，趙志強的本意是讓柳擎宇把他自己的位置讓出來給黃富貴坐，但是柳擎宇卻偏偏偷換了概念，說成是主位，而他之前卻偏偏說過這樣的話，讓他想要反駁都無言以對。

黃富貴已經徹底被柳擎宇的這番話給激怒了，他的肺都快要氣炸了，他是想過來耀武揚威的，卻沒想到賈振洋的出現打破了他的美夢。

他是個明白人，知道在賈振洋面前裝逼沒有什麼必要，而且弄不好還會被對方抓住把柄。所以他冷冷的看了柳擎宇一眼道：「柳同志，你的確是一個非常有個性的年輕人，希望你的仕途之路一路走好。千萬不要有什麼磕磕絆絆的。」說完便頭也不回的轉身離開了。

對黃富貴話裡的威脅之意，在場眾人怎麼會聽不出來呢，賈振洋心中暗道：「黃富貴啊黃富貴，你竟然在柳擎宇面前玩囂張，簡直是耗子舔貓腿，找死啊！」

賈振洋都這樣想，小二黑這幫兄弟就更別提了，沒有一個把黃富貴當成一棵蔥。

柳擎宇笑著舉起酒杯說道：「來，賈司長、周主任，咱們再喝一杯，不要被剛才的小插曲打擾了興致。」

一杯酒下肚後，賈振洋說道：「柳書記，剛才黃富貴的表情，我相信你也看到了，你對我的看重我非常感謝，不過我得提醒你，這個黃富貴是個很愛面子的人，而且心眼也不夠大，而你們的規劃必須在規劃司那邊通過審批後，才能拿到我們財審司進行最終審核，我擔心這傢伙會在其中做手腳，所以我建議你如果有關係的話，盡可能疏通疏通，不然萬一卡在規劃司那邊，我可真沒有什麼辦法。」

雖然賈振洋說得很隱晦，但是柳擎宇明白他是在暗示自己黃富貴很有可能會在案子的審核上做手腳，給自己製造麻煩。柳擎宇感激地說道：「沒事，我按照流程辦就行。」

這天晚上，賓主盡歡，聊得十分開心。

第二天，柳擎宇親自帶著規劃方案來到規劃司辦公室，把文件交給了規劃司辦公室主任周浩明。

周浩明仔細看了之後，表情誠懇的說道：「柳書記，你們的規劃做得十分詳盡，而且省市縣三級批示也全都十分清楚，如果按照正常流程的話，差不多需要五個工作日，我這邊親自幫你跑一下其他流程，今天上午就可以走完大致程序，剩下的就是兩位司長簽字的環節，這裡我就無能無力了。」

柳擎宇知道周浩明已經是幫了很大的忙，感動的說道：「周主任，那就多謝你了。」

周浩明笑笑說：「沒事，這是我的分內工作而已。」

說完，周浩明便拿著規劃方案走了出去，柳擎宇則在辦公室內等了起來。

不得不說**朝中有人好辦事**，正常需要五天才能搞定的審批流程，在周浩明親自出馬下，只用了兩個半小時便辦妥所有的流程，然後他帶著柳擎宇來到常務副司長黃富貴的辦公室。

周浩明敲開房門後，把規劃方案放在黃富貴的辦公桌上，恭敬的說道：「黃司長，這是瑞源縣的規劃方案，您看能不能先重點審批一下？」

同是一個單位工作的同事，彼此間都有著一定的默契，如果有個人的關係戶，只要符合流程且沒有任何問題的話，大家都會給個面子開個綠燈。畢竟沒準將來也有求著誰的時候；然而，當黃富貴看到是瑞源縣的方案後，只是冷冷地說道：

「好，就先放在這兒吧，我過一會兒批。」

周浩明看到黃富貴的態度，知道情況恐怕不妙，向柳擎宇使個眼色後便離開了，柳擎宇便坐在沙發上默默的等待起來。

黃富貴晾了柳擎宇足足有半個小時，這才拿起規劃方案看了起來。

在整個過程中，柳擎宇一直正襟危坐，沒有出現絲毫的鬆懈，這讓黃富貴也不禁另眼相看起來。

不過昨天柳擎宇讓他很沒面子，他心中十分的不爽，再加上他早就得到了趙志強的招呼，讓他卡住瑞源縣的規劃方案，所以他無論如何都不會讓瑞源縣的規劃方案通過的。

不過讓黃富貴鬱悶的是，柳擎宇的規劃方案他前前後後仔細看了兩遍，竟然找不到一處錯誤，這讓他有些吃驚。因為長期批閱規劃方案，他早已養成超級挑剔的眼光，即便是再華麗的資料，他也能夠找出其中的一些小問題，打回去讓對方重新提交。

而申請人為了讓審批通過，就必須找各種關係來請自己吃飯，或是給於自己一些好處。這是他**手握審批生殺大權的殺手鐧，也是他生存的哲學，只有找出你的毛病，才能顯出我的水準**。

當他發現自己竟然找不出方案中的錯誤，心中很是詫異。

不過對黃富貴而言，他想找毛病的話，辦法還是很多的。

他放下檔案說：「你們這份方案從格式上看，的確做得非常不錯，不過呢，整個規劃不夠合理，我建議你們還是先把方案好好的調整一下再拿過來審批吧。」

柳擎宇眉頭一皺：「黃司長，不知道您所說的規劃不合理是指哪裡不合埋？能不能給我一個比較明確的指示，這樣也方便我們進行修改？」

柳擎宇看出對方是在故意刁難，不過他還是隱忍著，希望能夠以一種比較平和的方式解決。

黃富貴看到柳擎宇的表情，知道他非常不爽，心裡的報復快感增加不少。

黃富貴官腔官調地說：「柳同志，我得提醒你，我的工作是非常忙的，而且我也沒有義務向你解釋那麼多，我每天要過手幾十分甚至上百分的文件，如果每份文件我都要向對方解釋的話，你說我的工作還能展開嗎？今天能讓你進到我的辦公室來，這已經是很給周浩明同志面子了，否則你根本連我的辦公室都進不來的。」

柳擎宇沉著臉道：「黃司長，您知道瑞源縣的這份規劃方案是誰給提出的嗎？」

黃富貴淡淡說道：「我不知道，也不想知道，這和這份規劃方案本身的品質沒有什麼關係。」

柳擎宇忿忿地說：「黃司長，如果你說這份規劃方案存在其他的問題，這個我不敢反駁什麼，但是要說這份方案的規劃不合理，那麼我得反駁你兩句了，第一，這份方案是由交通規劃設計院的幾位頂級專家親自來瑞源縣實地考察、研討後拿出來的方案，而且經過規劃設計院專家的論證，我可以很有信心的說，即便是其他方面有問題，規劃方案本身也不會存在任何問題。」

黃富貴傲然地說：「我說有問題就是有問題，如果你不認同的話，可以把方案拿走，找別人去簽字，我堅持我的觀點。好了，柳擎宇，請你離開，我還有事要忙。」

黃富貴直接下了逐客令。

柳擎宇的臉垮了下來，黃富貴這是擺明態度就是要卡他的關了。

柳擎宇站起身來，耐著性子道：「黃司長，您真的不要再仔細看一下嗎？」

黃富貴不耐煩的說道：「看什麼看，快走吧，我沒時間跟你磨蹭。再不走，我就把你們這份方案給撕了！真是的，這麼垃圾的方案還想通過審核，真當我們規劃司的人都是飯桶啊！」

柳擎宇的忍耐已經到了極限，他可以對黃富貴輕視他容忍無視，但是不能容忍他對這份方案中的幾位頂級專家不敬，柳擎宇眼中閃過一道寒芒，道：

「黃富貴，你最好管好你的嘴巴，你可以對我柳擎宇個人有意見，但是我絕不能容忍你說這份方案是垃圾，你立刻向我道歉。」

「道歉？做夢！」

聽到柳擎宇竟然這樣跟自己說話，黃富貴的脾氣也上來了，他本就不是個好脾氣的人，又坐在這麼重要的位置上，更是養成了他目中無人的性格，當下便惱了，一時激憤下，直接拿起桌上的方案隨手撕成了碎片，再往柳擎宇的方向狠狠一丟，說道：「你給我滾蛋！」

黃富貴罵完，心裡那叫一個爽！現在規劃方案被他撕碎，柳擎宇再不滿也只能重新準備，再從頭來過，一步一步的進行審批，這樣一來，等下次審批方案再次擺在自己的辦公桌上時，至少得半個月後了。

到那時候，恐怕趙志強那邊資金都已經到位了，趙志強承諾的好處，自己就可以妥妥的收到了。

在黃富貴想來，柳擎宇不過是個偏遠縣城的縣委書記而已，雖然級別是正處級，但是分量小得可憐，**昨天柳擎宇讓自己失了面子，今天，他要用最犀利的方式狠狠的給柳擎宇一巴掌！他要讓柳擎宇後悔得罪了自己！**他要用這種方式反擊賈振洋！

只能說黃富貴實在是太不瞭解柳擎宇了。

柳擎宇是啥人，他的腦袋中沒有隱忍兩個字，只不過為了瑞源縣的大局他才不得不忍著！他的骨裡充滿的都是傲氣！

如今，黃富貴竟然敢撕毀自己和那麼多幹部同志們辛辛苦苦才搞定的方案。此刻，柳擎宇就像是一隻原本就充滿了空氣的氣球再次被灌入了超量的空氣，脾氣徹底爆發了。

柳哥一怒，驚天動地！

柳擎宇邁步走到黃富貴的面前，一把抓住黃富貴的脖子，二話不說把他給揪到辦公室外面的走廊上。

黃富貴拼命掙扎著。然而，在柳擎宇強大的力量面前，簡直就和小孩沒什麼區別。

柳擎宇揪著黃富貴來到走廊上後，左手揪著他的脖子，伸出右手劈劈啪啪的搧起了耳光！

啪啪啪！啪啪啪！啪啪啪啪啪啪！

柳擎宇搧得那叫一個有節奏，就像是在敲鑼打鼓一般！

柳擎宇一邊搧耳光，一邊怒斥道：「媽的，竟然敢撕我的方案，簡直膽大包天！我就不信天下沒有說理的地方！」

此刻正是部裡辦事的高峰期，各個辦公室都坐滿了前來辦事的外地官員，就連走廊裡也站了不少人在默默等待著。柳擎宇和黃富貴突然橫空出現在眾人的面前，還上演了一齣搧耳光的好戲，讓在場的人都嚇了一大跳。

見有熱鬧可看，在走廊裡等待的人都紛紛圍了過來，而原本待在各個辦公室內的人也走出來想要看看到底發生了什麼事，一時間，走廊裡人頭攢動，向兩人所在的方向看了過來。

黃富貴被搧得臉上火辣辣地疼，直到這時候，他才意識到自己被柳擎宇給打了，心中那叫一個怒啊！他大喊道：「柳擎宇，你給我住手，你知不知道你在做什麼？你還想不想在官場上混了？」

柳擎宇停住了動作，冷冷說道：「住手？你讓我住手我就住手嗎？你剛才撕了我的方案時你怎麼不說住手呢！就算老子不在官場上混了，也得好好的教訓教訓你這個不知道尊重別人的王八蛋！」

說著，柳擎宇又啪啪啪啪的搧了起來。

臨近辦公室的工作人員一看，平時在他們眼中高高在上、不可一世的常務副司長黃富貴，竟然被一個年輕人揪著脖領子搧耳光呢，有些人心中幸災樂禍起來。

其中也不乏有黃富貴的親信人馬，所以很快有人走了過來，衝著柳擎宇制止道：「住手，誰讓你在這裡毆打領導的。」

「保安，快點叫保安！」還有人喊道。

一時間，整個走廊裡亂糟糟的，更有好事者拿出手機開始拍攝起來。

很快的，六七個工作人員來到柳擎宇近前，伸出手來想要阻止柳擎宇的行為。

然而，柳擎宇今天是真的怒了，用手指著走來的人說道：

「各位，今天的事和大家沒有關係，希望大家不要插手，黃富貴這個王八蛋竟敢撕了我們瑞源縣的規劃方案，你們說，這王八蛋該不該揙！」

眾人聽了柳擎宇的話，都皺起眉頭，沒想到竟然發生這種事情，只有黃富貴的親信們不能眼睜睜的看著領導挨打，仍是繼續向柳擎宇逼近。

就在這時候，走廊另一側，賈振洋從辦公室裡走了出來，用力地咳嗽了一聲，說道：「怎麼回事啊？怎麼亂糟糟的，這還怎麼辦公？」

一邊說著，一邊向這邊走了過來。

眾人看到賈振洋，立刻讓開道路。因為在這個樓層，最高的兩位領導就是賈振洋和黃富貴，一個在東頭，一個在西頭。現在黃富貴被打，眾人只能讓賈振洋來處理這件事了。

黃富貴的手下們看到賈振洋出現，立刻告狀道：「賈司長，這個野蠻人竟然在毆打黃司長，你看怎麼辦？」

賈振洋故意板著臉看向柳擎宇道：「年輕人，你是怎麼回事？知道這裡是什麼地方嗎？」

柳擎宇啪啪啪又揙了三個巴掌後，這才說道：「我當然知道這是什麼地方，這裡是規劃司，但是這位黃司長竟然撕毀了我們瑞源縣的規劃方案，這種行為難道在部裡是常事嗎？難道這種行為是部裡允許的嗎？」

賈振洋立刻接口道：「當然不允許！我們是公務機關，又不是菜市場，我相信黃同志身為規劃司的常務副司長，肯定很有素質，是絕不會做出這種事的，你們之間是不是存在一些誤會啊！」

賈振洋也是個狠人，他從柳擎宇的表現就猜出黃富貴肯定是撕了柳擎宇的規劃方案，心中暗道：「黃富貴啊，你這可真是自己找死了！柳擎宇是啥人啊，他不去找你的麻煩你就謝天謝地了，你竟敢撕他的方案，我真是服了你了。」

心中雖然這樣想，他的面上卻表現出十分公平公正的態度，說話時更是先給黃富貴戴上一頂高帽，誇獎黃富貴的素質很高，這是極其陰險的一招。

柳擎宇聽了，立刻一臉鄙視的說道：「素質高？狗屁的素質！素質高的話，他就不會去撕我們的方案了。你自己問問他，他到底撕了沒有？」

說著，柳擎宇把黃富貴給推到賈振洋的面前，鬆開了手。就見黃富貴臉上已經腫了起來，到處都印滿了鮮紅的指印。

賈振洋皺著眉頭道：「黃同志，這位年輕的同志說你撕了他們的規劃方案，不知道有沒有這件事啊？」

黃富貴怎麼會看不出賈振洋這根本就是在惺惺作態，目的就是要讓自己丟臉難看，所以對賈振洋的詢問怒道：「賈振洋，這裡是我規劃司的地盤，不需要你在這裡惺惺作態，給我一邊待著去。」

賈振洋立刻做出一副好人沒好報的委屈樣子說：「黃同志，我這可是為你好……」

「為我好？好你媽個頭！誰不知道你是在落井下石！……」黃富貴被柳擎宇打了那麼多下嘴巴，正是有氣沒處撒呢，直接發洩在了賈振洋的身上。

賈振洋見狀道：「好好好，你既然這樣說，那我也無話可說，各位同志，我相信剛才這一幕大家都看到了，不是我賈振洋不出面，是黃富貴狗咬呂洞賓不識好人心啊！這事我不管了。」便步向自己的辦公室。

這時，有五六名保安已經來到現場。

黃富貴立刻大喊道：「保安，把這個人給我抓住，我要把他交給警察。」

說著，黃富貴拿出手機撥打報警電話。

柳擎宇站在原處冷眼旁觀，看著黃富貴的表演。

那幾個保安自然曉得黃富貴的身分，立刻向柳擎宇圍攏上來。

柳擎宇冷冷地說道：「今天的事跟你們無關，你們最好不要輕舉妄動，否則別怪我不客氣。」接著又看向黃富貴說道：「黃富貴，今天你必須得給我一個交代，是誰讓你可以撕毀我們瑞源縣辛辛苦苦做出來的方案？」

黃富貴這時已經躲到保安的身後，膽氣就壯了起來，反擊道：「交代？什麼交代！你動手打我，你才需要給我一個交代，警方馬上就會過來的，到了派出所，警方會讓你交代的。」

有兩名保安伸手想要去抓柳擎宇，柳擎宇於迅雷不及掩耳的速度閃電出腳，把兩人踹得飛了出去，整個過程不超過五秒鐘，頓時鎮住了所有的保安，誰也不敢輕易上前了。

這時候，柳擎宇拿出手機撥出了一個電話：

「林哥，你們部裡的黃富貴同志作風也太野蠻了吧，竟然在辦公室裡撕毀了我們瑞源縣的規劃方案，希望你這個常務副部長能夠為我們瑞源縣主持公道，千萬不要偏袒你的下屬啊？」

電話那頭，林海峰正在會議室開會呢，接到柳擎宇的電話十分驚訝，沒想到柳擎宇會給自己打電話，而且聽話中意思，他人就在部委，他立刻湊近部長黃志宏耳邊低聲道：

「黃部長，外面可能出事了，我出去看一下。」

黃志宏點點頭：「你去吧。」

林海峰從會議室走了出來，很快他的秘書便附在他的耳邊，低聲把發生在規劃司走廊裡的事給說了一遍，林海峰聽了不由得眉頭一皺。

他沒有想到柳擎宇竟然敢在部委裡面打人！更沒有想到的是黃富貴撕毀了瑞源縣的規劃方案。林海峰快步向著事發樓層走去。

當林海峰走出電梯，剛踏入走廊時，便看到柳擎宇指著黃富貴的鼻子大聲說道：

「黃副司長，我可以明確的告訴你，我對任何人都敢承認我揍了你，這一點你不用擔心，但是我要告訴你，以後我見你一次揍你一次。」

柳擎宇頓了一下，接著道：「你可以不在我們瑞源縣的規劃方案上簽字，你可以對我們的規劃方案提出各式各樣的批評意見，甚至可以把我們的方案貶為狗屎，這些我都可以容忍。而且，我也的確一直忍了下來。但是，你憑什麼撕毀我們的方案？**你有什麼權力撕毀我們的方案？你懂不懂得尊重別人？難道就因為你是規劃司的常務副司長就可以為所欲為嗎？難道就因為你手中握有審批權力，可以決定各個縣市的規劃方案的最終結果就可以肆無忌憚嗎？**」

說到這裡，柳擎宇心中的怒火再次飆升，向黃富貴走了過去，邊走邊道：

「媽的，哥們還真看不慣你這個毛病，你今天要是不賠我一份完好無缺的方案來，看今天我揍不趴你！」

黃富貴一看柳擎宇氣勢洶洶的樣子，連忙往後躲去，一邊對著保安大喊道：「保安，快抓住他！」

保安一看，只能硬著頭皮往上衝，想要阻止柳擎宇。

柳擎宇正要再次踹開保安時，就聽到林海峰怒喝一聲道：

「行了，都給我住手，有什麼事情不可以坐下來談啊，在公家機關如此喧囂吵鬧成何體統？有沒有考慮到公家機關的尊嚴？有沒有想過自己的形象和這件事情造成的惡劣影響？」

隨著林海峰的出場，很多人紛紛讓出了道路。

林海峰走到柳擎宇和黃富貴的面前，沉著臉道：「你們兩個到底是怎麼回事？為什麼要在這裡吵吵鬧鬧的？」

黃富貴一看頂頭上司來了，滿臉委屈的湊了過來，用手指著自己被打得猶如豬頭一般的臉說道：「林部長，您看看，我這臉全是被這孫子給打的，您可一定要給我做主啊，這孫子實在是太無法無天了，他這是肆意尋釁滋事、毆打國家公務人員啊！」

在黃富貴看來，柳擎宇這次死定了。

然而，他沒想到他的話剛說完，柳擎宇便毫不猶豫的再次伸出手給了他兩個大巴掌，打完後冷冷的說道：「你嘴巴最好放乾淨些，再胡說八道，我還接著揍你！你才是孫子呢！」

黃富貴瞪了柳擎宇一眼，向林海峰告狀道：「林部長，您看看，這柳擎宇實在是太囂張了，他竟然當著您的面打我。」

這一次黃富貴長記性了，再也不敢孫子長孫子短的說了，柳擎宇這傢伙可真是不管東南西北，真敢下手啊，好漢還是不吃眼前虧的好！

然而，黃富貴卻萬萬想不到，林海峰內心深處對黃富貴充滿了不爽。

要知道柳擎宇可是管林海峰叫林哥的，而黃富貴卻管柳擎宇叫孫子，這樣算來，豈不是林海峰也成了黃富貴嘴裡所說的孫子？

林海峰是什麼人啊？那可是劉飛當年最信任和欣賞的秘書之一，如今才三十八歲便成了堂堂的常務副部長，不僅能力超強，思維、反應都是頂級的，黃富貴如此繞著彎的把他給罵了，他要心中爽才怪呢！

林海峰看了黃富貴一眼，沉聲道：「剛才他為什麼打你？」

「因為……」黃富貴張了張嘴，卻說不出話來。

柳擎宇瞪視著黃富貴道：「黃富貴，我告訴你，你敢罵我，我就敢揍你。」

「好了！你們雙方都有問題，黃富貴，你也注意一點，你好歹也是副廳級的國家幹部，說話時還是要文明些。」林海峰教訓道。

黃富貴連忙點頭，隨即又指著自己的臉說道：「林部長，您看看，這都是柳擎宇剛才打的，這傢伙根本就沒有把我們部委的領導放在眼中……」

林海峰看向柳擎宇：「柳擎宇，黃富貴說的可有問題？」

柳擎宇直言不諱道：「他說的有部分正確，就是我打他的那一部分，沒錯，我承認我揍了他，但是我搧他的原因，是因為他擅自撕毀了我們瑞源縣辛辛苦苦所做出來的方案，現在，撕毀的方案還在他的辦公室內呢，林部長和在場的各位都可以去看一看，看看我有沒有撒謊。

「我剛才說了，在撕毀方案前，黃富貴曾經對我們的方案多次進行貶低和詆毀，對此我都可以忍耐，但是，就算我們的方案他認為是垃圾，也沒有權力撕毀，他撕毀了，所以我要揍他，我要用這種方式告誡他，要懂得尊重別人的勞動成果。」

「林部長，今天我把話落在這兒，如果黃富貴不賠我們一份完整無缺、一模一樣的規劃方案，我保證每天揍他一頓！」

此刻的柳擎宇真的是憤怒到了極點了。柳擎宇不是傻瓜，整件事他看得非常清楚，黃富貴肯定是受到趙志強的教唆才做出撕毀方案的舉動，甚至很可能是黃富貴早就策劃好的，如果換了別人，發生今天的事，肯定要吃個啞巴虧！但是黃富貴卻**看錯了人，他絕不是那種會吃啞巴虧的人。**

柳擎宇說完，現場頓時一片安靜，但是氣氛卻變得詭異起來。

現場也有不少是來辦事的，雖然他們沒有碰過被撕毀檔案的行為，但是被刁難、被貶低的情形卻經常遇到，所以眾人對柳擎宇此刻的感受十分能理解。

然而，部裡的其他同事卻又是另外一種想法，別人都這樣做，自己沒有理由不這樣做，沒有什麼好大驚小怪的啊。

林海峰看向黃富貴道：「黃富貴同志，對柳擎宇的話你有沒有意見？」

黃富貴使勁的搖著頭說：「林部長，柳擎宇完全是在撒謊，那份方案明明是他自己撕的，他這完全是惡人先告狀，栽贓陷害，而且我也根本沒有刁難他，他們這份方案的所有流程都是一路綠燈。柳擎宇之所以對我不滿，是因為他要求我立刻就簽字，我不同意，我說我得仔細看完後才能簽字，因此發生了爭執，柳擎宇這才玩了這麼一齣自己撕毀方案栽贓陷害的把戲。」

黃富貴說話時，臉上做出憤怒的表情，就好像他說的都是真的，柳擎宇說的是謊話一般。

說到動情之處，他還故意憤怒的揮舞了一下手臂：「林部長，我真的很納悶，為什麼像柳擎宇這種素質低劣的人竟然可以堂而皇之的混進我們的幹部隊伍，還能混到縣委書記這個位置，這有關領導眼光也太差勁了一些！」

黃富貴的話剛說完，一個十分威嚴的聲音突然在眾人的身後響起：

「你是在說我沒有眼光嗎？」

黃富貴感覺這聲音十分熟悉，轉過身一看，眼珠子差點沒掉下來，在自己身後的竟然是白雲省省委書記曾鴻濤，在曾鴻濤身邊陪著的正是部長黃志宏。

曾鴻濤是過來找黃志宏協調一些事情的，沒想到他剛剛和黃志宏聊了不到三分鐘，黃志宏的秘書便告訴黃志宏，說是一個叫柳擎宇的縣委書記把部裡的一個副司長給打了。

曾鴻濤聽了頓時有些頭大，連忙站起身道：「老黃，我下去看看，這個柳擎宇太不讓人省心了，到哪裡都給我惹事。我得下去好好批評批評他。」

黃志宏也是一方大員，心明眼亮，聽到曾鴻濤這樣說，便猜出來曾鴻濤是認識這個柳擎宇的，而且看樣子關係還相當不錯，雖然曾鴻濤嘴裡在說柳擎宇的不是，但是字裡行間卻流露出對柳擎宇的回護之意，因為他說得很明白，是要批評柳擎宇，而不是處理。這就是**說話的藝術，是在向自己表明態度**。

黃志宏和曾鴻濤以前是黨校同學，私交很好，而且黃志宏對曾鴻濤的官德也相當欽佩，所以立即說道：「既然涉及到白雲省和部裡，咱們一起去看看吧。」

結果剛剛走到近前，便聽到黃富貴說提拔柳擎宇的人沒有眼光的話。曾鴻濤心中那叫一個不爽啊。柳擎宇可是他一手提拔起來的，他對自己的眼光相當有自信。現在一個小小的副司長竟然質疑自己的眼光，曾鴻濤忍不住便反問了回去。

黃富貴看到黃志宏和曾鴻濤，嚇得呆愣在當場，趕忙撇清道：「曾書記，您誤會了，我不是說您眼光差勁，我是說那些挑撥柳擎宇的人眼光差勁。」

曾鴻濤淡淡的說：「我就是你說的挑撥柳擎宇的那個人。」

黃富貴頓時傻眼，他沒有想到柳擎宇竟然是曾鴻濤提拔起來的。

黃志宏這時候也看明白了，曾鴻濤對柳擎宇的回護之意不是普通的明顯啊，柳擎宇都把人給打了，他竟然還要為柳擎宇出頭。

黃富貴見情況不妙，乾脆惡人先告狀，用手指著自己的臉說道：「曾書記，對不起啊，我剛才說話不當，我向您道歉。您看看我這張臉，都是被柳擎宇給打的，您和黃部長、林部長可一定要給我主持公道啊。」

曾鴻濤鐵青著臉，看著柳擎宇道：「柳擎宇，這到底是怎麼回事？」

柳擎宇把事情詳細的複述了一遍。黃富貴也堅持他的說法，兩人互有說法，僵持不下。眼看事情成了羅生門，三位領導都皺起了眉頭，事發當時，辦公室裡只有他們兩個人，誰能證明誰說的是真的呢。

這時候，柳擎宇拿出手機，調出一段視頻，遞給林海峰道：「林部長，這是我拜訪黃副司長的全部過程，是非曲直一目瞭然。」

林海峰接過柳擎宇的手機，在曾鴻濤和黃志宏面前播放了起來。

看到柳擎宇還留了這麼一手，黃富貴的臉立刻慘白。

真相很快便揭開了。視頻記錄了黃富貴對柳擎宇的重重刁難，對瑞源縣規劃方案的多方貶低，而黃富貴手撕方案的動作更是錄得一清二楚。當然，後面柳擎宇憤怒下暴打黃富貴的畫面也被記錄得清清楚楚。

這一下，林海峰、黃志宏和曾鴻濤的臉色都沉了下來。不管柳擎宇打人對不對，黃富貴當著眾人的面撒謊並誣賴柳擎宇，就足以讓三人對他十分厭惡。

曾鴻濤淡淡說道：「黃部長、林部長，事情已經真相大白了，柳擎宇在部委鬧事打人，這肯定是不對的，等回去之後，我會好好處理柳擎宇的。」接著看向柳擎宇道：「你小子還不給我過來，立刻向黃富貴賠禮道歉，現在我先給你口頭嚴重警告處分，進一步的處罰等回到白雲省之後再追加。」

柳擎宇明白曾鴻濤話裡話外對自己的維護，所以毫不猶豫的來到黃富貴面前，故意拿出一副十分誠懇的樣子說道：

「黃同志，對打你之事，我表示誠摯的道歉，希望你大人不記小人過，不要再追究，不過，我們瑞源縣的規劃方案你還是要賠給我。」

雖然是道歉，但是柳擎宇話中字裡行間依然充滿了壓迫感。

曾鴻濤沒有多說什麼，他對黃富貴也相當不滿，他非常了解那份規劃方案通過層層審批到底有多麼不容易，對那份規劃方案也是充滿了期待，他來部裡，就是來幫瑞源縣在部裡進行事先的預熱的，沒想到黃富貴竟然撕毀了方案！

黃志宏對黃富貴亦頗有微詞，黃富貴不但當著曾鴻濤和他的面撒謊，謊言還被當場戳穿，這讓他感到很沒面子。

不過黃志宏是老狐狸，並沒有直接表態，而是看向林海峰道：

「海峰同志，你到場比較早，你認為黃同志的問題應該如何處理？」

林海峰沉聲道：「黃部長，我認為黃同志撕毀方案的行為十分惡劣，嚴重影響到部委的形象，柳擎宇雖然打人不對，但是事情的起因是因為黃富貴撕毀規劃方案造成，所以我認為，應該暫時停止黃同志的職務，讓他好好反省一段時間。

「至於瑞源縣的規劃方案，黃富貴已經撕毀，沒有辦法復原，好在方案已經在其他部門留檔了，我建議召集相關部門的同志進行集中評審，徵求一下大家的意見，如果大家都認可的話，我們就特事特辦，直接劃撥專款資金。如果通不過審核，我們對瑞源縣也算是有了一個交代。黃部長，您看這樣處理行嗎？」

黃志宏本以為林海峰會回護黃富貴，畢竟同是屬於部委的人，卻沒想到林海峰竟然提議暫停黃富貴的職務。

林海峰既然做出這樣的建議，黃志宏也就點點頭說：「好，這件事就按照林部長的意思去辦吧，黃富貴同志暫時先停職反省。」

事情到這裡，算是告一段落，這時，曾鴻濤對黃志宏說：「老黃，來，我給你介紹一個英才，這次我來找你談的事情也和他有關，一會兒，讓他詳細給你說明一下。」

黃志宏點點頭道：「好，那就一起到我辦公室來吧。」說完，看向林海峰道：「海峰，你也一起過來聽聽吧。」

眾人一起到了黃志宏的辦公室，曾鴻濤把將瑞源縣建設成三省交通樞紐的想法簡單的說了出來，黃志宏和林海峰聽了都有匪夷所思的感覺，因為這個計畫的投入和規劃實在是太大膽、太超前了。

曾鴻濤笑道：「這個規劃是柳擎宇搞出來的，具體情況還是讓柳擎宇給大家說明吧。」

柳擎宇隨即把自己的構想向大家解釋了一番，特別是他規劃的四步走的步驟，這時候，眾人才明白原來這一次瑞源縣的規劃方案只是整個大方案中最初步的一個。林海峰、黃志宏這兩位交通領域的大老都被震住了。

黃志宏看著柳擎宇，眼中露出驚喜之色地問道：「我說老曾，這個年輕人你從哪裡挖掘出來的啊？這小子可很不一般啊。」

曾鴻濤知道黃志宏也起了愛才之心，笑道：

「當初他還只是一個小鎮長的時候，便引起了我的注意，一開始我只把他當成一個惹事精來看，但是隨著對這小子的認識逐漸加深我才發現，他雖然愛惹事，但是也能幹事，而且幹得都是對老百姓有利的事。

「因此我安排了兩個考驗，這小子也都幹得十分出色，這次我派給他更艱難的任務，讓他去亂源叢生的瑞源縣主政一方，原本還有些擔心他能否勝任，沒想到這小子照樣幹得有聲有色，還搞了這麼一個超強規劃出來，弄得我都不得不幫他四處跑一跑了。」

曾鴻濤雖然嘴裡抱怨著，臉上卻充滿了欣賞和得意的笑容。

黃志宏打趣道：「老黃，你就得瑟吧，你可是撿到寶啦。」

曾鴻濤哈哈大笑起來。

當天下午，關於瑞源縣規劃方案的集中評審會由林海峰親自主持，針對瑞源縣的方案展開了深入討論。

由於上午的事件，黃富貴被打反遭停職反省，以及曾鴻濤表態力挺柳擎宇，大家看出柳擎宇絕不是普通人，所以，幾乎所有規劃司的各級領導都是一路綠燈，表示贊同。瑞源縣的規劃方案順利通過，並報到了財審司。

然而，就在規劃方案剛剛報到財審司的時候，青峰縣的規劃方案已經通過了下面層層審核，報到了財審司常務副司長賈振洋的桌上。

第八章

闊少賭局

「那個男的一看就知道是個魯蛇，真不知道是怎麼搭上這麼漂亮的女人的。」說到這兒，輝少眼中露出一絲曖昧道：「各位兄弟，咱們打個賭如何？」

一個頭髮染成紅色的年輕人饒有興趣地說：「輝少，怎麼賭？」

然而，瑞源縣依然慢了一步。

賈振洋看了眼規劃方案，詢問辦公室主任榮鵬飛道：「這份規劃方案，其他部門全都審批通過了？」

榮鵬飛點點頭：「是啊，都通過了，賈司長，您看……」

榮鵬飛話雖然沒有說出口，但是意思非常明顯，有幫青峰縣的規劃方案護航的意思，希望這份方案能出頭。

賈振洋卻淡淡說道：「哦，就先放這兒吧，我仔細看一下，簽完字後通知你。」

榮鵬飛不禁一愣，以前賈振洋很少有不給他面子的時候，通常都是當場就爽快簽字了，然而這回賈振洋卻採用拖延辦法，讓他意識到這個方案要想在賈振洋這邊通過恐怕有些困難。

榮鵬飛也很識實務，便告辭離去。剛走到門口，賈振洋突然叫住了他：

「老榮，等一下，瑞源縣的規劃方案報到咱們司裡了嗎？」

榮鵬飛連忙說：「報來了，下面正在審核呢。」

賈振洋吩咐道：「你讓下面的人辦事效率高一些，審核完立刻送到我的桌上，我兩份方案一起看，部裡的扶植資金有限，不可能同屬於南華市的縣都得到資金，我必須要權衡一下才行。」

聽賈振洋這樣說，榮鵬飛心中猜到了什麼，點點頭說：「好，我馬上催一下。」

榮鵬飛的效率非常高，不到兩個小時，便把簽好字的檔案送到賈振洋的桌上。

賈振洋認真的把兩份方案看完，仔細比較後，心中有了定見，便在兩份方案上分別寫下評語，然後附了張紙條：

「瑞源縣高速公路規劃合理，比較實際，能夠產生極大效益，雖然經濟效益見效慢，但是對地區交通改善具有巨大好處；青峰縣高速公路表面上經濟效益顯著，實際上並非急需建設，稍緩兩年效果更好，疑似政績工程。」

寫完，賈振洋拿著兩份文件來到司長鄭伯永的辦公室內，把兩份資料同時送上。

鄭伯永看了賈振洋的評語後，直接問道：「你看瑞源縣的高速公路規劃是五十億，部裡支持多少比較合適？」

賈振洋連忙說道：「這個我可不敢確定，還得您來拍板，不過按照相關規定，一般縣級重點項目我們可以支持百分之五左右，據我所知，瑞源縣還有一個大的規劃方案……」

說完，賈振洋把柳擎宇向他描述的長遠規劃簡述了一遍，鄭伯永聽完，震驚地說道：「好傢伙，瑞源縣這個縣委書記好大的胃口啊，十億的工程，他能夠搞得定嗎？」

賈振洋道：「據柳擎宇跟我說，如果這條高速公路能夠修建成功，他完成整個規劃的把握會提高兩成！」

鄭伯永沉吟了一下，拍板道：「好，就衝著這個年輕人的這種魄力，我們就破例一次，照最高額度，給他們五億的扶植資金，希望柳擎宇真的能夠把這個項目搞成。」

柳擎宇正在華恆大酒店內焦急的等消息，接到賈振洋打來的電話：「柳書記，告訴你一個好消息，你們瑞源縣的扶植資金已經批下來了，我們司長親自拍板，照最高扶植限額給你們支持，五億的資金已經劃撥到你們市交通局了，你回去領就成了。」

柳擎宇聽到這個好消息，激動地說道：「賈司長，謝謝您，謝謝鄭司長，要不今天晚上咱們一起再吃個便飯吧，我好好謝謝您和鄭司長。」

賈振洋笑道：「不用不用，鄭司長說了，希望你能夠真正把那個長遠規劃完成，實實在在的為瑞源縣的老百姓多做些事。」

兩人又聊了好一會兒，這才掛斷電話。

當天晚上，趙志強也得到了瑞源縣拿到扶植金的消息，氣得摔了自己的手機，咬牙切齒的說：「柳擎宇，你實在是太陰險了，竟然在財審司那邊給我們設陷阱，算你狠！」

他的眼神中閃過一絲怨毒之色，陰惻惻地說：「柳擎宇，你等著，就算是你拿到了部裡的扶植金，我也要讓你顆粒無收。哼，毛頭小子跟我玩政治，看我陰不死你！」

當天晚上，趙志強便連夜趕回了南華市。

第二天是星期六，由於柳擎宇難得回北京一趟，又趕上週末，所以柳擎宇沒有急著回去，先回家看望了一下老爸老媽和爺爺奶奶，又去拜訪了一下叔叔伯伯們。

晚上，柳擎宇和老爸劉飛坐在沙發上閒聊著。

「聽說你在瑞源縣搞了一個三省交通樞紐的規劃？」劉飛開口道。

「是的。」柳擎宇點點頭。

「有把握嗎？不是政績工程吧？」

「沒把握！但是絕對不是政績工程，不過我會努力把這件事情做成功的。」

「照你的那個規劃方案，你說需要十億資金是吧？我仔細看過那份方案，如果真想順利實施的話，我評估十億絕對不夠，至少需要一千八百億才行！」劉飛一語驚人。

「不可能吧？我和專家一起仔細測定過的，最多十億就夠了。」柳擎宇瞪大了眼睛。

劉飛嘆道：「你和專家的估算方式我也看了，本身沒有任何問題，但是你們忽略了一個政治層面的考慮，那就是與其他省分協調的問題，如果瑞源縣要想打造交通樞紐工程，那麼勢必要和其他省分進行協調，這個項目對他們來說，可以說是可有可無的，所以協調時，如果想把事情擺平，肯定要付出一些代價，別的省不會無緣無故的去支持你們的，多出來的錢，就是協調的成本，**在官場上，永遠不要指望別人會為你的事情買單。**」

柳擎宇思索著老爸劉飛的話，卻想不明白這協調成本到底是怎麼來的，按理說，建成高速公路對哪個省來說都有好處的啊。

等柳擎宇想再多瞭解一些的時候，劉飛卻轉移了話題：「這次你在瑞源縣搞得那個農貿會非常不錯，沒給老子我丟臉。」

老爸難得表揚別人，尤其是自己，看到老爸充滿欣慰的笑臉，柳擎宇終於鬆了口氣，也就沒有再接著問協調成本的事，他知道老爸這是要自己親身去感悟。

柳擎宇在北京停留一天，周日便趕回了瑞源縣。

週一早上進辦公室，便把辦公室主任宋曉軍喊了來，說道：「曉軍主任，你立刻帶著財政局的工作人員去一趟市交通局和市政府，我剛剛從部裡、省裡申請下來總計七億的交通扶植資金，另外市裡也答應配套給五億，你先把這十二億給落實了。有了這十二億，咱們瑞源縣高速公路就可以順利啟動，正式對外進行融資了。」

宋曉軍聽到柳擎宇的話，頓時呆立當場，柳擎宇這次一走就是好幾天，沒想到回來後竟然弄到十二億的資金，這個縣委書記也太厲害了吧。

宋曉軍誠心地豎起大拇指道：「柳書記，你太厲害了，我服了。」

柳擎宇笑道：「好了，趕快帶人去領錢吧，這錢只有放在咱們自己的戶頭裡才安全。」

宋曉軍點頭，立刻給縣財政局局長打了個電話，讓他帶著兩名財務人員趕到縣委大院，隨後四個人乘坐一輛汽車飛快地趕往南華市。

柳擎宇坐在辦公室內，開始美滋滋地籌畫起下一步要如何利用這十二億資金去撬動整個高速公路項目來。

三個小時後，柳擎宇的手機響了起來，是宋曉軍打來的。

接通電話後，宋曉軍用憤怒的聲音說道：「柳書記，市交通局說部裡和省裡劃撥下來的資金不能給我們。」

「不能給我們？為什麼？」本來正沉浸在深思中的柳擎宇立時站起身來，訝異地問道。

宋曉軍鬱悶的說：「交通局的人沒有給我們任何解釋，只告訴我們這筆錢有其他的安排了。而且我們這次來，連交通局局長、副局長一個都沒有見到，是由辦公室主任接待我們的。」

柳擎宇臉色刷的一下沉了下來。

「他們有沒有說會給我們一部分？」

宋曉軍苦笑道：「沒有，他們連一毛錢都沒有說給我們，只讓我們回去等消息。」

柳擎宇的拳頭攥得緊緊的，他知道部裡或者省裡劃撥下來的資金會被市裡截留或者挪用，這種情況極其普遍，但是一般而言，就算是市裡截留，也會給下面留一些，尤其是當這些資金是下面的單位自己申請下來的，通常只會截留一部分，大部分還是要撥給縣裡。但是這一次，市裡竟然一毛錢都沒有給瑞源縣的打算，這讓柳擎宇徹底暴怒。

這時，就聽電話中傳來一個十分粗放的聲音：「宋主任，我剛剛找交通局的朋友瞭解了一下，聽說上面撥下來的錢有一大部分給了青峰縣財政局，還有一部分撥給了市屬交通投資集團……」

宋曉軍和對方聊了幾句後，立即向柳擎宇轉述道：「柳書記，事情搞清楚了，原本屬於我們的那七億，被市交通局分成了兩筆，其中五億撥給了青峰縣，另外兩億撥給了市屬交通投資集團，市交通局實在太過分了。」

柳擎宇咬著牙道：「你想辦法找到市交通局局長，弄清楚他們到底為什麼要這樣做，我馬上趕去市裡。」

柳擎宇此刻不是普通的憤怒，他為了拿到省裡的那兩億，可是親自找到曾鴻濤求援要來的，以他的個性，是非常不願意去求別人的，尤其是去向領導求援，因為在他的想法中，求別人是自己能力不足的表現。

但是為了瑞源縣的未來，為了瑞源縣的老百姓，柳擎宇下了極大的決心，豁出去自己的面子去尋求曾鴻濤的支持。而為了取得部裡的扶植資金，他更是破天荒的低下身段搞起了公關！更別說把黃富貴給暴揍一頓，如果不是最後時刻曾鴻濤的出現，他這次很有可能會丟官罷職。

可以說，為了拿到部裡的那五億扶植資金，柳擎宇可謂付出了相當高的代價，耗費了極大的心血。

現在自己辛辛苦苦爭取來的資金，竟然被市交通局給了別人，這簡直是**赤裸裸的搶劫行為！是最無恥的截留行為！**

憑什麼我辛辛苦苦拿到的扶植資金你們市交通局要劃撥給青峰縣？憑什麼！柳擎宇真的怒了！是可忍孰不可忍?!他再也忍無可忍！

柳擎宇上了車，一路向南華市疾馳而去。

此時，南華市的五星級酒店「凱旋大酒店」的一個豪華包間內。

青峰縣縣委書記趙志強和南華市交通局局長郭增傑、南華市交通局常務副局長盧顯軍、南華市交通局計財處處長馮成凱四人，正圍坐在酒桌旁，一邊推杯換盞，一邊高談闊論，觥籌交錯，顯得十分開心。

趙志強舉起酒杯道：「郭局長，這次真的要謝謝市局對我們青峰縣的支持啊，這一杯我敬您。」

郭增傑笑著舉起杯道：「客氣客氣，咱們都是老朋友了，不要這麼見外，我說老趙啊，你們青峰縣的高速公路建設項目什麼時候正式招標？」

趙志強道：「我打算等市裡配套支持的五億到帳後，立刻就進行招標。」

郭增傑聽了道：「即便是市裡配套的五億到了，你們也才只有十億啊，還差好幾十億的資金呢！這麼早就招標，能夠保證後續資金及時到位嗎？」

趙志強老神在在地道：「肯定沒問題，只要有這十億的啟動資金，以我們青峰縣的發展情況，後續的融資我相信很快就會搞定的。實在不行，我們直接去找銀行貸款，我相信銀行也會很願意投資的，所以後續投資肯定不成問題。」

郭增傑頓時雙眼一亮，道：「哦，這樣啊。對了，老趙，我那個不爭氣的兒子郭正輝搞了一個高速公路建設公司，也準備參加你們這次的招標，你可一定要照顧照顧啊。」

趙志強爽快的說道：「沒問題，郭局長，你放心，我會把第一個標段直接劃給正輝的，資金方面保證不會出現問題，這次劃撥的十億直接先撥給他。正輝這小子很不錯啊，去年還選上了南華市十大傑出青年呢，他的公司解決了南華市不少就業問題，當真是虎父無犬子啊。」

聽到趙志強一口應承，郭增傑臉上笑得猶如一朵花那麼燦爛。只要拿到那十億的項目，兒子轉手向外一包，兩三億的利潤就輕輕鬆鬆到手了。

趙志強之所以這麼爽快，是因為他的收穫也不小，有了這十億做引子，他就可以撬動後面四五十億的資金，其中的**政治利益**和**經濟利益**相當大。

尤其是政治利益更是不可估量，只要第二條高速公路能夠上馬，再加上自己家族的支持，那麼自己晉升副廳級指日可待，到時候自己成為年輕一代核心的地位就將會更加穩固。

眾人正喝酒喝到酒酣耳熱之際，趙志強的手機突然響了。

趙志強接通電話，和對方聊了幾句後，放下電話，看向郭增傑說道：

「郭局長，我剛剛得到消息，瑞源縣的縣委辦主任宋曉軍在你們交通局裡吃癟了，正在滿世界找你呢，而且瑞源縣那邊也有內線傳來消息，說是柳擎宇聽說你把這筆錢撥給我們之後，當場摔了杯子，已經趕往市裡了。郭局長，你可得小心一點，柳擎宇這個傢伙脾氣不太好，在北京的時候，他竟然把規劃司的一個副司長給打了。」

郭增傑聽了，不屑的一笑道：「現在的年輕官員啊，素質越來越低了，一點都不懂得尊老尊賢，更不懂得官場規則，像柳擎宇這樣的官員遲早落馬。他愛鬧就鬧吧，我們只需要冷眼旁觀即可。我可不是黃富貴，根本不會和柳擎宇正面交流，我要讓他有氣沒處發。」臉上露出一絲狡猾的微笑。

郭增傑可是官場老狐狸，啥人沒見過，啥事沒有經歷過。他很清楚得了便宜不能賣乖的道理。郭增傑讓財務撥完這兩筆款項後，第一時間就向市長黃立海請病假了，說他要好好的休息幾天。

說是病假，其實就是在**玩失蹤**，在**躲柳擎宇**，這是最讓當事人為之氣悶的辦法。

柳擎宇來到了市交通局，先是直接殺到局長郭增傑的辦公室，結果敲了半天門沒有人回應，無奈之下，只能來到市交通局辦公室，由辦公室主任喬志興接待柳擎宇。

「喬主任，郭局長在哪裡？」柳擎宇開門見山的問道。

「郭局長休病假了，您找他有事嗎？你可以告訴我，我幫你轉告。」喬志興回道。

聽到郭增傑休病假了，柳擎宇臉色立時陰沉下來。

柳擎宇不是傻瓜，從宋曉軍沒有見到一個副局長，他就已經猜到郭增傑這是在玩躲貓貓的把戲了，他這是要讓自己找不到人，有氣沒處發，等時間一長，這事也就淡化下來，自己拿他也就沒什麼脾氣了。

陰險！太陰險了！郭增傑簡直就是一個無賴啊！

此時此刻，柳擎宇感覺自己的肺快要被氣炸了！這個郭增傑太無恥了！大筆一揮就把錢給轉走了，自己想要找他理論卻找不到人！

現在應該怎麼辦？柳擎宇的大腦飛快轉動著。

這時，喬志興的手機響了起來，他歉意的道：「柳書記，真是不好意思啊，我有點急事，出去一趟，要不我讓辦公室副主任胡高同志接待你吧？」

柳擎宇看到喬志興要走，便知道他這是在戲耍自己，冷冷說道：「不用了，我這就走。」

柳擎宇從市交通局出來，正遇到剛剛趕來的宋曉軍。

宋曉軍眉頭緊鎖的說：「柳書記，剛才我去了一趟郭增傑的家，他們家沒有人，現在這事可不好辦了。而且我剛剛得到消息，青峰縣以拿到五億的扶植資金為理由，向市裡申請那五億的扶植金了，據說在市政府那邊已經審核通過，就差在常委會上進行最後的討論了。」

宋曉軍越說越來氣：「柳書記，這個青峰縣也太無恥了吧，這筆錢根本就不是他們申請下來的，交通局撥給他們，他們還敢去申請市裡配套的錢，這簡直比無賴還無賴啊。市政府那邊也是，他們憑什麼審核通過？他們難道就不會調查調查嗎？」

柳擎宇的臉說多難看就有多難看，沉思了一下，吩咐程鐵牛：「去市政府。」

當他來到市長黃立海的辦公室時，外面有兩個人正在等著彙報工作。辦公室的門也緊緊地關著，柳擎宇問向黃立海的秘書道：「黃市長在辦公室嗎？」

「在，不過他正在聽彙報，你先坐下等會吧。」

柳擎宇點點頭，大步向辦公室走去，直接推開門便走了進去。

柳擎宇的行為引起了秘書的極度不滿，拉住柳擎宇的胳膊阻止道：「你不能進去。」

柳擎宇一手甩開對方，直闖到黃立海的辦公桌前，居高臨下的俯視著黃立海道：「黃市長，你做事太不公平了。你憑什麼把本該屬於我們瑞源縣的扶植金撥給青峰縣？當時在市委常委會的時候，不是說得非常明白嗎？哪個縣從部裡申請到扶植金，哪個縣就獲得市裡的扶植資金？難道你身為市長就可以出爾反爾嗎？」

此刻在向黃立海彙報的，正是市財政局的副局長錢多德。

錢多德看到柳擎宇突然闖了進來，又劈頭指責了一番莫名其妙的話，不悅地驅逐道：「你誰啊？這麼沒禮貌！給我出去。」

柳擎宇瞪了錢多德一眼，然後冷冷的直視著黃立海。

黃立海衝著錢多德揮了揮手道：「好了，老錢，你彙報的工作我都知道了，你先出去吧，我和柳擎宇聊聊。」

等錢多德出去之後，黃立海的臉色當即沉了下來：

「柳擎宇，你搞什麼？知不知道這裡是什麼地方？這裡是市政府？這是是國家機關，一切都是有規矩的，你能不能按照程序來做事？」

柳擎宇一拍桌子怒聲說道：「按照程序做事？我就是因為按照程序做事才被一群烏龜王八蛋騎在頭上拉屎的。黃市長，你必須要給我一個交代，憑什麼你在市政府會議上通過了青峰縣的審批？難道你不知道在部裡是我們瑞源縣獲得了扶植資金，而不是青峰縣嗎？」

黃立海淡淡的說道：「柳同志啊，你先稍安勿躁，聽我說，我們之所以通過青峰縣的審批，是因為青峰縣拿到了市交通局批下來的扶植資金，他們拿到了資金，市裡配套的資金自然是他們的，你們瑞源縣拿到資金了嗎？你說這扶植資金是你們的，你有證據嗎？」

黃立海說話的語氣難得的十分柔和，但是言語中又露出幾分強硬。

柳擎宇忿忿地道：「證據？當然有！在我們的審批文件寫得清清楚楚。」

黃立海面色不改地說道：「好，那把審批文件給我看一下。」

「黃市長，我想你應該很清楚，在申請過程中，我們的申請文件有一份被黃富貴給撕掉了，所以瑞源縣的申請採取的是特事特辦的方法，領導在文件上直接簽字，所以我們並沒有回執的檔案，這件事您只需要給部裡打個電話詢問一聲，就會知道情況的。黃市長，我們瑞源縣需要一個公平的結果。」柳擎宇據理力爭道。

「我沒有義務去給部裡打電話，我只看結果，不看過程，現在的情況是市交通局把扶植資金分配給了青峰縣，那麼市政府這邊肯定是要按照青峰縣獲得扶植金去處理這件事情的，所以，如果你有什麼異議的話，可以去找市交通局，只要你讓他們把扶植資金分配給你們瑞源縣，我們市政府也照樣會把配套扶植金給你們瑞源縣的。不過柳同志，請你記住一點，你只有一天的時間，明天下午三點鐘，市委召開例行常委會上會討論這件事情。」

說完，黃立海拿起茶杯，端茶送客的意思已經非常明顯了。

柳擎宇心中充滿了怒火，但是黃立海的話卻又讓他無言以對。他不得不承認，這一次自己的確被交通局被黃立海抓住了一些破綻，那就是因為審批文件被黃富貴給撕了，所以沒辦法拿回執檔案回來，成為特事特辦的一個弊端。

其實，柳擎宇非常清楚黃立海這次是打定主意要偏袒青峰縣了，否則的話，他只需要一個電話就可以把所有問題都落實了，但是他卻偏偏不打這個電話，意思十分的明顯。

既然黃立海如此態度，柳擎宇只能另想他法，轉身走出了黃立海的辦公室。

一邊往外走，柳擎宇一邊思考起來，既然黃立海是這種態度，那麼自己要想挽回局勢，就必須要在交通局局長身上做文章，要讓他把屬於瑞源縣的這兩筆錢乖乖的給還回來。

但現在的問題是，交通局那邊連一個副局長都見不到，要想交通局把錢還回來，根本不可能。而且交通局恐怕和黃立海、青峰縣早已達成默契，那就是只要他們熬過明天

下午三點，一切都塵埃落定，自己就一點辦法都沒有了。

這的確有些棘手。**饒是柳擎宇渾身的怒火，卻偏偏找不到破解的方法。**

此刻，黃立海見柳擎宇離開了，立刻撥通青峰縣縣委書記趙志強的電話：

「志強，柳擎宇剛剛找過我了，我已經告訴他明天下午三點召開例行常委會，常委會開始之前，你們哪個縣帳面上有交通局劃撥下來的五億，市裡的配套扶植資金就給哪個縣，這是我能夠為你爭取的極限，為了你們青峰縣，我可是徹底把柳擎宇給得罪了啊。」

趙志強連忙說道：「黃市長，非常感謝您對我們青峰縣的支持，您放心吧，我以後會給您回饋的。」

黃立海道：「回饋就不必了，你只要把你的本職工作做好，把青峰縣發展好，我就滿足了。」

話是這樣說，但是雙方都很清楚，這些都不過是官話而已，**官場上，領導的每個動作都是含有深意的，沒有人會為了別人去得罪另外一個人，除非你能夠給帶來更大的好處。**

掛斷電話後，趙志強立刻又給交通局局長郭增傑打了個電話：

「老郭啊，這兩天你就好好養病吧，只要過了明天下午，你就可以健康回歸了。柳擎宇估計要鬱悶死了！」

郭增傑哈哈大笑起來：「沒有辦法，柳擎宇這個年輕人實在是太幼稚了，他以為他申請下來的錢就是他的啊，錢只要到了市裡，該怎麼分配是由市領導決定，不是由他來決定的，這是潛規則，他連這點都弄不明白，還想往上爬，只能做夢了。這次，就讓我們給他上一課吧。」

聽了郭增傑的話後，趙志強也哈哈大笑起來。

趙志強笑的那叫一個得意！

北京之行，趙志強原本步步領先，穩操勝券，卻栽在柳擎宇的手中，被柳擎宇後來居上，讓瑞源縣拿到了扶植資金，這讓他心中極度的不甘心，在他看來，是因為在華恆大酒店柳擎宇故意設局讓自己得罪了賈振洋，才會形勢逆轉的。

趙志強憋了一肚子火，在回程的汽車上，就打定主意要玩一招劫胡了！利用潛規則堂而皇之的把屬於瑞源縣的這筆資金放進自己的籃子裡。

市政府外面。宋曉軍看到柳擎宇滿臉凝重的從裡面走出來，心便緩緩的往下沉。

等柳擎宇上車後，不禁問道：「柳書記，市政府怎麼說？」

「黃市長說，讓咱們自己找交通局解決，他只看那五億最後出現在哪個縣的帳戶上。他只看結果，不看過程。」柳擎宇苦笑道。

宋曉軍聽了，臉上充滿了沮喪。

柳擎宇交代道：「宋主任，今天我們就在南華市住下，從現在開始，你發動關係，想辦法尋找交通局局長郭增傑，只要把他找到，我們就有解決的希望，現在所有的事都卡在他那裡。」

宋曉軍點點頭，攥了攥拳頭，暗暗發誓一定要動用所有能夠動用的關係，將郭增傑這個罪魁禍首給找出來。

南華市新源大酒店。

柳擎宇坐在房間內一根接著一根的抽著菸，房間的窗簾拉著，遮住了外面的光線，整個房間一片漆黑，只有忽明忽暗的菸頭在昏暗的房間內不時閃爍著，房間內煙霧瀰漫。

下午五點了，宋曉軍已經出去三個多小時，到目前為止還沒有發現郭增傑的行蹤。郭增傑的家以及他有可能待的地方，宋曉軍都去找過了，但是沒有找到。

柳擎宇的大腦疾速思考著。這一次他真的被這個棘手的問題給難倒了。他沒有想到官場上有些人如此無恥，竟能想出這種讓你想哭都哭不出來的黑人辦法，令人為之氣結卻又束手無策。

柳擎宇感覺自己就像是掉進了無窮深淵裡的獵物，整個天地像是一張漸漸收緊的大網，任憑自己怎麼掙扎都無法逃脫，也找不到任何逃脫的辦法。

就在這時候，一陣急促的手機鈴聲打斷了柳擎宇的思考，柳擎宇看了看螢幕上顯示的名字，頓時愣住了。

電話是曹淑慧打來的。自從上次曹淑慧和自己分開後，就再也沒有給他打過一次電話，和自己說過一句話，彷彿人間蒸發了一般。

他知道上次的相親傷了曹淑慧的心。不知道為什麼，這麼久不見，柳擎宇突然覺得曹淑慧其實也不錯，有這個丫頭在的日子，自己總是過得那麼開心。

現在接到她的電話，柳擎宇心中波瀾起伏，拿起電話，語氣有些複雜的說道：「淑慧……」

柳擎宇感覺到嗓子眼好像被什麼東西給堵住了，一時間說不出話來，只有濃重的呼吸聲在幽暗的房間內顯得那麼清晰。

電話那頭的曹淑慧沒有說話，在靜靜的聽著，沉默了一會兒才柔聲道：「柳擎宇，我在南華市，我想見你。」

柳擎宇一愣：「你在南華市？在哪裡？我去接你。」

曹淑慧聽柳擎宇急促的聲音，漂亮的眼眸眨了下，眉毛向上挑了挑道：「我在市公安局，你到門口來接我吧。」

「好，我十分鐘後到。」

市公安局距離新源大酒店並不遠，柳擎宇拿起桌上的汽車鑰匙，連程鐵牛都沒有喊，便快步向樓下衝去。

此刻，柳擎宇腦海中閃爍著的全是曹淑慧的倩影。以前柳擎宇對曹淑慧沒有什麼特別的感覺，兩人從小一起長大，青梅竹馬，他一向把她當成是挺好的哥們，此刻卻不知道為什麼，柳擎宇對和曹淑慧的見面充滿了渴望。

十分鐘後，柳擎宇來到市公安局門口，遠遠的就看到穿著一身淺藍色連衣短裙、黑色絲襪、紅色皮鞋的曹淑慧正滿臉含笑的站在那裡。

微風吹拂著曹淑慧一頭烏黑的長髮，遠遠看去，猶如一朵豔麗無雙的藍色妖姬，沐浴在夕陽淡淡的餘暉中，顯得那麼嬌俏可愛、豔冠群芳。

此時，四周所有的景物似乎都消失了，只有曹淑慧帶著淡淡笑容的俏臉在夕陽的餘暉中變得越來越燦爛。

柳擎宇走下車，看著站在面前的曹淑慧，發現曹淑慧似乎比以前清瘦許多，原本豐滿的臉頰變得十分瘦削，原本無憂無慮、孤傲的眼神中卻多了幾分飽經滄桑的堅毅。

剎那間，柳擎宇的心頭像是被什麼東西給觸碰了一下，對曹淑慧多出了幾分憐惜之意。

曹淑慧看到柳擎宇站在那裡發愣，嫣然一笑，走到柳擎宇身邊，伸手挽住柳擎宇的胳膊柔聲道：「還不帶我去吃飯，我都快要餓死了。」

柳擎宇傻乎乎的點頭說道：「好好，咱們去吃飯。」說著，為曹淑慧拉開副駕駛座的車門，讓曹淑慧坐了進去，駛向南華市最有名的飯店——南華飯店。

南華飯店是一家有著悠久歷史的飯店，以經典的東北風味菜為主打，價格雖然不菲，但是菜量給得很足，最重要的是菜的味道十分正宗。

在駛向飯店的路上，曹淑慧突然說道：「我現在在南華市工作，不走了。」

柳擎宇聽了大吃一驚：「你在南華市工作？你之前不是在……」

「我轉業了。」曹淑慧簡短的說。

「到底發生了什麼事？你為什麼要轉業啊？」柳擎宇吃驚的問道。

曹淑慧之前所在的單位是屬於軍中十分特殊的軍種，而曹淑慧更是其中的中堅力量，只要正常發展下去，前途不可限量。

曹淑慧只是淡淡一笑，並沒有回答柳擎宇。

柳擎宇並不知道，就在三天前，曹家發生了一件震動整個家族的大事。

三天前的晚上，曹家客廳內。

曹淑慧的身邊放著一隻皮箱，皮箱內裝著她的衣物。曹淑慧和老爸曹晉陽面對面的坐在沙發上，氣氛顯得異常凝重。

曹晉陽沉著臉說：「淑慧，聽說你擅自做主轉業去了白雲省南華市？這是為什麼？你知道你們領導是多麼器重你嗎？你知道你的工作對國家來說有多重要嗎？」

曹淑慧點點頭：「我知道。」

「那你為什麼還要轉業？」曹晉陽怒聲道。

曹淑慧動情道：「爸，你心中很清楚，我這樣做都是為了柳擎宇。因為我喜歡柳擎宇，我愛他，這半年多來，我一直嘗試著去忘記他，離他遠遠的，把我的心神都放在工作上，但是我發現，我所做的努力是徒勞的，我的心已經牢牢地刻上了柳擎宇的名字，每當午夜夢回時，我的腦中、睡夢中出現的全都是他的影子。」

曹淑慧毫不保留地說出自己對柳擎宇濃烈的愛意，目光中更露出了幾分堅毅和執著。

曹晉陽質疑道：「淑慧，為了柳擎宇那個脾氣暴躁的傢伙付出這麼多，值得嗎？」

曹淑慧毫不猶豫的說：「值得。不管別人怎麼看，但是我認為值得。我喜歡他，經過這半年多的分離，很多事情我都想清楚了，人的一生總要面臨很多抉擇，而這種抉擇往往會影響一個人的命運，為了柳擎宇，我決定重新選擇我的人生道路；為了愛，我不後悔，哪怕是我不能成為他的另一半，我也要默默地陪在他的身邊，默默地守護著他。更何況現在柳擎宇還沒有確定和慕容倩雪的關係，我還有機會。」

曹淑慧眼神異常堅定的看著爸爸，然而她的心裡對老爸是有著幾分畏懼的，老爸是個老謀深算之人，在管教子女上也要求極其嚴格。她十分擔心老爸不同意自己的做法。

曹晉陽兩眼直直盯著曹淑慧，曹淑慧毫不畏懼的與曹晉陽對視著，沒有一絲一毫的妥協之意。

空氣彷彿凝結了一般，好幾分鐘後，曹晉陽突然哈哈大笑起來：

「好，好，不愧是我曹晉陽的女兒，果然有志氣，有魄力，你去吧，老爸支持你！如果柳擎宇那小子將來要是對不起你，就算是劉飛護著他，我也會好好收拾他的。」

曹淑慧震驚地看著老爸，眼中露出不可思議的神色。

曹晉陽站起身來走到曹淑慧的身邊，笑著拍了拍女兒的肩膀說道：

「女兒啊，你記住，不管任何時候，老爸和老媽都是你最堅強的後盾，只要你行得正，坐得端，你所做的任何事，老爸都會毫不猶豫的支持你的。就像你說的，每個人的一生都要面臨很多的抉擇，每個人都可以做出自己的選擇，身為老爸，對你們這些孩子嚴格要求是必須的，但是，老爸的目標不是為了管教你們，而是為了讓你們能夠挺起胸膛做人，做一個對國家和百姓有益的人，是為了讓你們活得更加開心、健康、幸福，既然你喜歡柳擎宇，那就去追吧，不過你可得小心點，這小子和他老爸一樣，都是風流情種，怎麼樣俘獲他的心，可是要好好動一番腦筋的。」

聽到老爸這番發自內心肺腑的話，曹淑慧的淚水刷的一下流淌下來。她萬萬想不到在家裡一向以嚴父風格形象著稱的爸爸竟會表現出如此的魄力。

身為曹家的女兒，曹淑慧深知如果自己和柳擎宇一旦確定了婚嫁關係的話，絕對會對老爸產生巨大影響，因為老爸現在正值事業的黃金期，早就準備朝政壇巔峰之位進擊，而他和劉飛叔叔之間，只能有一個人站上高位，兩人之中肯定要有一個人退出，但是老爸竟然還支持自己，父親對她的愛怎能不令她感動！

曹淑慧愧疚的說：「老爸，萬一我嫁給了柳擎宇，你的仕途……」

曹晉陽豁達的說：「不用擔心老爸，這個世界上少了誰，地球照樣會轉，這是我的選擇，對爸爸來說，沒有任何事比你的幸福來得更重要了，你放心的去吧，老爸永遠做你最堅強的後盾。」

曹淑慧的淚水再也抑制不住，嘩嘩地往下流，她把頭依靠在曹晉陽的肩頭嗚嗚的抽泣起來。

這是曹晉陽第一次看到堅強的女兒流淚，他愛憐的幫女兒擦拭淚珠，一邊輕輕的撫摸著曹淑慧的長髮。他知道女兒長大了，有自己的情感和追求，身為爸爸，他不能為了自己的仕途而犧牲女兒的幸福，他已經做了他的選擇。

曹淑慧也做出了她的選擇。

當天晚上，曹淑慧在北京一家很大的私人俱樂部內，邀請了圈內十幾名好友，請大家一起吃飯。

在酒宴上，她當眾宣布了一個令所有人都震驚不已的事：從今之後與曹晉陽斷絕父女關係，與曹家徹底脫離關係，並且表示自己未來幾年內將不會再踏足北京一步。

曹淑慧的話語驚四座，朋友勸她不要衝動，並且詢問她為什麼會做出這樣的決定，曹淑慧並沒有給出任何解釋，只告訴朋友們，自己已經做出決定，不會有任何更改。

第二天曹淑慧就離開北京，直接前往南平市公安局任職，她轉業後的新工作是南華市刑偵支隊的隊長，級別正科級。

曹晉陽是在第二天透過別人的告知才曉得女兒的決定，曹晉陽聽完沉默了很久，饒是他這位鋼鐵人物也不禁眼眶濕潤了。

曹晉陽很清楚女兒之所以宣布脫離曹家，目的非常簡單，那就是徹底和自己撇清關係，這樣即使是她和柳擎宇真的結合了，也不會影響到自己或者劉飛的仕途。尤其是曹淑慧宣布二十年之內不會踏足北京一步的承諾，更是一個震撼彈，對曹家有極強的衝擊力。

曹晉陽知道女兒是個重感情的人，雖然自己管她很嚴，但是曹淑慧和自己的父女關係卻非常好，尤其是和她老媽相處得猶如姐妹一般，她為了自己的仕途竟然做出這種決定，曹晉陽相信當時女兒的心恐怕在滴血。

而曹淑慧的老媽在得知女兒的決定後，當場便昏倒了，醒來後哭得泣不成聲，終日以淚洗面。

曹淑慧的決定也在北京高層圈子裡引起了巨大的漣漪。各大重量級家族都被曹淑慧的決定給嚇到了，他們自然很清楚曹淑慧為什麼要這麼做。

無視於別人的閒言閒語，曹淑慧在做出抉擇後的第二天便到了南華市，並且以最快的速度投入到工作中去。

對曹淑慧的身分，南華市刑偵支隊的同事也沒有任何人知道，畢竟叫曹淑慧的人多了去了，沒有人聯想到局裡的這個曹淑慧就是曹家的曹淑慧，而且曹淑慧宣布脫離曹家的這個消息，即便是在北京，也不是誰都知道，只有政治圈內夠級別的人才曉得。

南華飯店門口，柳擎宇和曹淑慧走下車，向飯店走去。

南華飯店的格局採開放式的設計，不設任何包間，所有人都在大廳內吃飯。不過飯店老闆別具心裁，用裝飾用的竹林把大廳隔成了三個區域，位置最好的區域叫高升區，第二的叫青雲區，第三的叫富貴區。

吃飯的方式則是以buffet為主，在飯店一角放著各式各樣的佳餚，客人喜歡吃什麼可以自行選取。

柳擎宇在來的路上就打電話預定好了位置最好的高升區七號桌。這張桌子位在僻靜的區域，又臨著窗，視野極佳，在高升區是很搶手的一張桌子。

兩人坐定之後，柳擎宇拿了幾樣曹淑慧愛吃的菜，便開始聊了起來。

久別重逢，柳擎宇感覺和曹淑慧似乎有說不完的話。曹淑慧也是如此，分別回憶著自從上次分開後彼此的種種遭遇。

當柳擎宇講起自己在官場上所遇到的種種困難，曹淑慧不時的瞪大了眼睛，尤其是聽到柳擎宇又發飆暴揍別人的時候，更是用手指著柳擎宇的腦門說：

「我說你好歹也是正處級幹部了，能不能文明一點啊，別動不動就動手打人，你就不怕被人抓住小辮子丟官罷職啊。」

柳擎宇不得已的說：「不是我粗暴，你知道我最討厭和別人動手了，但是這個世界上總是有那麼一小撮人，我不想和他們動手，他們卻非得逼著我動手！你也曉得我脾氣不好，該動手的時候我怎麼會隱忍呢！」

曹淑慧聽了，想像當時柳擎宇暴走動怒的畫面，不由得咯咯笑了起來。

這時，離他們不遠的客人聽到曹淑慧如銀鈴般的笑聲，頓時都轉向他們這桌來。

坐在附近的一個二十歲出頭的年輕人看到曹淑慧那笑顏如花的樣貌，更時眼睛都直了。這女人實在是太美了，這種樣貌別說在南華市數一數二，就算是放眼整個白雲省，這樣絕色的女人也十分罕見啊，這哥們立時就心動了。

他眼珠轉了轉，對身邊的朋友說道：「各位，看到那桌沒有？」

其他人早就注意到了國色天香、傾國傾城的曹淑慧，聽哥們這麼一說，頓時都使勁的點頭。

其中一個胖子色瞇瞇地說：「輝少，我敢說，就算是南華市最漂亮的主持人芳菲到了這女人的面前，也只有自慚形穢的份啊。不過我看這女人穿著打扮很一般，還有她身邊的那個男人，身上穿的根本是地攤貨，一看就是兩個窮鬼。」

輝少點點頭，評論說：「是啊，那個男的一看就知道是個魯蛇，真不知道是怎麼搭上這麼漂亮的女人的，真是浪費了她的美啊。」

說到這兒，輝少眼中露出一絲曖昧道：「各位兄弟，咱們打個賭如何？」

一個頭髮染成紅色的年輕人饒有興趣地說：「輝少，怎麼賭？」

輝少說：「看看咱們誰能把那個男的給弄走，把那個女人給勾搭上，能夠做到的，其他人要把今年公司裡分紅的兩成拿出來送給那個成功的人。」

輝少說完，眾人頓時不語，默默盤算著。

這些人全是南華市輝煌建築工程公司的股東，這位輝少郭正輝則是大股東，除了輝少以外，其他人每年分紅多則數百萬，少則幾十萬，如果每個人拿出兩成的話，加在一起也有一兩百萬，所以眾人不得不好好考慮一下。

胖子最先打破沉默說道：「好，我同意，就憑我們的身分，絕對能夠擺平那個女人，我龐世虎一向自詡女人堆裡的李奧納多，一會兒我先去挑戰。」

眾人聽到胖子要自告奮勇，頓時豪情萬丈，因為在這群人裡，胖子泡妞的水準雖然不錯，但是眾人自詡不論相貌家世都不比胖子差，連胖子都敢賭，他們有啥不敢賭的。

眾人也曉得輝少這樣說，代表其實他也很想加入戰局，不過他不想第一個出面，想要觀察一下再說，眾人自然也不介意，誰讓人家是老大呢，老大就有老大的特權。

眾人很快敲定好規則，確定好順序之後，胖子便站了出來，手中拿著一瓶五糧液來到柳擎宇他們這張桌子旁。

此刻，柳擎宇喝著二鍋頭，曹淑慧前面則放著一瓶國產涼茶，兩人正開心的聊著，一邊喝酒吃菜，由於聊得十分投入，所以對輝少這桌的動作和說話內容，兩人都沒有注意到。

胖子直接一屁股坐在曹淑慧的身邊，一臉淫蕩的看著曹淑慧，隨即對柳擎宇道：「哥們，把這美女讓給哥哥如何？只要你答應，我可以保證，讓你在這南華市橫著走，想要賺錢絕對輕而易舉，你想幹什麼，哥們保證讓你成功。」

胖子的話十分狂妄，因為他是南華市財政局副局長杜崇志的兒子，所以在南華市衙內圈中有幾分聲望。有些次一級的衙內，為了幫助老子搭上胖子老爸那條線，經常會透過胖子牽頭，因而養成胖子眼高於頂的個性。

隨著閱歷加深，胖子發現吹牛能夠唬來很多好處，甚至能夠騙到不少女人主動獻身，自是樂此不疲，說話也越來越誇大。

柳擎宇聽到胖子的話，眉頭一皺，心說這是哪裡跑出來的一個痞子啊，竟然敢在自己面前說這種話，當自己是傻子嗎？

柳擎宇看了胖子一眼：「你誰啊？」

胖子挺直了腰桿說道：「我是杜子騰！南華市沒有幾個人不認識我的。只要你答應我的條件，我保證你以後吃香喝辣，榮華富貴享用不盡。」

曹淑慧見胖子是衝著自己來的，不由得笑了起來。只是她的笑容有些冷。如果不是柳擎宇就坐在對面的話，以曹淑慧的脾氣，直接一腳就把胖子踹飛出去了。而且以柳擎宇的脾氣，憑著兩人的友情，柳擎宇也不會放過這胖子的。

果然，柳擎宇把嘴一撇道：「你肚子疼的話趕快去醫院，別腦袋都燒壞了，到處胡說八道，給我滾遠點！」

今天也就是曹淑慧在場，柳擎宇的心情不錯，不想動手，破壞了好氣氛。

胖子聽柳擎宇竟然拿他的名字尋開心，頓時氣得說道：「你聽清楚了，老子不叫肚子疼，老子姓杜，名字叫子騰，孔子的子，騰飛的騰，你最好弄明白些，得罪了老子，老子讓你在南華市寸步難行。」

胖子最討厭別人拿他的名字開玩笑，以前有幾個不長眼的拿他的名字尋開心，都被他給整慘了。

柳擎宇呵呵一笑：「你不用解釋了，我知道你肚子疼，趕快去看醫生吧！」說完，像哄蒼蠅一樣甩了甩手，示意杜子騰趕快離開。

胖子的臉刷的一下陰沉下來，正欲發作時，郭正輝招呼道：「胖子，回來吧。」

杜子騰聽到輝少喊自己，只能回到自己的位子上。

胖子回來後，郭正輝問另一個紅毛小子說：「你敢去嗎？對方似乎不怎麼好打發啊。」

紅毛小子嗤了聲道：「在咱瑞源縣的一畝三分地上，有啥我魏生津不敢的，大家看我是怎麼泡妞的。」

說著，紅毛小子直接邁步來到曹淑慧的面前，從口袋摸出一疊大鈔，十分氣勢地拍在曹淑慧的面前，牛氣哄哄地說道：「美女，陪我喝一杯，這一萬塊就是你的了。如果你今天陪我睡一覺，我給你十萬！」

說話時，紅毛小子昂首挺胸，故意把胸前那條粗大的金項鍊給露出來，看得出他脖子上掛著的這條金鍊子就價值好幾萬。

看到隔壁八號桌的人輪流過來，曹淑慧和柳擎宇立時明白是怎麼回事了，原來這群人是盯上曹淑慧了。

柳擎宇此刻反而不發火了，今天他因為那幾億資金的事，原本憋了一肚子火，現在這些人竟然敢招惹脾氣比自己還火爆的曹淑慧，柳擎宇反倒很想看看曹淑慧怎麼收拾這幫人。

柳擎宇猜得沒錯，曹淑慧接二連三的被騷擾，心中無名火起，看了看桌上的一萬塊，滿臉含笑的拿起桌上那一萬塊。

看到曹淑慧拿起錢，紅毛小子興奮起來，以為眼前這個美女是心動了，只要拿了自己的錢，就得陪自己喝酒，接下來順勢上床陪睡更是輕而易舉的事了。

就聽旁邊響起了一片嘆息聲：「哎，好白菜看來要被魏生津這傢伙給拱了。」

郭正輝卻是一直冷眼旁觀，沒有做出任何表示，在他看來，這個女人雖然拿了錢，臉上卻沒有露出貪婪的表情，事情會如何發展還很難說。

就在這時，讓所有人都意外的一幕發生了。

只見剛才還是千嬌百媚的大美女曹淑慧猛的拿起那一萬塊，突然左右開弓，將錢抽在紅毛小子的臉上，連抽了好幾下後，把錢用力地摔在紅毛小子的臉上，不屑的說道：

「想要找陪酒的，找你媽去！」

那疊錢砸在紅毛小子的臉上，頓時猶如雪花般紛紛飄落下來，撒了滿地。

此時紅毛小子才醒悟過來，自己堂堂的南華市發改委副主任魏成林的兒子、年少多金的風流大少竟然被一個女人給耍了，他的尊嚴徹底被侮辱了。

他用手指著曹淑慧的鼻子怒聲道：「臭婊子，看來你想找死啊！老子今天就成全你！」說著，伸出手向曹淑慧的胸部抓了過去。他打算撕開曹淑慧的衣服，讓曹淑慧當眾出醜！

紅毛小子的手離曹淑慧的身體只有十釐米左右的距離，眼看馬上就要得逞了，臉上露出興奮之色。誰知就在這時，一個啤酒瓶狠狠的砸在他的手腕上，疼得這小子哎呀一聲慘叫，跳起來足有一尺高，不停地抖著手。

然而，事情並沒有完。因為曹淑慧火大了。

這次和柳擎宇久別重逢，曹淑慧發現柳擎宇對自己的態度有些不一樣，看向自己的眼神明顯溫柔許多，說話間也把自己當做是女人看待，讓她驚喜之餘，也撫平了她和家裡徹底分開的傷感。

然而，就在她和柳擎宇談話漸入佳境的時候，突然有這些像垃圾一般的人過來攪局，將她與柳擎宇談話的好氣氛徹底給毀了，曹淑慧怎能不氣不惱？

曹淑慧一啤酒瓶砸在紅毛小子的手上後，緊接著便拎著啤酒瓶砸在紅毛小子的腦袋上，隨即伸出一腳，將他踹得倒退了好幾步，一屁股跌坐在八號桌旁。

鮮血、啤酒順著紅毛小子的腦袋往下滑落。

紅毛小子哪裡吃過這種虧，氣急敗壞的用手指著曹淑慧罵道：「婊子，死娘們，老子今天非得幹了你……」

還沒等紅毛小子說完，一隻肥大的雞腿塞進了他的嘴裡，將他的嘴堵得嚴嚴實實，剩下的話都堵在了咽喉裡。

這次出手的是柳擎宇。

郭正輝一直在旁邊看好戲，見魏生津慘敗受辱，知道現在是他出面漁翁得利的時候了。

郭正輝用手梳理了一下頭髮，整理了一下衣服，來到柳擎宇和曹淑慧的面前，一雙三角眼中露出兩道他自認為很有氣勢的光芒，說道：

「二位，你們這麼做是不是太過分了，我的朋友們不過是和你們開個玩笑而已，你們竟然如此大動干戈，在眾目睽睽下毆打我的兄弟，你們以為南華市是沒有法律的嗎？」

「你想怎麼樣？」柳擎宇問。

郭正輝露出一絲高傲之色道：「我告訴你們，你們今天惹到了不該惹的人，我這兩個朋友都是有身分的人，只要一通電話就可以讓警察把你們給抓起來，如果你們不想進監獄的話，我給你們兩個選擇。」

柳擎宇看郭正輝擺出一副協調人的樣子，真想一拳打在這傢伙的鼻子上，這傢伙也太能裝了吧，自以為很聰明，哪裡知道柳擎宇和曹淑慧也不是傻瓜，早就懷疑這傢伙恐怕才是事件的幕後推手。

不過柳擎宇很有些耐心，淡定的問：「什麼選擇？」

郭正輝一臉正色說：「第一個選擇，讓這個美女陪我一晚，我給她十萬；第二個選擇，讓這個美女以後跟著我，我包養她，每個月至少有五十萬的零花。如果不答應的話，那麼對不起，你們採用暴力手段毆打國家幹部，已經嚴重違法，等待你們的將會是牢獄之災，你們看著辦吧。」

聽到這傢伙的話，柳擎宇直接把嘴裡喝的一口二鍋頭噴在這哥們的臉上，隨後笑著說道：「我說哥們，你是不是有做白日夢的習慣啊？你也不睜開眼看一看，就她身上隨隨便便一件衣服，一件首飾，恐怕就值十萬，你想包養她？你是不是腦袋進水啦？」

柳擎宇很是無語，他發現自己和這些人真的沒有辦法溝通，在這些人的眼中，別人好像都是傻瓜，都是窮光蛋一樣，這些人根本不知道**人外有人天外有天**這句話，這傢伙竟想包養曹淑慧，真是不知道死活。

郭正輝聽到柳擎宇反擊的話，臉上立刻露出不屑的冷笑，在他看來，柳擎宇根本是在胡說八道，因為他好歹也是有頭有臉的人，身上穿的都是國際名牌，一身衣服下來也有上萬塊，而眼前這個大個竟然說這美女身上隨便一件都值十萬，真是能忽悠人，曹淑慧身上穿的根本就是便宜貨，尤其是脖子上戴的那串珍珠項鍊，那珍珠那麼大，八成是假的，要是真的話，最少價值百萬了。

他笑著說道：「行！你接著胡扯吧！不是我看不起你，就你們這樣的窮鬼，就算是穿得再好，也改變不了你們土包子的本質。我最後問你們一遍，我的條件你們到底答應不答應？」

曹淑慧拿起桌上的果汁，輕輕的品了一口，笑眯眯地說道：「你真的想包養我？你很有錢嗎？」

見到曹淑慧那豔麗無雙的俏臉帶著笑容，郭正輝連忙挺直了腰桿，手撥了撮頭髮，揚著頭，做出一副瀟灑的樣子道：「哥窮的只剩下錢。」

「你有多少錢？」曹淑慧問。

郭正輝用手數算著說：「存款有兩三千萬，加上固定資產的話，兩三億的身價跑不掉。」

郭正輝雖然有些誇大了自己的資產，但是他聽老爸說了，青峰縣即將有一個價值十億的高速公路項目要交給自己的公司去做，自己很快就能淨賺個兩三億，因而底氣十足。

郭正輝想要用錢砸暈對面的美女，在他看來，大部分的女人都是現實動物，只要給她們足夠的金錢和物質生活，她們絕對可以背棄自己的愛情和信仰。

曹淑慧裝出一副震驚的樣子，瞪大了眼說：「哇！身價上億哦？」

郭正輝挺了挺胸說：「當然，哥我可是億萬富翁，只要你願意被我包養，保證你享用不盡，開豪車，住別墅，戴名表，拎名包……」

就在郭正輝還在給曹淑慧勾勒著未來的前景時，曹淑慧一抬手把手中的果汁潑在郭正輝的身上，鄙視的說道：「想包養我？也不撒泡尿照照自己，就你這樣的貨色連給姑奶奶提鞋都不配，有多遠你就給我滾多遠吧！」

郭正輝心中那叫一個怒啊！剛才被柳擎宇一口噴在臉上還沒有來得及擦呢，現在又被曹淑慧一杯果汁潑在臉上，他這身價值一萬多塊的西裝算是全毀了，讓他心疼不已。

雖然他身價上千萬，但是他從小就是個極度摳門的人，他早就盤算好了，曹淑慧要是真的答應自己包養她，自己就弄個別墅，給她來個金屋藏嬌，然後買點高仿的奢侈品給她，反正她也看不出來，至於豪車，給她開可以，但是絕不會放在她的名下的。

哪知他的如意算盤被曹淑慧這杯果汁徹底給澆滅了。

郭正輝盛怒之下，用手指著曹淑慧大罵道：「臭婊子，你知道我是誰嗎？我告訴你，你麻煩大了！」

曹淑慧再次抓起桌上的一個啤酒瓶砸在郭正輝的腦袋上，道：「你再罵一句試試？」

「臭婊子……」

「啪！」啤酒瓶又是一記砸在他的腦袋上！

郭正輝還想再罵，看到曹淑慧又想砸來，到了喉嚨的話立刻憋了回去，雙眼怒視著曹淑慧道：「告訴你們，你們死定了，我爸是交通局局長，今天我要是不把你們給弄進監牢去，我就不姓郭！」

說著，立刻拿出手機撥通了一個電話。

電話很快接通，郭正輝兩眼噴著火道：「王大隊長，有人在南華飯店把我和杜子騰、魏生津全都給打了，你立刻派人過來抓人！」

電話那頭傳來一個錯愕的聲音：「竟然有人敢打你們南華三少？」

郭正輝怒聲道：「媽的，不知道從哪裡來的兩個外地人，很是囂張，王大隊長，你得好好收拾收拾他們！」

王大隊長一聽，立即巴結地說：「好，輝少，你放心，我保證讓他們知道什麼叫法律！」

掛斷電話，郭正輝看向曹淑慧和柳擎宇說：「你們兩個有種就坐在這裡等著，老子今天要讓你們知道，什麼叫做法律，什麼叫做人脈，什麼叫做囂張！老子是官二代，跟我鬥，老子虐不死你！」

看著郭正輝張牙舞爪的樣子，柳擎宇打從心裡瞧不起他，就你這樣的也算是官二代？真是笑死人了！頂多只能算是紈褲子弟而已！

真正的官二代，柳擎宇不是沒有接觸過，他見過很多官二代，其中的確不乏像郭正輝這種敗類，但是很多的官二代從小就有良好的教養，加上受到父執輩的耳濡目染，心機城府相當深，做事也很有分寸，甚至十分低調，都做到了副廳級，別人還不知道他們的真實身分。

真正聰明的官二代不會時刻把自己的身分掛在嘴上，而是默默地去做人做事！官二代只是一個身分，是任何人都無法選擇的，而衡量一個官員是否是好官的標準，**是看你是否是個對百姓負責的官員，而不是看你是不是官二代！**

曹淑慧也不屑的看著郭正輝，她覺得郭正輝這樣的衙內十分可憐，他們從小生活在優越的環境中，從來不懂得民間疾苦，世事冷暖，只知道使出各種手段去滿足自己的私欲，甚至逼良為娼，而造成他們這種作為的原因，就是這些人的父母毫無原則的溺愛才寵壞了他們。

這時，柳擎宇腦中突然靈光一閃，想起郭正輝剛才說他老爸是交通局局長，眼睛為之一亮，臉上露出恐懼的表情，聲音發顫地說：

「你……你說你爸爸是交通局局長郭增傑？」

郭正輝看到柳擎宇害怕的樣子，心中立即暗爽起來，猜想這傢伙可能是個生意人，而且是和老爸主管的交通領域有關，現在得罪了自己，肯定害怕了，他再次挺直了腰桿高傲的說道：「沒錯，我老爸就是郭增傑！小子，你這次惹上大麻煩了。」

柳擎宇聽了淡淡一笑，不再說話了。

第九章

顛倒黑白

曹淑慧氣得粉臉發白，她沒有想到陳副局長竟然讓人把郭正輝等人給放了，還把自己狠狠批評了一通，這簡直是顛倒黑白啊。不過以自己現在的級別拿陳副局長一點辦法都沒有，只能氣呼呼的離開了陳副局長的辦公室。

過了十多分鐘，警笛聲大作，兩輛警車呼嘯而至。

車門一開，南華市公安局刑偵大隊副大隊長王大彪帶著六名手下走下車，來到大廳，找到了柳擎宇他們所在的位置，柳擎宇和曹淑慧則是低著頭悠哉地繼續吃飯。

郭正輝等人早已沒有吃飯的興致，正心急如焚的等著王大彪他們過來幫他們出氣呢。

看到王大彪帶人來了，郭正輝立刻用手指著柳擎宇和曹淑慧道：

「王大隊長，就是他們兩個在公共場合毆打我們這些兄弟們，你看看，我們全都被他們打得遍體鱗傷，希望你們公安局的人能夠秉公執法，將這些人帶回去好好的審問，看看他們到底是什麼來路，是不是涉嫌黑社會勢力？」

一開口，郭正輝便直接給柳擎宇他們戴上了一頂黑道勢力的帽子，想讓王大彪按照這個思路去審問柳擎宇他們。

王大彪看了看郭正輝這幾個兄弟滿臉的傷勢，立刻知道他們肯定是吃虧了，再看看柳擎宇這桌，兩人正在淡定的吃飯，他臉色嚴肅起來，邁步走到柳擎宇和曹淑慧面前，寒聲道：「還吃什麼吃？跟我們去公安局走一趟，有人舉報你們與黑社會相互勾結，毆打普通百姓。」

王大彪說話間，他的手下紛紛亮出手銬，想要銬住柳擎宇和曹淑慧。

柳擎宇冷眼看著王大彪道：「你還不夠資格銬我，如果想要我陪你們去公安局進行調查的話，讓你們市公安局局長石金生過來吧，你還不夠格。」

王大彪心頭一震，他能夠混到今天這個位置絕對不是偶然，也是個心思靈活的主，聽柳擎宇這樣說，立刻意識到柳擎宇不是個普通人，因為如果是一般人的話，也不敢惹事之後還如此淡定的吃飯。他立刻沉聲道：

「你是哪位？不管你是什麼人，什麼身分，既然有人舉報，就請你配合我們的工作。」

這時候，曹淑慧抬起頭來，俏臉佈滿寒霜，冷冷說道：「王大彪，你很行啊，這次出警很有效率嘛！來吧，把我們帶回去吧。」

說著，曹淑慧伸出了潔白如玉的皓腕。

王大彪看到曹淑慧，就像看到瘟神一般，瞪大了眼，大腿也哆嗦起來。

眼前這個美女他認識，知道她正是剛剛到任的大隊長曹淑慧。

這位美女大隊長剛剛到任時，刑偵大隊幾乎沒有一個人服氣她的，認為上級派一個女人來擔任大隊長簡直是胡搞，王大彪親自帶著手下一群人去找上級抗議。但是領導給他的回答是這是上面的安排，領導也沒有辦法。

王大彪當時十分憤怒，隨後曹淑慧召開隊內大會，王大彪故意遲到，在會議上對曹淑慧指手畫腳，根本就不聽話。

曹淑慧毫不掩飾的說道：「我知道你們這些男人都不服我，很簡單，咱們去體育場的拳擊擂臺吧，誰不服氣可以上擂臺向我進行挑戰，只要誰能夠贏我，我立刻捲舖蓋走人。」一說完便向體育場的方向走去。

王大彪和刑偵大隊的人都呆住了，立即跟著曹淑慧走向拳擊擂臺。

王大彪第一個站出來，道：「曹隊長，我不怎麼會拳擊，我擅長自由搏擊。」

曹淑慧笑著說：「沒問題，只要你把我打倒，不論用任何方式就算你贏！」

王大彪好歹當了多年的警察，身手是不錯的，立刻一記重拳打向曹淑慧。然而，曹淑慧只是輕輕一閃，隨即一記橫掃，便把王大彪打倒在地。

王大彪一開始以為是自己輕敵了，爬起來後，又接連向曹淑慧發起進攻，然而面對這位漂亮得不像樣的隊長，他在兩分鐘之內被對方連續打倒在地十二次，雖然對方沒有下狠手，但是最後他也疼得爬不起來了。再加上羞憤異常，實在沒臉再起來和曹淑慧打，只能認輸。

隨後又有幾個身手比王大彪還厲害的人也向曹淑慧發起挑戰，卻沒有一個人能夠在曹淑慧的面前撐過一分鐘，全都被ＫＯ了。

整個南華市刑偵大隊的人都被曹淑慧的強悍武力征服，不得不接受由曹淑慧擔任刑偵大隊大隊長的這個現實。

他們哪裡知道，曹淑慧接受過最為嚴格的特種兵訓練，不僅搏鬥能力超強，還有特殊的能力。曹淑慧想要轉業的時候，部隊首長曾經多次找曹淑慧談話，希望挽留她，只是曹淑慧意志堅定，領導不得已只好放行。

一個小小的刑偵大隊大隊長對曹淑慧來說，簡直就是小菜一碟。

隨後第二天，曹淑慧立刻新官上任三把火，制定了一連串的管理措施，給每個隊員身上都加了緊箍咒，所以雖然曹淑慧才剛上任，但是刑偵大隊的人對這位新上任的大隊長十分畏懼。畢竟打打不過人家，職務又不如人家高，這樣的上司誰敢招惹。

所以當王大彪看到伸出手來讓自己銬的，竟然是頂頭上司的時候，嚇得腿都哆嗦了，其他幾名隊員也是嚇得臉色蒼白。

王大彪連忙說道：「誤會誤會，我想一定是誤會了。」

曹淑慧冷哼一聲道：「當然是誤會！王大彪，這幾個人看我長得漂亮，接二連三的過來騷擾我，調戲我，還說要包養我，你說，這事該怎麼處理？」

王大彪臉上露出為難之色，苦笑著道：「曹隊長，那個……那個……」

曹淑慧喝道：「到底那個什麼？」

王大彪小聲說道：「曹隊長，這幾個人都是有背景的，那個是交通局局長郭增傑的兒子郭正輝，那個是市財政局副局長杜崇志的兒子杜子騰，那個是南華市發改委副主任魏成林的兒子魏生津……」

曹淑慧眉頭一皺，雖然她是首次踏入官場，但是對這些事還是有政治敏感性的。

這時，柳擎宇突然說道：「讓郭正輝給他老子打電話，讓他老子到現場來，否則的話公事公辦，按照調戲、猥褻婦女罪進行審訊。」

王大彪看了柳擎宇一眼，質問道：「你誰啊？」

就聽曹淑慧在一旁說道：「就照他的意思辦吧，這位是瑞源縣縣委書記柳擎宇。」聽到是柳擎宇，王大彪腦門頓時冒汗，柳擎宇差點把發改委主任鄭東江暴揍一頓的事在南華市也已經傳開了，王大彪沒想到站在自己面前的竟然是這位彪悍之人。

尤其是柳擎宇身邊站著的還是刑偵大隊內最為彪悍的頂頭上司，面對這兩位神人，王大彪毫不猶豫的便做出了選擇。

王大彪連忙恭聲道：「曹隊長，你所說的話屬實嗎？」

曹淑慧冷回道：「你自己不會調大廳的監視器嗎？現場這麼多人，自己不會去找證人求證嗎？身為刑警，難道連最基本的問案程序還需要我教你嗎？」

王大彪心頭一凜，點頭哈腰道：「好，我明白該怎麼做了。」說著，王大彪邁步向郭正輝幾個人走去。

幾人一看形勢不對，臉色大變。

王大彪陪著笑看向郭正輝道：「輝少，還請你們跟我走一趟吧，請配合我們的工作。」

郭正輝鐵青著臉道：「王隊長，你應該知道我們的身分吧？」

王大彪苦笑道：「知道，知道，不過輝少，那位是我們的頂頭上司，要不你給郭局長打個電話，如果郭局長出面的話，也許這件事更容易解決。」

郭正輝一看，知道這事如果老爸不出面恐怕難以善了，點點頭道：「好吧，那我給我老爸打個電話，我倒要看看，這兩人到底是什麼玩意。竟敢跟我鬥。」

郭正輝拿起手機便撥通了老爸的電話。

別人找不到郭增傑，但是郭正輝找起來卻十分輕鬆。電話很快接通了，郭正輝立刻惡人先告狀，郭增傑聽了沉聲道：「你把手機給王大彪，我跟他聊聊。」

郭正輝把手機遞向王大彪道：「給你，我爸要和你聊聊。」

王大彪正準備接電話的時候，卻見一隻大手突然搶在他的前面伸了出來，接過手機，送到耳邊說道：「郭局長你好啊。」

這不是兒子的聲音，郭增傑皺著眉頭道：「你是……」

「郭局長，你可真是貴人多忘事啊。我是瑞源縣縣委書記柳擎宇啊，你剛剛動了我們瑞源縣從部委裡申請的那筆資金，這麼快就忘了啊？不過郭局長，我不得不說，你可真是會躲啊，我幾乎翻遍了南華市都沒法找到你，沒想到今天在這裡和你說上話了。」柳擎宇諷刺的說道。

郭增傑聽到柳擎宇自報家門，不悅地說道：「柳擎宇，你在搞什麼？」

「郭局長，不是我在搞什麼，而是你的兒子帶了幾個人竟然在公共場合公然調戲我的朋友，他已經涉嫌侮辱、威脅婦女，馬上要被警方帶走進行調查了，你看你是不是應該親自到場處理一下啊？」

郭增傑聽了柳擎宇的話，瞬間一個頭兩個大。他不想露頭，因為他曉得瑞源縣的人像瘋了一般到處在尋找自己，如果現在出面，豈不是相當於自投羅網嗎？可是兒子的事又該怎麼辦呢?!

曹淑慧似乎看出了柳擎宇的意圖，在一旁衝著王大彪大聲道：「王大彪，你怎麼回事？還囉嗦什麼？這幾個人公然意圖調戲員警，你還不趕快把他們帶回局裡好好的審問審問？嚴肅處理！」

聽到曹淑慧的喝令聲，郭增傑眉頭皺得更緊了。

這時，柳擎宇又開口說道：「哦，對了，郭局長，忘了告訴你了，你兒子調戲和想要包養的對象，是南華市公安局刑偵大隊的隊長，我不得不說，你兒子膽子很大啊，連女警官都敢調戲，還口口聲聲說要包養人家，承諾一個月給幾十萬的包養費，看來你們家很有錢嘛。」

電話那頭，郭增傑腦門上的汗劈里啪啦得往下掉，他知道，這一次自己遇上麻煩了。沉思了好一會兒，郭增傑無奈的說道：「柳擎宇，你不要輕舉妄動，我馬上過去。」

柳擎宇點點頭：「好，我等你。」

掛斷電話後，柳擎宇簡單的把瑞源縣和交通局之間的事情說了一遍。

曹淑慧俏臉佈滿了寒意，憤憤不平的說道：「這個郭增傑也太垃圾了，你沒有向市領導反映這件事嗎？」

柳擎宇苦笑道：「怎麼沒反映，只是市領導說他只看結果，不看過程，根本就不為我們瑞源縣做主啊。」

曹淑慧看了看郭正輝等人，說：「如此說來，現在是唯一的一個機會了？」

柳擎宇點點頭。

曹淑慧眼珠轉了轉，對王大彪吩咐道：「王大彪，你派人去酒店把監控錄影複製兩份出來，一份你拿著，一份給我留下。搞定之後，把這幾個人帶回局裡進行審訊。」

王大彪連忙吩咐手下採取行動，不到十分鐘就把事情搞定，帶著郭正輝等人返回了市局。

過了十多分鐘，郭增傑走了進來。

柳擎宇也不廢話，直接把視頻拿給郭增傑看，然後冷冷說道：「郭局長，你真是教出了一個好兒子啊，連女警官也敢調戲，我真是佩服得五體投地啊。」

郭增傑被柳擎宇說得老臉通紅，尷尬地道：「柳擎宇，這件事你打算怎麼處理？」

柳擎宇兩手一攤：「我只是個局外人而已，該怎麼處理還得看她的意見，她才是受害者。」

郭增傑只能滿臉陪笑說道：「這位警官，真是不好意思啊，我那個不爭氣的兒子肯定是喝多了，跟著一群狐朋狗友瞎起鬨，還請你多多海涵啊。」

曹淑慧冷冷的說道：「對不起，我是一名員警。」

郭增傑臉色立刻陰沉下來。身為市交通局局長，他在南華市也算是很有地位了，一般人都得給他幾分面子，沒有想到眼前這位不過是正科級的小警官竟然如此不識好歹。

他立刻轉變態度，異常強硬的說道：「這位警官，我和你們市局的局長很熟。」

柳擎宇淡淡說道：「我和市委戴書記也很熟。」

郭增傑一下子又軟了下來，他知道黃市長雖然看不上柳擎宇，但是市委書記戴佳明對柳擎宇卻是十分重視，支持力度也很大，自己之所以在把瑞源縣的錢給了青峰縣後立刻休假，也是考慮到這一點，只不過他沒有想到，躲來躲去最終還是得和柳擎宇面對面。

郭增傑最終只能咬著牙看向柳擎宇：「柳擎宇，你到底想要怎麼樣？」

柳擎宇正色道：「郭局長，不是我想怎麼做，而是你應該怎麼做！我柳擎宇從來沒有坑過別人，更沒有把別人的錢交給協力廠商，所以我根本就不心虛，不理虧，不會到處躲藏。」接著看向曹淑慧道：「淑慧，明天上午九點之前有關這幾個人調戲你的事能夠審訊清楚嗎？」

曹淑慧知道柳擎宇是在用這種方式向郭增傑下最後通牒，立刻說道：「可以。」

「好，那咱們走吧。」柳擎宇說完，一邊往外走一邊看向郭增傑道：「郭局長，我明天上午九點左右去交通局找你，希望屬於我們瑞源縣的東西能夠原壁歸還。」

郭增傑沒想到，柳擎宇竟然拿這件事來逼自己妥協，讓他感到十分棘手，臉色也陰鬱下來。

柳擎宇和曹淑慧走出酒店，曹淑慧把自己轉業到南華市的事向柳擎宁簡單的簡述了，她並沒有提自己之所以轉業其實是為了柳擎宇，只說自己想要換個工作環境，到官場感受一下。

柳擎宇看著曹淑慧清瘦的臉龐，心疼地說道：「淑慧，你一定要照顧好自己，千萬不要勉強啊。」

曹淑慧嫣然一笑：「我知道。」

離開曹家才不到十天的時間，但是曹淑慧卻體驗到了生存的艱辛，她不再是那個要風得風、要雨得雨的曹家大小姐，只是一名小小的刑偵大隊大隊長。

柳擎宇把曹淑慧送到刑警隊的宿舍樓外，看著曹淑慧走進宿舍，臉上露出一絲憐惜之意。

這次久別重逢，柳擎宇可以清楚的感覺到曹淑慧身上多了一些和以前完全不一樣的東西，雖然她脾氣依舊張揚，但是她給自己的感覺明顯變了許多，在她張揚的脾氣下多了幾分滄桑，多了一種我見猶憐的感覺。

柳擎宇不由得皺起眉頭：「曹淑慧到底發生了什麼事？為什麼會產生這種變化呢？」

就在柳擎宇沉思的時候，他的手機響了起來。

柳擎宇接通電話，笑道：「劉小胖，怎麼想起給我打電話了，沒有去追你的那個女朋友啊？」

劉小胖嘿嘿一笑：「老大，不是我不想追，而是人家根本就一直躲著我啊，老大，我好鬱悶啊。想我劉小胖風流瀟灑，玉樹臨風，年少多金，好多女人都爭搶著想要跟我，為什麼偏偏她就看不上我呢？」

柳擎宇開玩笑說：「還不是因為你太胖啦，你要是好好減肥一下的話，沒準人家就看上你了。」

劉小胖抗議道：「老大，你是哪壺不開提哪壺啊，我這身材可是從我老爸那裡遺傳過來的，我老爸年輕的時候就是胖子，我就是想不胖也難啊，但是你看看我老爸，卻偏偏能夠找到我老媽那麼漂亮的一個老婆，我怎麼也不能比我老爸差吧。」

柳擎宇哈哈笑道：「你的眼光的確不差，趙紫嫣那個女孩論相貌，絕對和曹淑慧一個級別的，可問題是人家也是一個大公司的老總啊，而且公司實力不比你的小，最重要的是，趙紫嫣能夠廿十出頭就擔任這麼大公司的總經理，能力絕對超強啊。」

劉小胖大嘆道：「誰說不是呢，人家可是北大商學院的高材生，哈佛的博士生，哎，這女孩怎麼會這麼猛啊，才廿三歲就博士畢業了，讓哥們這種天才級的人才根本就不敢跟她拼學歷啊！自卑啊！」

柳擎宇替他打氣說：「你自卑啥，雖然你學歷比不上她，但是也差不了多少，好歹你也是清華研究生畢業不是?!而且你憑著自己的實力創下偌大的集團，也絕對屬於精英級人物了，咱啥時候害怕過挑戰？胖子，你要是不把趙紫嫣追上，我可不認你這個兄弟了。趙紫嫣那個女孩雖然我只見過她一面，但是我敢斷定，這女孩如果你能夠追到手，將來絕對是你事業上的超級助手，生活上的絕佳伴侶。」

「對，我一定要追上她，我這次豁出去了！」說到這裡，劉小胖突然轉變話題道：「哎呀，對了，被你這一打岔，我差點忘了給你打電話的目的了！對了，老大，你知道嗎？曹淑慧為了你，已經在幾天前宣布脫離曹家，和曹家斷絕一切關係，並且轉業到了南華市。老大，我不得不說，咱們這群朋友之中，就數曹淑慧這丫頭最瘋狂了，她為了你竟然做出這麼大的犧牲，老大，我真的不知道該說什麼好了，曹淑慧從小就喜歡你啊！」

劉小胖的語氣中帶著感慨。

「什麼？她宣布和曹家斷絕一切關係？」聽到劉小胖的話，柳擎宇不敢置信地說。

「是啊，基本上只要是一定級別的家族都知道這件事，我老爸說，這就是曹淑慧的智慧，當然，也是曹淑慧的犧牲，她之所以這樣做，是為了避免曹伯伯和劉伯伯因為她的關係而被別人詬病，阻礙了他們在仕途上無法前進。我爸說了，曹淑慧是個偉大的女孩。」

這個消息令柳擎宇震驚得無以復加，曹淑慧竟然會做出如此瘋狂的決定。曹淑慧犧牲得太多了，她承擔了太多的壓力，怪不得這次看到她的時候，總覺得她面上帶著一絲愁容。

柳擎宇內心深處好像再次被什麼東西撥動了心弦，曹淑慧那清瘦略顯蒼白的面龐浮現在柳擎宇的心靈深處。

這一晚，柳擎宇躺在床上輾轉反側，難以入眠，腦中一會兒想到了曹淑慧的事，一會兒又想到交通局卡住瑞源縣資金的事，兩件事來來回回的在柳擎宇的腦中翻來攪去，柳擎宇頭疼得無以復加。

就在柳擎宇翻來覆去無法入眠的同時，南華市交通局局長郭增傑也一直無法入眠。他整個晚上一直在打電話和趙志強進行溝通，希望趙志強把已經撥到青峰縣帳戶上的那筆資金還回來。

然而，以趙志強的個性，吞到肚子裡的東西又怎麼可能會吐出來呢！他不斷地和郭增傑周旋著，就是不肯鬆口。

趙志強敏銳地從郭增傑的態度中感覺到郭增傑會如此，一定是事出有因，後來終於從郭增傑的口中得知郭增傑的兒子被市公安局的人帶走的消息。

趙志強聽了之後說道：「我說郭局長，我當是啥事呢，不就這麼點小事嘛？這事交給我了，我保證給你搞定。」

郭增傑懷疑地說：「這件事我跟市局石局長溝通過了，石局長說，這件案子是由刑偵大隊大隊長曹淑慧親自主抓的，他不方便插手，我也是被逼得沒有辦法了才要你還錢的，柳擎宇這孫子實在是太陰險了，搞不定我，就拿我兒子逼迫我。」

趙志強安撫道：「郭局長，我不是說了嘛，這件事我幫你搞定。我向你保證，明天一大早你兒子就回去了。」

郭增傑擔心地說：「如果正輝能回來的話，那是最好不過了，不過老趙，如果正輝回不來的話……」

趙志強信誓旦旦的說道：「你放心，如果正輝回不來的話，我保證如數把那筆錢交回到你們交通局的帳戶上。」

郭增傑只能同意說：「好，那就這樣吧。」

第二天，曹淑慧早上七點就趕到了市局裡，她想要看看王大彪他們有沒有把郭正輝的事搞定，然而，等她到局裡找了一圈，卻發現包括王大彪在內，竟然沒有一個人在局裡，曹淑慧的眉頭一下子緊皺起來。

曹淑慧立刻給王大彪打了個電話，電話那頭，王大彪足足有半分鐘才接通了電話，聲音有些含糊說道：「曹隊長，有事嗎？」

曹淑慧怒衝衝地說：「王大彪，郭正輝那些人呢？你們審訊的結果呢？」

王大彪連忙解釋道：「曹隊長，是這樣的，昨天凌晨兩點左右，我們突然接到市局陳副局長的電話，說是這起案件由他親自接手，讓我們把人交給治安大隊，所以我們已經把人移交過去了。」

曹淑慧臉色立時沉了下來，給陳副局長打電話，卻一直沒有人接聽。

到了上班時間，曹淑慧親自趕到陳副局長辦公室，怒聲質問陳副局長郭正輝等人去哪裡了，只見郭正輝油滑地說道：「小曹，你不要生氣嘛，我不是說了嘛，這件事你們刑偵大隊就不用過問了，由我親自來處理就行了。」

曹淑慧質問道：「陳副局長，我想知道他們人去哪裡了？為什麼不在局裡？」

陳副局長說道：「哦，他們人啊，我讓治安大隊審訊了一下，他們老實交代了自己和你開玩笑的事，我讓治安大隊教訓了他們一番，就把他們給放了。

「我說小曹啊，你也真是的，他們不過是和你開個玩笑罷了，你何必如此興師動眾的呢，他們還說要告你公器私用呢，如果不是被我攔了下來，沒準現在他們都告到局領導甚至是市領導那裡去了。

「小曹啊，你剛剛進入體制內，以後做事的時候一定要多多思考，不要魯莽行事，否則的話，以後你的路會很難走的。」

曹淑慧聽了，氣得粉臉發白，她沒有想到陳副局長竟然讓人把郭正輝等人給放了，還把自己狠狠批評了一通，這簡直是顛倒黑白啊。

不過曹淑慧也清楚，以自己現在的級別拿陳副局長一點辦法都沒有，只能氣呼呼的離開了陳副局長的辦公室。

走出去後，曹淑慧立刻拿出手機撥通了柳擎宇的電話，第一時間把郭正輝等人被釋放的消息告訴了柳擎宇。

柳擎宇知道這次自己徹底陷入被動之中了，經過這次事件，郭增傑不再對自己有忌憚之心，弄不好現在郭增傑就在辦公室等著自己上門去呢！也不用再躲著自己了。

不過柳擎宇還是安慰了曹淑慧一番，讓她千萬不要和領導鬧彆扭，讓她不必在意。

等掛斷電話，柳擎宇火速趕到市交通局，郭增傑果然就坐在辦公室裡等著呢。

郭增傑身體靠在椅子上，正在閉目養神，二郎腿晃動著，十分的愜意。柳擎宇進來時，郭增傑只抬起頭瞄了一眼，便閉起了眼睛，繼續晃動著二郎腿，嘴裡哼起了小曲。

柳擎宇坐在郭增傑對面，淡淡說道：「郭局長，該醒醒了。」

郭增傑不滿的睜開眼睛，故意問道：「小柳，你來得這麼早啊，有什麼事嗎？」

「郭局長，我們瑞源縣的那筆撥款，您要回來了嗎？」柳擎宇沉聲問。

郭增傑露出詫異之色說：「你們瑞源縣的撥款？這事情我不知道啊？啥時候有你們瑞源縣的撥款了？要不我讓下面的人留意一下，有消息了我親自通知你。」

郭增傑嘴角上露出得意之色，他今天就是要好好的戲耍戲耍柳擎宇，因為兒子已經放了出來，他再也不需要受到柳擎宇的牽制了。

「聽說郭正輝被放出來了？」

郭增傑得意的點點頭：「是啊，已經放出來了，某些人的陰謀可能無法得逞了。」

「這麼說來，屬於我們瑞源縣的資金你也不會歸還了嗎？」柳擎宇的臉色平靜，但是眼底掠過一絲寒光。

「柳同志啊，你記錯了吧，我好像沒有答應你任何事吧？至於歸還更是無稽之談，我又不欠你們瑞源縣任何東西，我為什麼要歸還！」郭增傑無賴地說道。

柳擎宇站起身來，猛的一手抓住郭增傑的衣領，把郭增傑從辦公椅上揪了出來，隨即一路拉著他向交通局外面走去。

這一下，郭增傑些害怕了，顫聲道：「柳……柳擎宇，你要幹什麼？」

柳擎宇不搭理他，繼續拉著他的衣領向外走去。

此刻，走廊內人來人往的也有不少人，看到柳擎宇揪著郭增傑卻沒有人管，也沒有人敢管，全都駐足圍觀，柳擎宇上回揪著發改委主任時，有人上前想要幫忙卻被暴揍一頓的消息早已傳得沸沸揚揚的，所以現在人們都以自保為上，事不關己高高掛起。

看到有人圍觀，郭增傑大聲喊道：「柳擎宇，快放開我，你知道這是什麼地方嗎？這裡是公家機關，你這樣是違法行為，打人是嚴重的犯罪。」

柳擎宇冷冷的說道：「我打你了嗎？」

柳擎宇這話一出來，頓時引發一陣哄笑，因為柳擎宇只是揪著他的衣領往外走，並沒有打他。

這句話也把郭增傑給噎住了。郭增傑頓了一下，又說道：「柳擎宇，你立刻放開我，否則我可要報警了。」

柳擎宇一陣冷笑：「報警？隨便你。」說著，繼續揪著郭增傑往外走去。

郭增傑著急了，質問道：「柳擎宇，你要拉著我去哪裡？」

「去找黃市長，我要當著黃市長的面和你好好理論理論！」

聽到是去找黃市長，郭增傑心中立刻放鬆下來，急聲道：「你放開我，我自己會走。」

柳擎宇搖搖頭道：「我不信任你，你當面答應的事都可以反悔，你這個人根本沒有任何誠信可言，還是我揪著你比較保險一些。」

柳擎宇就這樣揪著郭增傑，一路向著市政府的方向走去。

交通局就在市政府的斜對面，只要穿過一條馬路就到了。柳擎宇揪著郭增傑的衣領猶如老鷹抓小雞一般，抓著他走進了市政府的大門。

對於郭增傑和柳擎宇，值班門衛很是熟悉，所以並沒有阻攔，他們一路就保持這種姿勢走進了市委市政府大院內。

這時早有好事之人將這個消息傳到了市政府，市長黃立海也得到了消息，立刻給市委組織部部長廖錦強和市委宣傳部部長邱新平打了個電話，讓兩人立刻趕出去阻止柳擎宇。

廖錦強和邱新平接到黃立海的電話後，相約一起朝向市政府辦公大樓走去。

市委辦公大樓和市政府辦公大樓在同一個大院內，他們兩人走出來的時候，正遇到柳擎宇揪著郭增傑來到市政府辦公大樓的樓下，兩人攔住了柳擎宇他們的去路。

廖錦強喝止道：「柳同志，你這是在幹什麼？你知道這裡是什麼地方嗎？這裡是市政府，公家機關，還不趕快鬆手?!」

柳擎宇仍是抓著不放，說道：「廖部長，不是我不給您面子，而是這個郭增傑實在太狡猾，說話不算數，我擔心我一鬆手他就跑掉了。」

邱新平打圓場道：「柳宇同志啊，你還是考慮一下你這樣做的形象吧，現在整個大院的同志們都在看著你呢，這樣做對你很不好。」

柳擎宇搖搖頭說：「邱部長，我柳擎宇的形象在某些人的眼中從來沒有好過，黃市長說得非常清楚，他只看結果，不看過程，今天，我就是要把郭增傑帶到黃市長的辦公室去，當著黃市長的面和他進行對質，要讓黃市長既看到過程又看到結果。」

此時，郭增傑看到邱新平和廖錦強過來，底氣就足了起來，他認為這兩個人過來是為自己撐腰來的。因為這兩個人是黃市長的鐵桿盟友，而自己則是黃市長的嫡系親信。所以，郭增傑使勁掙扎著，想要掙脫柳擎宇的控制，一邊還大喊道：

「柳擎宇，你給我鬆手。」

然而，柳擎宇的大手猶如鐵鉗一般緊緊地鉗住郭增傑的衣領，他很難掙脫，加上郭增傑的西裝是價值好幾千塊的名牌，品質很是耐用，所以他掙扎了半天也無法掙脫。

柳擎宇見郭增傑大力在掙扎，瞪了他一眼。

郭增傑膽氣卻很足，毫不畏懼的和柳擎宇對視著，怒聲道：「柳擎宇，你他媽的敢打我試試。」

「你讓我打你？」柳擎宇反問。

郭增傑回嗆道：「你打啊！」其實郭增傑後面還有一句話：你要是敢打的話，我讓你吃不了兜著走！

他想：只要柳擎宇打自己，他就可以用柳擎宇打人的理由狀告柳擎宇，讓派出所的人把柳擎宇給抓起來。柳擎宇這樣揪著自己，他沒有絲毫辦法，但是只要柳擎宇動手打人，那可就是柳擎宇的不對了。

然而，郭增傑的話還沒有說完呢，柳擎宇便猛的伸出另外一隻手啪啪啪給了郭增傑四個大耳光，打完後，柳擎宇看向廖錦強和邱新平道：

「兩位領導，你們可得給我作證，這可不是我主動打他的，而是他求我打他的，我這個人心很軟，最受不了別人求我了，既然他求我打他，那我只能勉為其難的幫他實現願望了，這一點還請兩位領導給我作證啊！」

郭增傑氣得差點沒暈死過去，這柳擎宇也太無恥了，竟然拿著自己的話來說事，郭增傑用手指著柳擎宇的鼻子道：「柳擎宇……你……我沒有讓你打我！」

柳擎宇聳聳肩道：「你問問廖部長和邱部長，剛才你有沒有說讓我打你？」

廖錦強和邱新平看到這種情況，也很鬱悶，柳擎宇這個年輕人竟然如此難纏，抓著郭增傑話中的漏洞堂而皇之的打了郭增傑兩個大嘴巴。

這哪裡是在打郭增傑啊，這根本就是在打黃市長的臉嘛！誰不知道郭增傑是黃市長的鐵桿啊！尤其是還在他們兩個在場的情況下暴打郭增傑，這讓他們兩個的臉上也感覺很沒有面子。

廖錦強發現無法勸動柳擎宇，只能向著柳擎宇和郭增傑道：「好了，我們先去黃市長辦公室！」

說著，廖錦強率先走在前面，邱新平隨即跟上，他們身後，柳擎宇揪著郭增傑的衣領十分張揚的向市長辦公室走去，留下身後一道道充滿了震驚和狐疑的目光。

此時，整個市委市政府大院內早已把剛才那一幕傳得沸沸揚揚了，所有人都在討論著柳擎宇，誇獎者有之，貶低者有之，不過最讓眾人感興趣的是，柳擎宇為什麼要這麼對待郭增傑。

各種傳聞紛紛出籠，不過傳得最多的還是郭增傑把本來屬於瑞源縣的資金撥給青峰縣的事，所有人都在等著看這件事後續會如何發展。

因為所有人都知道，交通局局長郭增傑一向是個強勢慣了的主，不僅在交通局內一手遮天，即便是在整個南華市也是有相當發言權的，據說很有可能會在下一次換屆的時候晉級成為常委。

市政府辦公室內。

市長黃立海臉色陰沉的坐在辦公桌後面，直視著門口站著的柳擎宇和郭增傑，質問道：「柳擎宇，你的眼中還有沒有法律？有沒有規矩？有沒有領導？你在大庭廣眾之下拉扯郭增傑，還打了他四個大耳光，你知不知道你這是以下犯上的行為？」

「黃市長，您可別給我扣帽子，我拉扯郭增傑不假，那是因為擔心他又跑了再也找不到他！我的確打他了，但是我是受到他的請求才打他的，這一點邱部長和廖部長可以作證，所以我並沒有錯。」

郭增傑大聲抗議道：「黃市長，柳擎宇完全是在胡說八道，我沒有讓他打我。」

柳擎宇看向郭增傑：「郭局長，我問你，你有沒有說『你打啊』這三個字？」

郭增傑腦門氣得青筋暴起，怒道：「我說了，我後面還有話呢……」

「黃市長，你聽到了吧，他說了讓我打他呢，我要是不幫他的話，那我豈不是太對不起他了?!我這個人一向把助人為樂當成我的本分，不幫他，我感覺到良心會受到譴責的。」柳擎宇抓住他的話柄道。

郭增傑氣得雙拳緊握，想要反駁卻偏偏說不出話來，那叫一個悶啊，只怪自己說話有語病，才落入柳擎宇的圈套。

「夠了！柳擎宇，不要再胡攪蠻纏了！說正事吧！」

黃立海也看出來郭增傑是被柳擎宇狠狠的算計了一下，連廖錦強和邱新平都沒有為郭增傑說話，說明郭增傑這四個嘴巴是白挨了。好在郭增傑雖然挨打，好處卻是實實在在的得到了，**做任何事都得付出代價不是?!**

聽黃立海說要談正事，柳擎宇點點頭，說道：「黃市長，我之所以把郭同志拉來，就是想要當著您的面和郭同志好好對質一下。」

「好，既然柳同志你一而再再而三的要求，那我和廖部長、邱部長就給你主持這個公道，聽一聽你們的對質，不過柳擎宇，我先把話說在前面，官場上任何事都要講究證據，講究流程，你如果拿不出有力的證據來證明你的話，那可就別怪我鐵面無私了。」

柳擎宇點點頭：「黃市長，這一點請您放心，既然我敢拉著郭同志來對質，我就有把握。」

黃立海心頭一驚，難道柳擎宇真的掌握了什麼證據嗎？不過這種想法只是一閃而過，在黃立海看來，這麼短的時間，柳擎宇根本不可能再跑一次北京，從部委裡把部委領導的審批文件給拿出來，就算柳擎宇拿到影本或者掃描文件，自己也可以用那不是原件的理由把柳擎宇給擋回去。

想到此處，黃立海便淡定下來，看向柳擎宇和郭增傑道：「好了，你們可以開始了。」

柳擎宇劈頭問向郭增傑：「郭局長，我問你，省裡劃撥下來的兩億和部委撥下來的五億有沒有注明是給我們瑞源縣的專款？」

郭增傑否認道：「沒有，上面只說是高速公路扶植建設資金。」

「好，就算是上面沒有寫明是哪條高速公路的建設扶植資金，你憑什麼斷定就是給青峰縣的呢？憑什麼把資金撥給青峰縣呢？」柳擎宇質疑道。

郭增傑回道：「這是我們交通局局黨委會上，大家一致決定的，至於相關的細節，我沒有必要向你解釋。」

柳擎宇冷笑道：「局黨委會的決定？你這個藉口倒是不錯，就算是局黨委的決定，局黨委會憑什麼認定這筆錢是青峰縣申請下來的呢？」

郭增傑反擊道：「難道我應該認定是你們瑞源縣申請下來的不成？你們瑞源縣有相關的回執文件嗎？既然沒有，憑什麼說是你們申請下來的？人家青峰縣的條件比你們瑞源縣要好得多，而且申請文件也比你們瑞源縣提交的早，這肯定是青峰縣申請下來的啊。」

「郭局長，我看你或者你們交通局局黨委會是在故意模糊事實吧？根據相關的辦事流程，你們可以很容易的在官方網站上查到相關資訊。是，我的確沒有把相關的回執文件拿回來，但是你不要忘了，部委所有審批文件的通過，尤其是資金的劃撥，在部委的官方網站上都是可以查到的。」

柳擎宇轉而對黃立海道：「黃市長，二位部長，現在請你們登入部委官方網站規劃司和審計司那裡看一看，到底是哪份檔案通過審批了，看看那五億的扶植資金是劃撥給青峰縣還是劃撥給瑞源縣的。」

這一下，不僅黃立海有些傻眼，就連郭增傑也傻眼了。他們都是老一派的領導，雖然聽說過有上網公告的事，但是平時很少使用網路，他們更多的還是喜歡看白紙黑字的文件來確定各種事情，萬萬沒有想到還有網上公告這個環節。

這時，感覺到事情有些不妙的郭增傑腦瓜飛快轉動了一下，隨即辯稱道：「不好意思啊，公告出現的時候，我們已經把資金劃撥下去了，具體的情況我就不太清楚了。」

說到這裡時，郭增傑已經開始露怯了。

柳擎宇冷冷說道：「郭局長，你這樣說就沒有意思了，就算你已經劃撥下去，如果知道你劃撥錯了，難道不應該立刻追回，重新劃撥嗎？黃市長，既然您和二位部長要主持公道，還是請你們登入部委的官方網站看看，這樣吧，我來幫你們。」

說著，柳擎宇走到黃立海的辦公桌旁，熟練的幫黃立海打開電腦，登入了部委的官方網站，找到了審批公告這一欄，很快便在上面找到了瑞源縣高速公路扶植資金五億的相關訊息，看到這個，黃立海、廖錦強和邱新平、郭增傑四個人全都啞口無言了。

這時，柳擎宇看著幾人說道：「黃市長，您看現在不是可以確定這五億的扶植資金是屬於我們瑞源縣的呢？交通局是不是應該把錯撥給青峰縣的資金還給我們瑞源縣呢？還有，是不是也該把市裡答應配套的資金劃撥給我們瑞源縣呢？」

柳擎宇連番的反問，問得黃立海和郭增傑等人一臉尷尬。

不過郭增傑也是個狠人，見柳擎宇拿出了證據，乾脆耍了蠻勁，無賴地道：

「柳同志，不好意思啊，網路上的東西有很多是不能相信的，一些技術高的駭客可以直接進入網站篡改內容，所以我們交通局在辦事的時候，網路上的東西只能參考，我們真正信任的還是書面上的文件，這才是最可靠的，所以，雖然網路上有公告，我不能確定這些公告訊息是真的，畢竟這可是好幾億的資金，不能草率決定，必須要慎重行事，只有看到審批文件後才能確定到底這五億究竟是不是你們瑞源縣的，其他的一切全都是扯淡！」

第十章

黑貓白貓

縣委副書記孫旭陽道：「我贊同柳書記的意見，不管黑貓白貓，只要能抓到耗子就是好貓，我們的目標是發展瑞源縣的高速公路，發展交通，利國利民，我相信這個項目在柳書記的親自掌控下，一定能夠獲得巨大成功的。」

這是擺明了耍賴！不得不說郭增傑這個人的確有幾分小聰明。

廖錦強立刻跟進：「嗯，郭同志的意見很有道理，現在這個社會，假貨橫行，釣魚網站層出不窮，誰知道這個所謂的部委官方網站是不是真的啊，萬一要是駭客搞的，豈不是耽誤大事？我看我們還是謹慎一些，以回執文件為準得好。柳同志，我相信你應該能夠理解郭同志的意思吧？他也是為了我們南華市的大局著想啊。」

邱新平也附和道：「是啊，柳同志，你一定要把心態放得平和一些，要充分考慮領導們高瞻遠矚的想法，只有這樣才能把事情做得滴水不漏。」

等他們兩人一搭一唱說完後，黃立海一錘定音道：「柳擎宇，我看這件事就照郭同志的意思辦吧，我們政府機關做事一定要小心謹慎，細節決定成敗。好了，你們都回去吧，我這邊還有很多事情要處理呢。」

黃立海端起茶杯輕輕的品了一口，明顯是要端茶送客了。

看到事情發展到這一步，柳擎宇也實在有些灰心了，郭增傑竟然無恥到這種地步，連部委官方網站所公布的都不相信；而三位市委常委竟然袒護郭增傑到如此地步，更是令人無語。

從黃立海辦公室走出來，柳擎宇臉色顯得十分凝重，郭增傑卻是昂首挺胸不可一世，走路時，不時地用眼睛乜斜著柳擎宇，露出不屑之色，心中暗道：

「柳擎宇啊柳擎宇，你跟老子鬥，還嫩得很呢。這一次我要讓你吃個啞巴虧，只要今天下午常委會上，常委們討論一通過，整件事就塵埃落定了。」

看到郭增傑那副趾高氣揚的樣子，柳擎宇心中就氣不打一處來，好啊，你們這些人聯合起來算計我，還敢在老子面前如此囂張，看老子怎麼收拾你！

想到這兒，柳擎宇突然停住腳步，轉身向郭增傑走去，邊走邊向郭增傑伸出手去。

柳擎宇這個突然的動作把郭增傑嚇了一跳，以為柳擎宇又要發飆了，想要揪著自己打嘴巴呢，聲音顫抖著說道：「你……你要幹什麼？柳擎宇，我告訴你，毆打公務人員是要犯法的。」

出人意料的，柳擎宇並沒有去抓郭增傑的衣領，而是把手伸到郭增傑的衣領旁，輕輕地從上面拿下一根頭髮笑道：

「郭局長，不要害怕嘛，我又不是什麼壞人，又不會打你，只是替你拿下一根頭髮罷了，怎麼你嚇成這個樣子啊，你老是這樣可不行啊，身為我們市交通局的局長，堂堂的正處級幹部，你必須表現出局長的氣概嘛！」

說完，柳擎宇笑著大步向遠處走去。

柳擎宇惡搞了一下郭增傑後，心情稍微舒緩了些，大腦也快速運轉起來，思慮著對策，下午就要舉行常委會討論市裡配套的資金最終的歸屬問題了，自己必須要趕在這件事有結果之前做好充分的工作。

柳擎宇走向了市委書記戴佳明的辦公室。把自己今天拉著郭增傑一起去找黃立海理論的事說了一遍，戴佳明眉頭立即緊皺起來。

從柳擎宇的言談中，他可以明確感受到黃立海等人對郭增傑的偏袒，嘆道：「郭增傑是黃立海一手從交通局的一個科室主任親自提拔起來的，一向唯他馬首是瞻，你和郭增傑一起去找黃立海理論，他怎麼可能會偏袒你呢。下午馬上就要討論了，這件事情不好辦啊。」

柳擎宇央求道：「戴書記，我想請您幫忙把討論的時間向後拖延兩天。」

「拖延兩天？有用嗎？結果難道還會改變嗎？難道你能夠從部委裡把那份審批文件拿回來嗎？我看很難，部委也有部委的規定。」戴佳明困惑地說。

柳擎宇沉聲道：「我想再努力試試，條條大路通羅馬，我就不信黃立海郭增傑他們能夠一手遮天，如此囂張的挪用瑞源縣的公款。戴書記，我只需要兩天的時間，如果兩天之內我搞不定此事，那兩筆錢我們瑞源縣都不要了。」

聽柳擎宇這樣說，戴佳明臉色嚴峻地問：「兩天的時間夠用嗎？」

柳擎宇破釜沈舟地說：「我感覺差不多。」

戴佳明點點頭：「好，那我就為你爭取兩天的時間，不過如果時間再長，我也無能無力了。」

此刻，在市長黃立海辦公室內。

郭增傑走後，黃立海立刻招呼廖錦強和邱新平一起坐下來商量下午常委會的事。

廖錦強說道：「黃市長，我認為下午戴書記肯定會為柳擎宇出頭，柳擎宇最近和戴書記走得很近，到時候如果咱們支持青峰縣的話，恐怕會受到戴書記的強力狙擊。」

黃立海沉吟道：「這一點是無庸置疑的，戴佳明對柳擎宇十分欣賞，而且自從柳擎宇到了瑞源縣後，在瑞源縣撕開了一些口子，讓戴佳明的勢力滲透進去，這也是戴佳明如此欣賞柳擎宇的原因。所以這一次，我們無論如何都不能讓柳擎宇拿下這個高速公路項目，否則一旦瑞源縣搞成功了，柳擎宇在瑞源縣的影響力將會空前增強，到時候戴佳明會借機把更多的勢力滲透到瑞源縣，這對我們十分不利。」

邱新平說話了：「黃市長，我看要不這樣吧，我們提前和其他常委們溝通一下，瞭解一下大家的意思……」

黃立海搖搖頭道：「這倒是不用，這次青峰縣是最大的獲利方，和其他常委們溝通協調的事就讓趙志強去做，他總不能光拿好處不幹活是吧。老邱，你給趙志強打個電話，讓他去做一做其他常委們的工作。這個趙志強很有背景，搞定兩三個常委應該沒有問題，再加上我們這邊的勢力，常委會上基本可以確保此事順利通過。」

邱新平便撥通趙志強的電話，把黃立海的意思跟趙志強說了，趙志強拍胸脯表示自己可以搞定至少兩個常委。

一個多小時後，趙志強親自給黃立海打了電話，表示自己搞定了三個市委常委，他們都答應在下午的常委會上支持青峰縣獲得配套扶植資金。

接到趙志強的電話，黃立海的心徹底踏實下來。只要自己能夠在常委會上贏得這次較量，這也意味著自己在與戴佳明的較量中獲得絕對的優勢。

他做事從來都不是無的放矢的，他之所以要出手幫趙志強和青峰縣，不僅僅是因為他想要和趙志強交好，黃立海真正關心的是趙家是否有足夠的實力對南華市的政局產生影響。

這也算是他對趙家的一個試探，如果趙家的確能夠擺平一些市委常委，那就說明趙家在南華市還是有影響力的，他需要的是透過這條線，和更多的常委們形成一種密切合作的關係，從而確保和提升自己在南華市的發言權。

黃立海得意的笑了。

下午三點，南華市市委常委會正式開始。

戴佳明主持會議。常委會上，眾人先是挑了一些日常重點工作之後，便輪到壓軸的扶植資金的討論上。

黃立海首先發言：「戴書記，根據我們上次討論的結果，這次常委會是時候確定一下市裡配套的扶植資金的下發問題了。」

黃立海剛說完，廖錦強便說道：「是啊，戴書記，青峰縣剛剛提交申請報告，他們已經拿到了部委劃撥下來的五億扶植資金，所以，根據上次常委會上制定的規則，市裡的配套資金應該撥給青峰縣，我想，在這個問題上大家都應該沒有什麼異議吧？」

說完，廖錦強讓工作人員把青峰縣的申請文件一一下發到各位常委手中。

等眾人都看完，邱新平立刻說道：「我看這份申請文件十分標準，沒有任何問題，我贊同將配套資金撥給青峰縣，相信大家也沒有什麼異議吧？」

現場立刻又有四名市委常委們表示贊同邱新平的意見。如此一來，有過半的常委表示贊同意見了。

黃立海的臉上露出得意的微笑，大勢已定，戴佳明這一局輸定了！

然而，黃立海的笑容還沒有收斂，便聽到戴佳明深沉的聲音說道：

「青峰縣的申請文件我看了，我認為這件事還有待商榷。文件中雖然寫著部委劃撥的五億扶植金是給他們青峰縣的，甚至還出具了已經到帳的訊息，但是我們必須要注意一件事，那就是瑞源縣縣委書記柳擎宇同志所反映的有關這筆資金是部委劃撥給瑞源縣的問題。我在部委的官方網站上看了一下，財審司的公告上十分明確的寫著劃撥五億的專款給瑞源縣，而沒有青峰縣的名字。

「手心手背都是肉，身為市委領導，我們必須要一碗水端平，不能有所偏袒，不然下屬們會十分不服氣的。據我瞭解，這五億部委是劃撥給了市交通局，那麼我想問一問黃市長，市交通局為什麼要把這筆錢撥給青峰縣而不是瑞源縣呢？市交通局到底是看到了部委官方網站上的公告了，還是看到他們拿回來的回執文件了？如果這兩種都沒有看到，市交通局憑什麼把這五億撥給青峰縣？我這個疑問也是柳同志提出來的疑問，黃市長，你能回答一下嗎？」

黃立海對戴佳明的這個提問早有準備，淡定地說道：

「戴書記，市交通局的確沒有看到兩個縣的回執文件，至於部委官方網站的公示，交通局方面認為那只能作為參考，並不能作為證據來證明，交通局要看的還是最終的部委審批回執，雖然柳擎宇說這筆錢是撥給瑞源縣的，但是卻拿不出來相關的證明文件，所以柳擎宇這個說法是站不住腳的。

「交通局之所以要把這筆資金給青峰縣，主要是基於兩個原因，第一，青峰縣基礎條件比較好，修建高速公路能夠很快給青峰縣老百姓帶來好處；第二，瑞源縣建設高速公路條件不夠成熟，所以綜合這兩點因素，交通局方面認為這筆資金應該是劃撥給青峰縣的。」

戴佳明反擊道：「黃市長，照你這麼說，交通局是認為部委的官方網站上的任何資訊都是無用和不可信的了?!」

黃立海連忙說道：「我可沒有那樣說，我的意思是……」

戴佳明立刻打斷了黃立海的解釋，接著道：「既然你沒有那種意思，那麼你的意思是部委官方網站的訊息是可以相信的了？」

黃立海只能硬著頭皮說：「我也沒有那樣說。」

戴佳明把臉一沉：「那你到底是什麼意思？部委的官方網站到底是可信還是不可信？你總不能模稜兩可吧？」

黃立海辯解道：「我認為這件事情上，交通局的態度比較合適，部委的官方網站上的資訊可以作為參考，但是還是要以紙本的回執文件為主。」

戴佳明點點頭：「好，既然你是這個意思，那麼我想問問你，青峰縣有沒有拿到部委的審批回執？」

黃立海搖搖頭。

「好，既然青峰縣和瑞源縣都沒有拿到回執，那麼部委劃撥的這五億的資金就不能確定到底是給青峰縣的還是給瑞源縣的！這件事絕對不能馬虎，所以，這件事今天的常委會上沒有辦法討論，暫時擱置，等到雙方能夠拿出有力的證據證明這筆審批資金是屬於他們的之後再進行討論。」

戴佳明稍微頓了一下，又說道：「黃市長，我還聽柳擎宇說，他從省裡尋求到的兩億資金被市交通局撥給了某投資公司，你最好瞭解一下，儘快給我一個明確的答案，否則瑞源縣要是把這件事給鬧大的話，對我們南華市的形象並不好。好了，散會吧。」

說完，戴佳明直接站起身來向外走去。

現場所有常委們全都傻眼了，一向表現十分理智的戴佳明今天竟然如此強勢的介入此事，而且還給出了如此明快的決定，根本不顧大多數常委已經表明支持青峰縣的立場。

黃立海氣得臉色鐵青，卻一點辦法也沒有，沒辦法，誰讓人家是一把手呢。

就在這邊常委會上激烈交鋒的時候，柳擎宇已經離開瑞源縣到了省會，來到省紀委書記韓儒超的辦公室內。

韓儒超笑著看向這位在瑞源縣折騰得十分歡騰的侄子說道：「擎宇啊，這次怎麼有空到省裡來看望我這個老頭子了？」

柳擎宇苦笑道：「韓叔叔，這次我到省裡來，一是看望看望您，二是向您舉報一件事。」

韓儒超一愣：「舉報？什麼事？」

柳擎宇嘆道：「韓叔叔，我看全省各地挪用專款另作他用的事越來越嚴重了，尤其是南華市交通局，竟然敢把曾書記從書記基金裡撥出來的專款劃撥到市交通局下屬的投資集團，這種行為真的是非常大膽啊。」

聽柳擎宇這樣說，韓儒超立刻就明白柳擎宇的意圖了。

他早就聽說曾鴻濤為了支持瑞源縣建設高速公路，特地從他的書記資金裡撥出了兩億來支持瑞源縣，沒想到瑞源縣交通局竟然膽大到連這筆專款都敢挪用。

以韓儒超對柳擎宇的瞭解，他是輕易不會過來找自己求援的，但是柳擎宇卻來了，這說明透過正常的申訴管道，柳擎宇無法要回這筆資金，只好迫於無奈來找自己。

韓儒超在紀委工作多年，對於下面的一些潛規則相當瞭解，但是還沒有見過像南華市交通局這樣全部截留如此誇張的。

而且柳擎宇來的目的說得非常清楚，他是過來舉報的，而且還是實名舉報，身為紀委書記，他自然要調查一下，如果曾書記知道自己撥給瑞源縣的專款被挪用，肯定會生氣的，所以不管是從哪個角度來考慮，自己在這件事情上都必須要出手。

韓儒超說道：「好，你舉報的這件事十分重要，這樣吧，今天晚上就別走了，去我家吃飯。」

柳擎宇苦笑道：「韓叔叔，這次我就不去了，我還得連夜趕回去準備後續的工作，等有時間了我專門去看望你。」

韓儒超點點頭，也不勉強他。

柳擎宇離開後，韓儒超立刻召集紀委黨組會議。

在黨組會議上，韓儒超臉色嚴峻的說道：

「同志們，最近一段時間，黨中央一直在強調要堅決下大力氣解決**四風問題**，要對**形式主義**、**官僚主義**、**享樂主義**和**奢靡之風**這四風進行嚴肅整頓。我們省紀委也一直堅決貫徹中央的指示，對省內展開多次整頓。然而，依然有些地區對於上級的指示置若罔聞，官僚主義橫行，形式主義氾濫，對此，我們必須要引起高度重視。」

韓儒超停頓了一下，聲音提高了幾度又說道：

「尤其是南華市交通局，竟然頂風作案，把曾書記從書記資金裡面劃撥下去給瑞源縣進行高速公路建設用的兩億專款撥到下屬的投資集團，這種行為是極其惡劣的，有鑑於此，我建議省紀委以這件事為起點，對全省類似事情展開全面盤查，嚴查違法專款專用原則的單位，尤其是對那些把對扶貧款、補償款等涉及到老百姓切身權益的專款擅自挪用、截留的行為，要加大查處的力度，發現一起，查處一起，絕不姑息！」

韓儒超說完，現場成員臉上都露出震驚之色。在這種嚴查的時刻，竟然還有人敢作案，而且動的還是省委書記劃撥下來的專款，真是膽大妄為啊。

不過讓眾人感到驚訝的是，這種事韓儒超是怎麼知道的？而且這種挪用行為屬於潛規則之一，一般而言上級領導不會太過較真，這一次韓書記為什麼如此較真呢？而且還要專門展開全面盤查，這事情可就嚴重了。

韓儒超的辦事效率非常高，當場拍板了三大巡查小組成立的決定，並且派出省紀委副書記李國雄親自帶隊前往南華市去巡查。

當黨組會議散會之後，很快這個消息便傳到了南華市這邊。

黃立海在第一時間得到這個消息，當時就傻住了，他怎麼也想不到，市交通局的事會被捅到省紀委去，要知道，這種事各個地方都會小心翼翼掩飾的，潛規則一旦擺到了明面上，肯定有人要倒楣的。

一個念頭立即盤旋在黃立海的腦中——到底是誰把這件事捅到省紀委的呢？

黃立海立即分析出最有可能的人就是柳擎宇，因為這件事只有柳擎宇最清楚，而且柳擎宇也是對市交通局怨念最大的一個人，他捅出來對他最有好處。

想到此處，黃立海立刻給市委書記戴佳明打了個電話：

「戴書記，我剛剛接到消息，說是有人把市交通局挪用款項的事捅到省紀委那邊去了，省紀委馬上就要派出調查小組下來進行調查，戴書記，我認為我們應該召開緊急常委會討論一下這件事，同時對相關責任人員給予最為嚴厲的懲處，尤其是對告密者，更是應該給予嚴厲處分。」

戴佳明聽了卻是淡淡說道：「我認為這只是一件小事，沒有必要舉行緊急常委會進行討論，而且之前市交通局也否認了挪用專款的行為，既然他們不承認，那還有什麼好怕的呢？省紀委願意調查就去調查吧！沒有什麼好擔心的。至於嚴查告密者一事更是無稽之談，既然交通局根本就沒有挪用行為，那麼還有什麼告密可言呢？

「還有，就算是真的有告密行為，那也是對市交通局的一種監督，如果市交通局真的存在挪用行為，告密之人不僅不該懲罰，反而應該得到獎勵，挪用專款本來就是違規違法行為，應該受到監督，我們憑什麼去懲罰告密者？這不是本末倒置嗎？我們應該鼓勵群眾監督才對！好了，這件事就這樣吧。」戴佳明直接掛斷了電話。

電話那頭，黃立海鬱悶的狠狠一拍桌子，氣呼呼的說道：「戴佳明，你簡直不可理喻！太不可理喻了！」

憤怒過後，他卻不得不承認，這一次市交通局是打落牙齒往肚子裡咽了，因為他們的確不承認自己有挪用過專款，而且還是自己當著市委常委們的面說的，現在戴佳明拿這話來堵自己的嘴，自己無話可說。

沉思片刻，黃立海只能拿起手機撥通了市交通局局長郭增傑的電話：

「郭增傑，省紀委要下來就你們交通局挪用專款的行為進行調查，你自己好自為之吧！」說完，直接掛斷了電話。

電話那頭，郭增傑臉色蒼白、手顫抖著放下電話。

這個消息猶如五雷轟頂一般，對他的打擊實在是太大了。**以前他也不是沒有挪用過專款，但是從來沒有發生過意外，為什麼這次會被爆了出來呢？**

以郭增傑的智慧，自然也想到了肯定是柳擎宇告的狀，他恨死柳擎宇了。

但是此刻他根本就顧不了柳擎宇了，因為省紀委馬上就要來了，他們交通局必須要做好部署，把那兩億立刻要回來。

想到這兒，郭增傑趕緊給市交通投資集團的董事長黃立江打電話：

「黃總，我之前借給你們的兩億必須要馬上還回來，省紀委那邊馬上就要下來調查，我們必須把這個窟窿給堵上。」

黃立江聽了，卻是為難地說道：「郭局長，你這話說得有些晚了，我們的帳面上已經沒有錢了。」

郭增傑臉色一沉：「怎麼回事？」

黃立江苦笑著說：「最近我們不是一直都在放高利貸嗎？那筆錢已經以很高的價格放出去了，如果違約的話，我們是要支付違約金的，如果不違約的話，兩個月的時間我們可以獲得一千萬的利息。」

說話間，黃立江還帶著一絲得意。

郭增傑怒道：「黃立江，你給我聽清楚了，必須立刻把這筆錢給我追回來，至於違約金是你的事，你自己看著辦！如果你不立刻把這筆錢給我弄回來的話，省紀委肯定會查到我的頭上，到時候我被雙規了，你也跑不了。」

黃立江不滿地說道：「郭局長，做生意必須要講究信用，你看能不能從其他地方想想辦法先拆借兩億，這次的錢利潤實在是太高了。按照咱們之前的分成比例，兩個月後你至少可以分到三百萬啊！」

郭增傑急不擇言地道：「狗屁的三百萬，如果我被雙規了，一毛都拿不到，你到時候也得受到牽連，反正這事我告訴你了，我給你兩個小時的時間，如果兩個小時你搞不定，我出事了，可別怪我不講義氣，我會把你的事情全都抖出來，要死大家一起死！」

見郭增傑瞬間翻臉不認人，黃立江也有些怕了，雖然有黃立海這個哥哥作後盾，但是對省紀委他也心存極大忌憚，只好咬牙道：「好，郭增傑，我把錢弄回去，不過你記住，我們的合作到此為止。」

郭增傑早就掛斷了電話，根本不再聽黃立江說些什麼。

兩個小時後，黃立江把兩億給匯了回去，看到帳目上的數字，郭增傑這才長長的舒了口氣，只要帳目上的錢沒事，那麼自己的責任就沒有多重了。

然而，郭增傑這邊剛鬆了口氣，交通局辦公室主任便急匆匆的敲開郭增傑辦公室的門，手中拿著一份傳真滿臉焦慮的走了進來：

「郭局長，部委的通知到了，我們可能有麻煩了。」

郭增傑心頭一沉，拿過來仔細看了，頓時嚇得滿頭大汗。

在這份傳真文件中，以極其嚴厲的語氣指出，由於近期得到很多反映，說是有些部門對於部委劃撥的交通扶植金等專款存在截留、挪用等情況，對此部委十分重視，將組成調查小組對此行為進行巡查，並且會把其巡查情形與部委官方網站上公布的情況進行對比，如果發現沒有專款專用，將會要求該地立刻返還相應的資金。並且三年內不再給予任何扶植資金，並會在以後各種扶植資金的問題上給予嚴厲審查，以確保專款專用，同時，文件的末尾還指出部委巡查小組第一站將會前往白雲省南華市。

這份傳真文件從表面上看十分公式化，沒有什麼特殊的，因為類似的文件以前部委也發過許多次，但是根本沒有人把這種公告當一回事，但是這次卻完全不同，因為柳擎宇剛剛和市交通局大鬧了一場，省紀委調查組的人要下來進行調查，那邊部委的調查組馬上也要下來，毫無疑問，這絕對是有人故意在幕後搗鬼的。

尤其是這次部委的文件中對於處理結果給出了從未有過的嚴厲措施——三年內不會再給任何形式的扶植資金。這種結果，不是一個小小的交通局局長能夠承擔得了的。

郭增傑立刻給黃立海打了個電話，同時把傳真發給黃立海。黃立海看了，臉色刷地沉了下來。

黃立海也意識到事情的嚴重性了，因為一般而言，對於劃撥下來的扶植資金，部委很少會再去監督和巡查的，但是這次部委不僅派人巡查，而且第一站就點明了要來南華市；還指明要把調查結果與部委官方網站上的公告結果進行比對，這很明顯在暗示一個訊息，那就是部委官方網站的結果具有極大的權威性！

就在這時候，黃立海的手機響了起來，他拿起來一看，竟然是省委常委、遼源市市委書記李萬軍的電話，他連忙接通了電話：「李書記您好。」

電話剛接通，李萬軍便怒氣衝衝的說道：

「黃立海，你們南華市在胡搞什麼？部委已經聽說了你們交通局認為部委官方網站的公告訊息沒有任何權威性的事，部委對此大為光火，部委領導已經對省裡的一些領導暗示，今後將會對整個白雲省的各種申請採取最嚴厲的審查措施，只要缺少一點點的文件、存在一絲一毫的瑕疵都決不受理。

「部委領導說了，這次為了瑞源縣的事，部委特事特辦，卻沒想到被你們南華市理解成了那個樣子，黃立海，身為一名市長，市委常委，都是正廳級的幹部了，怎麼一點大局觀都沒有？你要是這個樣子的話，以後到了提拔的時刻，我怎麼提拔你？要是別人抓住這次的把柄做文章，要我怎麼支持你？你啊你，怎麼就一點不知道長進呢！」

被李萬軍這一頓訓斥，黃立海腦門、後背全是汗，這次的事竟然鬧得如此厲害，完全令他始料未及，他聲音怯懦的說道：「李書記，這件事我……我真的沒有想到。」

李萬軍怒道：「你是沒有想到，但是身為市長，你做事情能不能多動動腦筋啊！市交通局和瑞源縣之間的矛盾你瞎攙和啥啊，就算要出頭你也不適合啊，你啊，以後多動動腦吧。」

黃立海苦澀一笑，以百般謙虛的口吻請教道：「李書記，您說我現在該怎麼辦？」

李萬軍冷冷說道：「你說怎麼辦？部委官方網站上怎麼公告的？想辦法平息部委領導的怒氣再說！真是的，就這麼點事都弄得滿城風雨的，你讓我怎麼放心把你放在更重要的位置上呢！」

李萬軍說完，直接掛斷了電話。

黃立海手中拿著手機，聽著嘟嘟嘟的忙音，心中很不是滋味。

李萬軍這個電話讓他意識到，自己這次為了對付柳擎宇，事情做得有些過了，自己不應該做得那麼明顯，這下可好了，自己這是搬石頭砸自己的腳啊！

為了補救頹勢，黃立海趕忙給市交通局局長郭增傑打了電話，下令道：「郭增傑，立刻把那五億匯到瑞源縣的戶頭上，快！」

郭增傑聽到這個命令頓時傻眼，自己忙活了一大圈，耗費了那麼多腦細胞，和柳擎宇鬥得那麼激烈，還挨了柳擎宇幾個大耳光，最後卻是如此結果，與這次的項目失之交臂，他真的不甘心啊。

他小心地說：「黃市長，那筆錢已經撥給青峰縣了，我怕趙志強那邊……」

「怕什麼？那筆錢本就不是他們青峰縣的，現在部委官方網站上都有公告出來了，之前你們市交通局因為判斷失誤才做出錯誤決定，現在部委官方網站公告都出來了，你們要知錯就改，要糾正錯誤，趙志強如果不滿的話，你讓他找我。」

郭增傑算是聽明白黃立海的意思了，黃立海的立場已經發生了改變，那就是對部委官方網站的公告持認可態度。

既然如此，郭增傑也只能趕快與趙志強溝通一下，把自己遇到的情況跟趙志強說，趙志強倒是很明智的人，聽郭增傑說完後，當即就表示會馬上把那五億的資金返還到市財政局的戶頭上。

趙志強的效率非常高，不到半小時，五億資金便到帳了。

看到戶頭上的五億資金，郭增傑有種如釋重負的感覺，這兩筆資金入帳，自己基本上保住位子不成問題了。

此刻，趙志強坐在辦公室內，眼神中閃過兩道寒光，咬牙切齒的說道：「柳擎宇，沒想到你這麼陰險，竟然用這種手段來討回資金，你等著吧，早晚我會好好的陰你一把，我要讓你辛辛苦苦所作出的一切努力全都白費，我要把你種出來的桃子全都給摘了，一點都不留！」

趙志強得意地哈哈大笑起來。

與此同時，柳擎宇突然打了個噴嚏，心說這是誰在惦記我呢。

柳擎宇萬萬沒有想到，在接二連三的交手中一直處於下風的趙志強此刻竟在他的辦公室策劃著一起驚天巨變。更不會想到，一個和他一樣的小小的縣委書記竟會對整個白雲省的局勢變化起到巨大的作用，而這個巨變打了柳擎宇一個措手不及。

官場之上，對任何人都不能輕視，對任何對手都必須要重視，官場上，凡事都以陰謀論的觀點來考慮問題，有時也是必須的邏輯方式。

趙志強在瘋狂的笑著，郭增傑卻滿臉鬱悶的在辦公室內來回的踱步，嘴裡的菸一口接著一口的抽著。

現在，七億的資金都到了市交通局的帳上了，接下來就是要匯給瑞源縣了，但是這讓他怎麼開口啊。之前他可是一口咬定這錢和瑞源縣沒有關係的啊。

郭增傑想來想去也沒有想到什麼好辦法，就在這時，坐在沙發上的市交通局計財處處長馮成凱建議道：

「郭局長，我看這件事情要說難辦也難辦，但是要說好辦也好辦，我們只需要直接把這七億的資金匯到瑞源縣的財政帳戶上，然後讓下面的人通知一聲，我們保持沉默就可以了。如果柳擎宇聰明的話，他就應該拿到了好處保持沉默，否則，以後他們瑞源縣在我們市交通局這邊鐵定要不受歡迎的。」

常務副局長盧顯軍也點點頭說：「嗯，不錯，小馮的這個意見可以考慮，我們啥也不說，把事情做了就成了，到時候上面調查小組下來，看到我們已經把屬於瑞源縣的資金匯給瑞源縣了，也就拿我們沒轍了。」

郭增傑聽到他們兩個人的意見，沉思了一會，點點頭說：「嗯，也只能如此了。成凱同志，你去把這件事情辦一下吧。」

馮成凱立刻出去辦事了。

幾分鐘後，柳擎宇接到了縣財政局局長王益民那邊打來的通知：「柳書記，市交通局給咱們瑞源縣匯來了七億。」

柳擎宇卻不屑的說道：「把這筆錢給交通局匯回去。」

王益民瞪大了眼道：「柳書記，這可是七億啊！匯回去？難道我們不要嗎？」

柳擎宇笑道：「要，當然要，這筆錢本來就是我們的，必須要，但是不是這樣的要法，你就照我說的去辦吧。這筆錢早晚還得回到咱們戶頭上的。」

王益民有些猶豫道：「柳書記，要不這件事我向魏縣長請示一下吧？」

柳擎宇冷冷回道：「你自己看著辦吧，但是我提醒你，這筆錢是我要回來的。」說完，柳擎宇便掛斷了電話。

王益民還是忍不住向瑞源縣縣長魏宏林請示了一下，魏宏林聽到竟然有七億匯到瑞源縣的財政帳戶上也是大吃一驚。

等王益民講完柳擎宇的吩咐後，魏宏林淡淡說道：「就按照柳書記的意思去辦吧，柳書記既然說這筆錢還會回來，那就肯定會回來的。」

等王益民離開辦公室後，魏宏林嘴角露出一絲冷笑，心中暗道：柳擎宇，看來你這是要找死的節奏啊，交通局把錢給你你都不要，你這明顯是在和他們鬥氣啊，**和上級領導鬥氣，這不是自己找死嘛！**

半個小時後，柳擎宇得到了王益民的回覆，說是錢已經轉回市交通局的帳戶了。

柳擎宇點點頭，沒有再說什麼。

魏宏林猜對了，柳擎宇的確是在和郭增傑鬥氣，在和黃立海鬥氣。

在柳擎宇看來，郭增傑和黃立海之前做得那麼絕，現在感到壓力了，就想把錢一轉了之，哪有那麼好的事情！我柳擎宇從來都是**人不犯我我不犯人，人若犯我，我必不饒之！**

很快的，郭增傑便得到了消息，說是錢竟然被瑞源縣給退了回來。這一下，郭增傑可坐不住了。

本來，在郭增傑想，柳擎宇鍥而不捨的想盡各種辦法向自己索要這七億的資金，但是一直未能得逞，現在自己主動把錢給他匯過去，按理說他應該高興得屁顛屁顛的，謝天謝地了，沒想到柳擎宇竟然讓瑞源縣把錢給打了回來，這大大出乎他的意料之外。

郭增傑給魏宏林打了個電話詢問詳情，得知是柳擎宇親自下令匯回來的之後，臉色更加陰沉了，柳擎宇這是要和自己撕破臉的意思啊。

如果這筆錢沒能在調查小組下來前匯到瑞源縣的帳戶上，到時候自己肯定要承擔巨大的責任。郭增傑努力思考著對策。

這一次，他真的感到事情有些棘手了。

就在這時候，郭增傑的手機響了起來。電話是常務副局長盧顯軍打過來的：

「郭局長，我剛剛接到消息，省紀委調查小組已經到咱們南華市了，剛剛在市委招待所住下。」

聽到這個消息，郭增傑的腦門一下子冒起汗來，聲音有些發顫的問道：「市委領導們和他們見面了嗎？」

盧顯軍回道：「目前為止還沒有，黃市長已經知道消息了，不過黃市長說省紀委調查組的人沒有給他們電話，他們現在不方便過去見面。」

郭增傑眉頭緊皺，使勁的抽了一大口菸，省紀委的人下來的竟然這麼快。最後他無奈的撥通了市長黃立海的電話：

「黃市長，我把錢給柳擎宇匯去，他卻讓人把錢又給匯了回來。而且省紀委調查組的人已經到了，您看現在我該怎麼辦？」

黃立海聽了，眉頭也緊皺起來，他知道柳擎宇不好對付，知道柳擎宇脾氣大，卻沒想到柳擎宇竟然連七億的資金都不打算要了，這分明是要省紀委一查到底的節奏啊，這讓黃立海十分不爽。

郭增傑是他一手提拔起來的，而且郭增傑的能力很強，有他待在交通局局長的位置上，自己就可以全盤掌控整個交通系統，各種事情自己可以做到一言九鼎，所以對郭增傑這個下屬他很是欣賞和回護，他不希望失去這個重要棋子。

黃立海沉思了半晌，嘆息一聲說：

「從柳擎宇的動作來看，他現在是心中憋著一股氣啊，這股氣如果不讓他出出來的話，恐怕這件事他是不會善罷甘休的。這樣吧，老郭，你親自去找一趟柳擎宇，當面向他賠禮道歉，我相信看到你的誠意，他的火氣應該也就消了。」

聽到黃立海的話，郭增傑不平地說：「什麼？去找柳擎宇賠禮道歉？」

要知道，郭增傑和柳擎宇一樣，也是堂堂的正處級幹部，而且還是享受副廳級待遇的正處級幹部，手握南華市交通系統的大權，在很多時候，下面各個縣的縣領導到市裡來跑項目的時候，都要尊稱他一聲領導的，現在竟然要讓他去給柳擎宇賠禮道歉，這個面子他真的拉不下來。

聽到郭增傑的反應，黃立海冷冷說道：「如果你不賠禮道歉的話，事情發展下去，弄不好你就得被就地免職了，要是省紀委的人深入調查的話，你認為自己經得起調查嗎？」

郭增傑頓時沉默了，黃立海的話讓他後脊背生起了股股涼意。

黃立海又勸道：「增傑啊，我也知道你拉不下這個面子，但是你要記住，**身為官員，就要懂得厚黑，有時候面子必須要爭，哪怕是頭破血流也要爭，**但是**有時候，就必須要捨下面子，臉皮厚一點，只有如此，你才能真正的在官場上生存下去。**否則的話，只能死要面子活受罪！而且，今天厚著臉皮豁出去面子，是為了將來能夠讓自己活得更有面子。俗話不是說嗎？君子報仇，十年不晚，瑞源縣要想發展，今後交通方面肯定是要大力發展的，只要你保住了自己這個位置，難道還怕以後沒有機會狠狠的收拾柳擎宇嗎？」

聽了黃立海這番話，郭增傑頓時豁然開朗，點點頭道：「黃市長，我明白您的意思了，我這就去找柳擎宇，立刻向他賠禮道歉。」

郭增傑立即給盧顯軍打了個電話，確定柳擎宇就住在新源大酒店並沒有離去，立刻二話不說直接趕到了柳擎宇所在的六一八號房。

郭增傑敲響了房門。

門一開，柳擎宇出現在門口，看到郭增傑站在外面，柳擎宇面色冷淡地說道：「郭局長，你是不是走錯房間了啊？」

郭增傑滿臉堆笑道：「沒有沒有，柳書記，我今天是專程過來找你聊聊的。」

柳擎宇臉上依然沒有一絲笑容，「找我聊聊？我們之間有什麼好聊的嗎？」

郭增傑用力點頭：「有的有的，柳擎宇，能不能讓我進去說話，在這裡說話不太方便。」

柳擎宇搖搖頭：「不好意思，我不太喜歡陌生人進我的房間，有什麼話就直說吧，我正在看世界盃重播呢。」

郭增傑只能氣在心裡，咬著牙說：「柳書記，我今天是專程向你賠禮道歉的，在資金的劃撥上，我們交通局發生了認知上的錯誤，所以匯錯了對象，我特地向你賠禮道歉，還請你原諒。」

柳擎宇皺著眉說：「你說什麼？我沒有聽清楚，請你大聲說一遍。」

此刻，走廊裡也有人進進出出，看到郭增傑一直站在柳擎宇的門口不進去，都好奇的看著他們。

郭增傑知道柳擎宇這是在故意要自己難堪，不過在聽了黃立海的勸說之後，郭增傑想開了，只要能夠保住自己的官位，啥都可以放下，更何況是面子，他立刻大聲說道：

「柳擎宇同志，我郭增傑正式向你道歉。」

柳擎宇不屑一笑說道：「郭局長，你的聲音雖然很大，但是你的道歉只是浮於表面，並沒有任何誠意，所以你的道歉我並不接受，就這樣吧，我要去看球了。」

郭增傑知道柳擎宇對自己還是不滿意，不過他也清楚，這次在資金的問題上，自己的確把柳擎宇黑得夠嗆，柳擎宇心中對自己的怨念絕對不會輕易消除的，所以郭增傑把牙一咬，心一橫，直接噗通一聲跪在柳擎宇的面前，大聲說道：

「柳擎宇同志，我郭增傑現在正式向你道歉。」

這時已經有好幾個人在駐足圍觀了。

能夠住進新源大酒店的人都不是普通人，畢竟這裡的消費不低，其中還有一些是各個單位的領導，所以走廊裡也有人認識郭增傑。

尤其是當郭增傑噗通一聲跪在地上的時候，發出了沉重的聲音，很多原本待在房裡的客人聽到聲音，紛紛走出來察看，正好看到郭增傑跪在地上向柳擎宇賠禮道歉的這一幕。

那些認識郭增傑的人都瞪大了眼睛，震驚的看著跪在地上的郭增傑。

要知道，這位可是堂堂的南華市交通局局長啊！可是副市長的有力競爭者！是一貫強勢的主，啥時候向別人低過頭?!如今這位郭局長竟然給面前這個年輕人下跪，還要賠禮道歉，這個年輕人是誰啊？

一時間，整個走廊全都是驚呆的目光。

此刻，郭增傑感覺到無數目光盯在臉上，他知道，自己的面子今天算是徹底栽在這裡了。但是他咬牙忍下了，因為他心中早已下定決心，只要自己能夠安然度過這次危機，以後他會想盡一切辦法去找柳擎宇的麻煩的。

此時，柳擎宇看到跪在自己面前的郭增傑，也瞪大了眼睛，臉上滿是震驚和錯愕之色。

他雖然嘴裡說郭增傑的道歉沒有誠意，但那只是一種為難之意，是希望郭增傑再好好的跟自己說一說，把道歉的誠意表達得更真誠一些，沒想到郭增傑竟然採取跪地道歉這種誇張的方式。

不過，柳擎宇也注意到郭增傑跪地時眼底深處掠過的那一抹怨毒的神色。他知道，郭增傑是打算跟自己秋後算帳，這個梁子算是結下了。

不過柳擎宇是啥人，這哥們的字典裡根本就沒有「怕」這個字眼，更何況是像郭增傑這種為了官位可以連尊嚴都不要的人。

在柳擎宇看來，像郭增傑這種人絕對不會是一個好官，早晚都得出事，所以柳擎宇根本就沒有把郭增傑放在眼裡。

不過面對郭增傑跪地道歉，柳擎宇還是給了他一點面子，微微用手攙扶了一下，故意做出一副很震驚的樣子說道：「哎呀，郭局長，你這是幹什麼啊？這種大禮我可承受不起啊，行了行了，既然你都這樣了，我要是再緊抓著這件事不放，那可就有點過分了，你的道歉我接受啦。」

聽到柳擎宇終於接受自己的道歉，郭增傑十分麻利的順勢站起身來，轉身就要走。

誰知就在這時候，柳擎宇又說道：「郭局長，雖然你的道歉我接受了，但是這件事卻沒有完，你知道的，這次事情不是你一個人能夠做主的，尤其是某人在這件事情的處理上根本就沒有站在公平公正的立場上，所以，我需要他的道歉。」

郭增傑聽到這裡頓時臉色一寒，自己都把誠意做到這種地步了，柳擎宇竟然還有要求，而且這個要求非常明顯，那就是要黃立海給他道歉啊。

開什麼玩笑?!讓市長給縣委書記道歉？你柳擎宇太猖狂了吧？

郭增傑錯愕的看著柳擎宇，神情凝重的說道：「柳擎宇，你這樣做可就有點過分了！」

柳擎宇淡淡一笑：「過分？你們當時截留資金的時候就不過分了？他身為領導，偏心偏向難道就不過分嗎？我柳擎宇恩怨分明，立場堅定！郭局長，你看著辦吧。」

說完，柳擎宇抬起頭來看著天花板。

這一下，郭增傑氣得鼻子都要歪了。如果自己不給黃立海打電話告知柳擎宇的要求的話，那麼自己剛才給柳擎宇跪地道歉的事可就白做了，但如果自己真的給黃立海打電話了，黃立海是否會拉下面子向柳擎宇道歉，這還是個未知數。

郭增傑臉上充滿憤怒的看著柳擎宇，柳擎宇根本就不鳥他。

郭增傑盯著柳擎宇看了半天，發現柳擎宇的態度十分堅決，也知道這件事的走向已經無法逆轉了，只能當著柳擎宇的面撥通黃立海的電話，把柳擎宇的意思向黃立海委婉的表達了。

黃立海聽了，沉吟了一下，說：「你把電話給柳擎宇。」

郭增傑愣了一下，以他對黃立海的瞭解，可以聽得出他語氣中蘊含著的滔天怒火，現在黃立海要自己把電話給柳擎宇，他有些猶豫了。

就聽黃立海咬著牙嘆息一聲說：「把電話給他吧！」

郭增傑把手機交給了柳擎宇。

柳擎宇接過電話，笑道：「黃市長您好，我是柳擎宇。」

黃立海聽到柳擎宇那充滿得意的笑聲，心中那叫一個怒啊，不過此時此刻，他不得不勉強壓抑著心中的怒火，沉聲道：「柳同志，對於之前在高速公路扶植資金事情上，我就我的錯誤決策向你道歉，希望你能夠把這件事情圓滿處理好。」

說完，黃立海直接掛斷了電話，他不想再聽到柳擎宇任何的聲音。

身為市長，黃立海要顧全大局，他不能讓郭增傑出事，不然一旦郭增傑這個位置讓出來，以現在戴佳明的強勢，勢必會想盡一切辦法爭取到這個交通局局長的位置，這個他損失不起。所以，他不得不忍氣吞聲的向柳擎宇道歉。但是他下定決心，早晚一定要把柳擎宇從縣委書記的位置給弄走。

聽到黃立海喀嚓一聲掛斷了電話，柳擎宇這才笑著把手機遞給郭增傑道：

「好了，郭局長，這件事就這樣吧，麻煩你們交通局儘快把本來屬於我們瑞源縣的七億資金還給我們。」

說完，柳擎宇逕自走回房間，砰地一聲關上房門。

這一次，郭增傑不敢有絲毫的耽擱，在第一時間便讓交通局計財處把資金匯到了瑞源縣的財政帳戶上。而柳擎宇也在和郭增傑見面後不久，便立刻回到了瑞源縣。

當天晚上，省紀委調查組組長李國雄在找郭增傑談話之前，便接到了白雲省省一位大老領導的電話：「李同志啊，聽說你正帶著紀委調查組在南華市調查資金截留的事？」

李國雄接到這個電話感到十分吃驚，他對這位領導身分相當尊崇，不敢敷衍，連忙說道：「關書記您好，我的確在調查這件事。」

大老說道：「李同志啊，對於你們紀委的調查行動我是堅決支持的，不過呢，我也得提醒一下你們，這個資金截留的事各地都有，這種事情必須要抓大放小，要把握好尺度，絕對不能牽連太廣，不然會影響到整體大局的安定團結的。」

李國雄的腦門上冒起汗來，連忙道：「好的，關書記，請您放心，我一定會貫徹您的指示的。」

掛斷電話後，李國雄趕緊把關書記的電話指示向省紀委書記韓儒超彙報了一遍。

韓儒超聽到之後，只淡淡說道：「哦，這樣啊，既然關書記都做出指示了，那就按照他的意思辦吧，不過，南華市的這件事必須要內部通報批評，要有人站出來為此承擔責任。」

李國雄點點頭說：「好的，我明白您的意思了。」

就在李國雄以為沒什麼事的時候，韓儒超卻又說道：

「國雄啊，資金截留的事，你們不要急著做出結論，畢竟這事情已經非常明確了，咱們前段時間不是剛剛接到一份有關郭增傑的舉報信嗎？你借著這個機會在南華市那邊好好瞭解一下情況，不過千萬要記住，只要在周邊調查一下就成，千萬不能打草驚蛇。」

聽到韓儒超的指示，李國雄頓時眼前一亮。其實省紀委已經不是第一次接到有關郭增傑的舉報信了，也曾經派出調查組下來調查過，不過從來沒有調查到確鑿的證據，這次韓儒超親自讓自己去調查，說明韓書記對此事高度重視。如此看來，韓書記對於關書記插手這次的事是有些不滿啊。

想到此處，李國雄不由得苦笑了一下，看來到了韓儒超和關書記這種級別，彼此間的鬥爭根本不會浮現在表面上啊。

李國雄在南華市待了兩天的時間，經過調查，最終將計財處處長馮成凱給雙規了，同時對郭增傑給予嚴重警告處分，對南華市交通局給了內部通報批評。

至於部委的調查組，在省紀委的調查給出調查結果後，取消了前往南華市的計畫，只是對南華市的行為提出了嚴厲批評，並表示以後將會對南華市申請的有關交通方面的資金給予嚴格審查。

當然了，這些都是後話，暫且不提。

柳擎宇費盡周折，終於弄到了七億的專項扶植基金。

然而，對整個高速公路工程而言，七億只能算是啟動資金，根本不夠整個項目的展開。所以柳擎宇回到瑞源縣後，立刻召開縣委常委會，討論整個項目後續融資的問題。

常委會上，柳擎宇直接開門見山的說道：

「同志們，現在七億的專項扶植資金我已經弄到了，這為整個項目的啟動開了一個好兆頭，不過真正的困難還在後面，這個項目要想順利進行，我們至少還需要四十多億才夠，大家說說，後面這筆鉅款我們應該從哪裡去籌集。」

整個會議室鴉雀無聲，沒有人發言。

柳擎宇不由得眉頭一皺，目光落在了縣長魏宏林的臉上，點名道：「魏縣長，你說說你的看法吧。」

魏宏林吐嘈道：「柳書記，說實在的，從一開始我對這個項目就不看好，雖然您弄到了七億，但是您不要忘了，這對整個項目而言只是杯水車薪，我也曾經找瑞源縣的銀行以及南華市的各個銀行的領導們談過，希望他們能夠給我們貸些款，但是沒有一個銀行肯為我們的項目買單，所以我認為這個項目很難融資啊。」

說話間，魏宏林的臉上露出一絲無奈之色。

隨即其他常委們發言，雖然內容不同，但是意思是一樣的，全都表示沒有什麼好的辦法。

見到眾人的反應，柳擎宇看出來這些人根本就是對這個項目採取了冷眼旁觀的態度，**明顯是想要看自己的笑話啊！**

柳擎宇從來都不是一個畏懼挑戰的人，魏宏林等人越是採取這種態度，越是激起了他的鬥志。

等大部分常委們都說完之後，柳擎宇的目光落在縣委辦主任宋曉軍的臉上：「曉軍同志，你來說一下你的意見吧。」

宋曉軍說道：「柳書記，我認為既然現在銀行不肯貸款給我們，我們只能採取向社會進行融資的模式了，這種方法在全國各地早就有很多成功的案例。」

宋曉軍剛說完，常務副縣長許建國便反駁道：

「宋主任，我想你好像忘了一件事，以前每次提及高速公路修建的時候，我們瑞源縣也嘗試向社會進行募款，但是沒有任何一家單位或者個人對我們的高速公路投資感興趣，我認為，就算是向社會進行融資，恐怕也沒有什麼機會，在這種情況下，我建議不如把這筆錢投入到經濟開發區上，利用這筆錢把經濟開發區好好的建設一下，以便於招商引資，這樣做才是最實際的。」

瑞源縣經濟開發區是由許建國負責的，他提議把這筆錢弄到開發區去也是大有深意的。錢只要到了開發區的帳戶上，到時候可就由他說了算了。

柳擎宇聽到許建國的話後，立刻把臉一沉道：

「這裡我提醒一下許建國以及其他同志們，這筆錢是專項扶植資金，必須專款專用，為了這筆錢被挪用之事，南華市已經有人落馬了，難道咱們瑞源縣還想再重蹈覆轍嗎？所以大家可以把這個想法放進肚子裡了，不要不負責任的胡說八道，萬一出事了，將來你承擔責任啊？」

柳擎宇這話無異於直接打了許建國一個大耳光，許建國立刻閉嘴了。他只願意管理錢，可不願意承擔責任。責任面前，他毫不猶豫選擇了退縮。

現場一下子陷入沉寂，所有常委們再次選擇了沉默以對。

看到這種情況，柳擎宇說道：

「好，既然大家都不說話，那我說！資金的問題將會按照宋曉軍同志所說的向社會融資的方式展開，我們歡迎銀行、個人、企業參與我們瑞源縣高速公路建設的項目中來，大家有什麼異議嗎？」

這時，縣委副書記孫旭陽立刻接口道：

「我贊同柳書記的意見，不管黑貓白貓，只要能抓到耗子就是好貓，我們的目標是發展瑞源縣的高速公路，發展交通，利國利民，我相信這個項目在柳書記的親自掌控下，一定能夠獲得巨大成功的。」

孫旭陽說完，接著又有好幾個常委表示同意。

這個時候大家都想通了，反正這個項目也不用他們負責，有了成績卻可以分享，有什麼理由不去支持呢。就算是真的弄不成這個項目，責任也是由柳擎宇去承擔。

此刻，魏宏林心中那叫一個憋屈啊，自己這邊和柳擎宇打擂臺唱反調呢，關鍵時刻，這個孫旭陽竟然又站在了柳擎宇那邊，這個老傢伙是不是腦袋有洞啊，**難道他不知道柳擎宇是個外人嗎？難道他不擔心萬一柳擎宇要是搞成功了，將會在瑞源縣樹立起極大的威信，絕對會威脅到他孫旭陽的地位嗎？**

可惜，這些話他只能憋在心中，憤恨不滿的看了孫旭陽一眼，然後也表態贊同。

身為縣長，他還是得顧全大局，即便是和柳擎宇唱反調，也得把調唱在合適的地方，要有充足的理由，不能隨隨便便和柳擎宇打擂臺，人家好歹也是一把手啊。

請續看《權力巔峰》13 兩雄爭鋒

權力巔峰 卷12 鐵證如山

作者：夢入洪荒
發行人：陳曉林
出版所：風雲時代出版股份有限公司
地址：10576台北市民生東路五段178號7樓之3
電話：(02) 2756-0949
傳真：(02) 2765-3799
執行主編：朱墨菲
美術設計：吳宗潔
行銷企劃：林安莉
業務總監：張瑋鳳

初版日期：2020年4月
版權授權：蔡雷平
ISBN：978-986-352-809-8
風雲書網：http://www.eastbooks.com.tw
官方部落格：http://eastbooks.pixnet.net/blog
Facebook：http://www.facebook.com/h7560949
E-mail：h7560949@ms15.hinet.net
劃撥帳號：12043291
戶名：風雲時代出版股份有限公司

風雲發行所：33373桃園市龜山區公西村2鄰復興街304巷96號
電話：(03) 318-1378
傳真：(03) 318-1378
法律顧問：永然法律事務所 李永然律師
北辰著作權事務所 蕭雄淋律師

行政院新聞局局版台業字第3595號 營利事業統一編號22759935

國家圖書館出版品預行編目資料

權力巔峰 / 夢入洪荒著. -- 初版. -- 臺北市：風雲時代, 2020.03- 冊； 公分

ISBN 978-986-352-809-8（第12冊：平裝）--

857.7 109000686